천하무적

천하무적 2

이나원 新무협 판타지 소설

초판 1쇄 찍은 날 § 2003년 6월 18일
초판 1쇄 펴낸 날 § 2003년 6월 28일

지은이 § 이나원
펴낸이 § 서경석

편집장 § 문혜영
편집책임 § 박영주
편집 § 권민정
마케팅 § 정필 · 강양원 · 이선구 · 김규진 · 홍현경
펴낸곳 § 도서출판 청어람
등록번호 § 제1081-1-89호
등록일자 § 1999. 5. 31
어람번호 § 제2-0222호

주소 § 경기도 부천시 원미구 심곡1동 350-1 남성B/D 3F (우) 420-011
전화 § 032-656-4452 팩스 § 032-656-4453
http://www.chungeoram.com
E-mail § eoram99@chollian.net

ⓒ 이나원, 2003

값 7,500원

ISBN 89-5505-719-9 04810
ISBN 89-5505-717-2 (SET)

천하무적

이나원
新무협 판타지 소설

2 아! 영웅학관(英雄學館)

2

도서출판
청어람

　남들은 고작 이 년 만에 집에 돌아오는 게 그렇게 가슴이 설레이는 일이냐고 물을지 모르지만 나일이 보냈던 이 년은 다른 사람이 이백 년을 보내는 동안보다 긴 기간이었다. 그렇기에 나일은 오랜만에 고향에 돌아왔다는 맘으로 크게 부풀어 오르고 있었다.

　나일은 예전에 자신이 걸었던 길들을 바라보는 것만으로도 감회가 새로웠다.

　마침내 저기 멀리 주인장 겸 점소이 왕진화가 직접 담근 분주가 기가 막히게 맛있어 자신이 즐겨 찾던 조그만 주루가 보이자 나일의 입에서는 자신도 모르게 휘파람이 나오기 시작했고, 급기야 흥얼거리던 휘파람이 노래가 되어 흘러나왔다.

　"여어, 주인장, 독한 분주 하나랑 오리 고기!"

나일은 문을 열자마자 익숙하게 마치 어제도, 그제도 왔듯 말하고는 탁자에 앉았다.

"나 공자……."

왕진화는 억장이 무너지는 것을 누르며 더 이상 말을 잇지 못했다.

"주인장, 이 나일이 돌아왔소. 이제는 당당히 열여덟 살이라 술을 팔아도 뭐라 그럴 사람이 없으니 빨리 내오시오."

나일의 호기로운 외침에 왕진화의 얼굴은 하얗게 변해갔다.

왕진화는 편안하게 장사하던 시절이 다 가버린 듯한 느낌에 털썩 주저앉고 싶었다.

"뭐 해? 빨리 갔다 줘."

왕진화는 머리 속이 텅텅 빈 듯한 상태로 다시 나일을 보다 그제야 지금 이 상황이 현실이라는 느낌이 들었는지 한숨을 내쉬었다.

'아, 태평성대(太平聖代)의 시절은 다 갔구나.'

언젠가 이런 날이 오리라는 예상은 했지만 너무 빨리 돌아왔다. 왕진화는 앞으로 저 나일을 매일 보며 살아갈 생각을 하자니 두려웠으나 겉으로 드러내지 않았다. 나일이 자신의 앞에 있지 않은가? 비록 오래간만에 만났지만 전혀 달라진 게 없는 말투로 봐서 자칫 꼬투리를 잡히면 어떤 난동을 부릴지 모르는 놈이 나일이었다.

왕진화는 돌아서서 얼굴을 잔뜩 찌푸리며 주방으로 나일이 주문한 것들을 챙기러 갔다.

사람들의 말은 하루에 천 리를 간다는 속담을 증명하듯이 나일이 분주 두 병을 마시고 트림하며 왕진화에게 분주 한 병을 더 가져오라고 소리치는데 나일이 기피하고 싶은 인물 서열 일이 위를 다투는 사천성의 포두 화진설이 나일을 찾아왔다.

"오랜만이야, 나일."

술병을 기울이고 있는 나일 곁으로 화 포두가 다가오더니 친근하게 말을 건넸다.

"아, 화 포두님."

그동안 자신이 익힌 무공으로 이제는 일초지적도 되지 않는 화 포두였지만 켕기는 것이 한두 가지가 아닌지라 아는 척을 하고는 그를 피해 일어서려 했다.

"화 포두님, 여기 술 드시러 오셨어요? 주인장, 여기 얼른 술상 내오게. 헤헤… 제가 지금 막 돌아오는 길이라 집에 들어가 봐야 할 것 같네요."

화진설은 일어서려는 나일의 손을 잡았다. 나일은 알면서도 감히 빼지 못하고 화 포두에게 손을 잡혔다. 그 옛날의 습관은 아직도 나일의 기억 속에 남아 화 포두를 꺼리고 두려워하는 것이 몸에 남아 있는 탓이었다.

"화 포두님, 저 오늘은… 집에 가야 하는데……. 죄두 없구요. 이제 열여덟 살이라 술도 먹을 수 있는 나이거든요. 하하!"

나일은 어떡해서든 이 사태를 모면코자 하는데 화진설이 놓아줄 눈치가 아니었다.

"이놈아, 너를 찾느라고 얼마나 많은 사람이 움직였는지 아느냐?"

화 포두의 갑작스러운 말에 나일은 도리질을 했다.

"관가의 포두며 표국의 표사, 거기다 산채의 산적들까지 너의 행적을 찾느라 고생했단 말이다."

급기야 화 포두는 나일을 끌어안으며 말했다.

"너의 몸이 성치 않다며 대향표국 국주님께서 하신 부탁으로 아무

곳에서나 쓰러질까 봐 그동안 너를 관아에 붙잡아두려고 일부러 죄목을 만들어 지킨 일들이 네가 없던 이 년 동안 얼마나 미안했는지 아느냐?"

화 포두가 얼굴을 들여다보며 나일의 손을 어루만졌다.

"그동안 고생 많았지? 이제 곧 국주님이 이리로 오실 거다."

그 말에 나일은 혼비백산하여 되물었다.

"제가 여기 있다는 게 벌써 아버지의 귀에 들어갔나요?"

화 포두가 고개를 끄덕이자 나일은 잽싸게 왕진화가 들고 온 분주를 병째 들이키고는 서둘러 일어서려 했다.

뚜벅뚜벅. 뚜벅뚜벅뚜벅……

나일은 일어서는 찰나에 자신을 향해 조용한 걸음으로 멀리서 다가오는 사람을 보고는 이내 땅에 무릎을 꿇고 큰절을 올렸다.

"아버지, 불초자 나일이 돌아왔습니다."

다른 사람에 비해 확실히 크고 우람하며 험한 일에 익숙해 보이는 거친 손이 나일의 손을 잡아 일으켰다.

"밥은 제때 먹으면서 돌아다녔느냐?"

아버지의 물음에 나일은 흐르는 눈물을 참지 못하고 뺨으로 흘려보냈다.

그리고는 아버지의 눈을 마주 보았다.

"아버지, 저 이제 건강합니다."

"오냐, 그래 보이는구나. 녀석, 돌아왔으면 집에서 밥 먹을 생각을 해야지……."

아버지는 나일의 온몸 구석구석을 훑어보며 다정히 말을 건넸다.

"네, 아버지……."

나일의 아버지 대향표국주 칠정도 나문은 나일의 손을 잡아끌고 집으로 향했다.

대향표국은 사천에서 첫 손가락에 꼽히는 유명한 표국이다.

그 이유를 들자면 우선 국주 나문은 조상의 가업을 이어 벌써 표국밥을 먹은 지 40년이 되어갈 정도로 표국의 일에 대해 모든 것을 빠삭하게 알고 있다는 것이다. 그의 인품과 무공은 더욱 그러한 능력을 빛냈다.

두 번째로 대향표국은 웬만한 문파보다 규모가 크다는 것이다. 사천지방이 워낙 목재와 건축 자재가 싸고 땅값이 싸다는 것도 이에 일조를 했다. 잘못 발을 들여놓으면 길을 잃어버릴 정도인 이 표국은 식솔들이 거주하는 내원과 표사들이 생활하고 표물을 보관하는 창고가 있는 외원으로 나뉘어진다. 그렇게 넓음에도 외원의 기합 소리가 내원까지 들릴 정도로 늘 활기가 있었기에 사천에서 첫 손가락에 꼽히는 표국으로 자리매김한 것이다.

나일의 방은 내원에서도 가장 안쪽에 자리했는데 나일의 병을 안 나문의 배려로 만든 연못이 딸린 정원은 수려했고 힐끗 본 연못의 잉어는 여전히 싱싱했다.

자신이 없는 동안에도 자신이 떠날 때와 조금도 변함없이 세심하게 가꾼 듯한 정원과 싱싱한 잉어를 보며 죄스러운 마음과 함께 잉어회를 꼭 한 번 먹어보고 싶은 마음이 일었다.

"그동안 무엇을 하였느냐?"

사랑채에 나일을 앉힌 후 나문이 물었다.

“은거기인의 눈에 들어 그분께 무공을 배웠습니다.”

나일은 이야기꾼들이 써 내려가는 무협지에나 나오는 전형적인 이야기를 아버지에게 했다.

사실대로 말한다면 그 누가 믿어줄 것인가?

오랜만에 보는 아버지를 보고 실없는 소리나 한다고 여길 것이 뻔한지라 나일은 사부가 천룡, 드래곤이라는 존재란 말 대신에 고아한 은거기인이라 말을 바꾼 것이었다.

“그래…….”

나문은 이 말을 믿어야 할지 고민하는 표정이 역력했다.

무공을 익힌 자신의 눈으로 보건대 그전에 풍기던 날건달의 기운은 많이 사라지고 진중한 맛이 느껴졌지만 몸 어디서도 무공을 익힌 흔적을 찾을 수 없는 까닭이었다. 무공이라는 것이 한두 해 수련한다고 경지에 오르는 것도 아니고 또한 무공을 익힌 흔적도 없었다. 그러나 그게 무슨 상관이랴, 아들이 은거기인의 무공을 익혔든 아니든 집에 돌아온 것만으로도 기쁜 것을.

쾅!

갑자기 방문이 벌컥 열리며 관복을 입은 기골이 장대한 삼십 대의 장한이 들어왔다.

“형!”

나일은 그런 장한을 보며 일어서서 반갑게 끌어안았다.

“이 자식, 내 동생 나일이 살아 있었구나.”

나일과 나일의 형 나천은 서로를 부둥켜안은 손에 힘을 주었다.

이렇게 오랜만에, 아니, 공식적으로는 처음으로 부자 셋이 앉아 술잔을 앞에 두고 이야기꽃을 피웠다.

"그래서 그 은거기인이 너의 병을 고쳐 주었단 말이냐?"

나천의 놀람에 아버지 나문도 그게 사실이냐는 표정으로 나일을 쳐다봤다.

"그뿐만 아니라 그 기인한테 절세무공도 배웠단 말야."

그 사부의 제자답게 나일은 침 튀겨가며 아버지와 형에게 자신의 자랑을 했다.

"정말? 그럼 지금 당장 연무장으로 갈까? 얼마나 세졌는지 보자구."

나천은 자신의 동생이 은거기인에게 무공을 익혔다는 소리에 실력을 구경하고자 나일을 잡아끌었다.

"형, 처음으로 아버지랑 형이랑 술잔을 나누는데 그럼 판이 깨지잖아. 대신 내가 이 술로 한 수 보여줄게."

역시 어려서부터 술에 입을 대더니 나일은 주도(酒道)를 익힌 것이리라.

나일이 자신의 몸속에 머물러 있는 막대한 내공을 끌어 모은 손가락으로 술병을 가리키자 술병이 저절로 기울어지더니 아버지와 형의 빈잔에 술을 따랐다.

그리고는 손가락이 가리키는 흐름대로 술병은 제자리를 돌더니 술병의 주둥이에서 술이 스르르 빠져나와 나일의 입속으로 빨려 들어가는 것이 아닌가!

이 한 수에 나문과 나천이 대번에 놀랐다.

이것은 강호에 손꼽히는 고수들만이 가능하다던 '능공섭물(綾空攝物)' 이 아닌가!

강호밥을 먹은 사람 중에 운이 좋은 사람이라면 직접 본 경우도 있긴 하지만 거의 대부분 소문으로만 들어왔던 신기(神技)가 아닐 수 없었다.

그 한 수에 나문과 나천은 나일을 다른 눈으로 쳐다보기 시작했다.

"그래, 대단하구나. 그런데 나일아!"

무공을 보고 놀란 표정을 짓던 나문이 심각한 어조로 나일을 불렀
다.

"예, 아버지."

분명 자신의 무공이 놀랍고 대견해서 그런 것이리라.

"그런데… 내 금고에서 가지고 갔던 돈은 어딨느냐?"

잊고 있었던 돈 문제가 나오자 나일은 안색이 변하더니 품에서 비단
돈주머니를 꺼내어 나문에게 건네주었다.

"여기 있습니다."

"얼마나 썼느냐?"

"조금 썼습니다."

"그런데 왜 이렇게 가볍지?"

"……."

결국 아들이 병을 고친 것보다, 절세의 무공을 익혀 자랑스러운 것
보다도 아버지에게 중요한 것은 돈이라는 것을 깨달은 나일이었다.

'좀 짱박아둘걸. 우씨~'

제2장

영웅학관에 도전하게 되다

왕진화의 주점은 크다고 할 수 없는 규모임에도 언제나 사람들이 북적거렸다.

대개가 이곳을 찾는 이들은 단골들로서 주인장 겸 점소이인 왕진화의 성실함을 좋아해서 찾고 또 찾아 이제는 다른 어느 곳보다도 이곳을 애용하게 된 것이다. 술맛이 다른 곳에 비해 담백하고, 술안주도 저렴한 데다 왕진화의 부인 겸 주방장인 왕 부인의 손맛이 잘 우러나왔다. 그 대표적인 음식이 바로 신선어시(新鮮魚翅)라 부르는 것이었다.

신선어시는 본래 이름이 사천 팔진미(八珍味)로 꼽히는 용정선포(龍井鮮鮑)라는 음식이다. 그런데 왕진화의 단골들이 왕 부인의 음식 솜씨를 높이 사서 별칭으로 불리는 이름이다.

원래 황제의 식탁에나 오르내렸다던 고급 음식이니 당연히 이 왕진화의 주점에서도 가장 가격이 비싼 음식이었다.

이 신선어시는 가운데 불구멍이 있는 그릇에다 채소, 소 내장, 그리고 버섯과 해산물 등을 돌려 담은 후 왕 부인표 장국을 부어넣는다. 그리고 솔잎을 띄우면 완성되는데 입을 즐겁게 하기에는 이보다 더 좋은 음식이 없을 정도여서 이곳 왕진화의 주점에서 최고로 치는 안주였다.

간만에 나일은 아버지의 집무실에서 훔친 은자 열 냥을 믿고 이 신선어시와 왕진화표 죽엽청을 시켰다.

한참 동안 혼자서 따르고 마시며 즐겁게 술을 음미하고 있던 도중 자신의 탁자 앞에서 젊은 사내 둘이 시비가 붙은 것을 보았다.

'이거 뭐야? 그렇지 않아도 적적하던 차였는데 재밌겠다.'

나일로서는 싸움 구경을 마다할 리가 없었다.

하지만 싸움이 벌어지면 피해가 생기는 왕진화로서는 무조건적으로 시비를 말려야 기물 파손을 막을 수 있었다. 그래서 필사적으로 그들을 진정시키려고 나섰다.

다행히도 그 둘은 서로의 멱살을 잡은 채 금방이라도 싸울 것처럼 분위기만 잡고 있을 뿐 누군가 나서서 말리면 싸움을 중지하려는 분위기였다.

그 묘한 대치를 누그러뜨리고자 왕진화가 그 둘을 뜯어말리려는데 누군가 자신의 뒷덜미를 끌어당긴 후 그 둘 사이에 끼어드는 것이 아닌가?

바로 나일이었다.

왕진화로서는 강진 땅에서 소문난 망나니 나일이 싸움을 말리리라고는 상상도 못했기에 놀란 입을 다물 줄 몰랐다.

‘젠장, 싸움 구경 하기는 틀렸네. 주인장이 말리려고 하잖아.’

나일은 왕진화가 그들을 뜯어말리려고 하자 낭패한 표정을 지었으나 곧 한 가지 생각을 떠올렸다.

‘내가 말리는 척 시비를 붙이면 되잖아?

나일은 그 순간 자리에서 일어나 왕진화의 뒷덜미를 낚아채며 시비를 벌이는 사내 둘 사이로 끼어들어서는 서로의 멱살을 쥔 손을 잡았다.

“이거 놓고 말로 얘기하라고!”

나일은 손을 비틀어 서로의 멱살을 푸는 척하다가 왼쪽 사내의 턱을 비켜 쳤다.

“앗!”

우선은 이 행동이 실수였다는 것을 표현한 후 사과까지 했다.

“아, 미안. 손이 미끄러졌네. 그러니까 놓고 얘기하죠.”

그리고 이번에는 오른쪽 사내의 손을 풀려고 힘쓰는 척하며 사내의 옷을 찢었다.

“어라, 옷이 찢어졌네? 이번 건 내 잘못이 아니오. 저 형장이 너무 세게 잡는 바람에…….”

자신의 잘못이 아니라는 인상이 강하게 드는 말투였기에 옷이 찢어진 사내는 맞은편의 사내를 보면서 악을 썼다.

“이 자식, 내 옷 물어내!”

“내가 왜 이 자식아! 미쳤나?”

“자자, 진정들하시라고요.”

나일은 그 둘 사이에 들어가 갈라놓는 척했다.

“야, 장삼해! 너 오늘 죽어볼래?”

“그래, 죽어볼란다. 죽여봐!”

정작 서로를 향해 달려들지는 않는지라 한 명이 달려들면 못 이기는 척 자리를 피하려던 나일로서는 그 둘을 조금 더 싸움 붙일 필요가 있다고 여겼다.

‘니들이 이렇게 해도 안 싸우겠다 이거지? 좋다, 안 싸울 수 있나 보자.’

다음 꿍수를 감추며 나일은 그 둘을 화해시키려는 모습을 보였다.

“보아하니 친구 같은데 왜 싸우고 그래요? 자, 손 내밀고 악수하세요.”

사내들의 손을 하나씩 끌어서 악수시키려고 했지만 그 둘은 서로 먼저 손을 내밀지 않으려고 했다.

‘그래, 계속 그래라.’

속으로 환호를 지르면서 나일이 장삼해의 손을 억지로 잡아당기다가 갑자기 강하게 힘을 주어 다른 사내의 배 부분을 가격하도록 했다.

퍼억!

“이 자식이!”

나일의 연출에 의한 상황은 끝내 그 둘이 어울려 주먹질을 하도록 만들었다.

“너, 죽어봐!”

“이 새끼가 봐주니까!”

그 둘의 드잡이질을 보는 왕진화로서는 그제야 나일의 이유 모를 선량한 짓이 결국 이 싸움을 더욱 부채질하기 위해서임을 깨달았다.

‘어련하시겠어? 저놈이 착한 일을 할 리가 없지.’

넘어져서 뒹구는 그들 위로 나일의 힘찬 응원 구호가 들려왔다.

"이기는 편 우리 편, 지는 편 술값 내기!"

나일이 그러든 말든 그 둘의 싸움은 박진감이 넘쳐 갔다.

원래 이런 막싸움은 가까이에서 구경하는 것이 묘미라 주점 안의 손님들도 말릴 생각 없이 그저 그 둘을 둘러싸고 구경할 뿐이었다. 기물이 부서질까 애가 탄 왕진화만이 그 둘 사이로 뛰어들었다.

"그만둬요, 그만둬!"

간신히 왕진화가 그들을 뜯어말리자 한참 재밌게 구경하던 나일은 그들을 다시 싸움 붙이려고 장삼해의 주먹을 들어 상대방의 얼굴을 쳤다.

"야, 맞고도 가만있냐? 끝장을 내보라고!"

장삼해의 주먹에 맞은 상대방을 향해 나일이 놀리듯 말하자 이제는 장삼해보다 나일이 슬슬 더 미워지려 해 이사민이 고함을 질렀다.

"닥쳐! 이 새끼 손봐주고 너도 죽을 줄 알아!"

장삼해에게 파고드는 이사민의 발길질로 제이차전이 시작되자 나일뿐 아니라 주루의 모든 사람들이 환호를 질렀다.

"그래, 바로 그거야! 빈틈을 파고들어야지! 야, 맞고 가만히 있으면 어떡해, 물어뜯기라도 해야지!"

나일은 자신의 주먹을 들어 여러 가지 동작을 펼치며 마치 누군가를 지도하는 듯 대응 방안을 쏟아냈다.

"야야, 그럴 땐 머리로 박치기를 해야지! 어이, 주인장! 왜 또 막아?"

그때 다시 한 번 자신의 가게가 난장판이 되는 것을 막아보려는 왕진화의 눈물겨운 노력 덕분에 싸움이 중지되자 나일을 포함해서 싸움 구경을 하던 사람들마저 왕진화에게 고함을 질렀다.

"주인장, 좀 비키시오!"

"왜 그래요, 한창 재밌는데?"

"우리 주인장을 떼어놓읍시다!"

"야, 니들은 계속해!"

드디어 나일이 왕진화를 빼내는 데 성공했음에도 그 둘은 한참을 엉겨 붙어 싸운 터라 지쳤는지 상대를 노려보면서도 먼저 덤벼들 생각은 하지 않았다.

나일은 그런 그들이 못마땅해서 그 둘의 주먹을 서로의 안면에 가격시키고는 등을 떠밀어 가까이 붙게 만들었다.

"야, 이제 붙어봐! 누가 센지 결판은 내야지! 맞고도 가만있냐?"

안면을 손바닥으로 감싸 쥔 장삼해와 이사민의 눈길이 허공에서 부딪쳤다.

뜻은 간단하게 통했다.

'우선은 저 껄렁한 자식을 패버리고 다시 한 번 붙자.'

그런 단어들이 서로의 눈빛을 통해 전해지자 동시에 둘은 젖 먹던 힘까지 내며 나일을 향해 덤벼들었다.

"아니, 이것들이 미쳤나. 괜히 나한테 화풀이야?"

자신이 한 짓을 돌이켜 보았으면 절대 입에서 나오지 않았을 단어들이 나일의 입에서 나온 후 가볍게 그 둘의 주먹을 피하면서 나일은 그들의 명치에 발길질을 해댔다.

"야, 왜 나한테 덤비냐? 니들이 혹시라도 날 이길 수 있다는 헛된 망상을 품고 덤벼든 거냐? 나는 니들하고 차원이 달라, 임마! 그러니 괜한 힘 쓰지 말고 둘이서 보기 좋게 싸워라!"

자빠진 사내들을 보며 충고하듯 얘기했건만 그들은 전혀 들으려는 의지가 없는 듯했다.

이제 갓 스무 살이 넘은 귀한 집 아들의 모습인 그들은 지금 자신의 앞에서 싸움을 붙인 이가 귀가 따갑게 소문으로 들었던 강진의 날건달 나일임을 모르는 것이리라.

펙펙!

나일은 자신의 양다리를 잡아 넘어뜨리려는 그들에게 간단하게 발길질을 가한 후 우선은 진삼해 한 번, 그리고 이사민 한 번 하는 식으로 둘 중 누구도 서운한 마음을 갖지 않도록 골고루 때려주었다.

그러다 진삼해가 먼저 조금 반항하다가 나일이 의자를 집어서 머리를 후려갈기자 그만 쓰러져 버렸고, 그 모습을 보고 겁에 질려 도망치려는 동작을 보이던 이사민은 술상이 차려진 탁자를 들어 그 속에 밀어넣고는 그릇들을 던져 댔다.

"나 공자, 제발 그만 좀 하세요."

장삼해와 이사민이 싸운 것보다 더 많은 기물을 파손하는 나일을 보며 왕진화가 울상을 짓고 만류하자 그제야 나일이 손을 멈췄다.

"뭘 봐? 뭐, 좋은 구경이라도 났어?"

자신은 실컷 싸움 구경을 하고, 아니, 싸움을 일부러 만들어서까지 구경하고는 남이 자신이 부리는 행패를 구경하자 나일은 눈을 부라리며 겁을 주어 제자리로 돌아가 술이나 처먹으라고 종용했다.

"야, 안 가? 니들도 죽고 싶어?"

과연 명불허전(名不虛傳)이라는 말밖에 생각나지 않는, 몇 년 전에 행패 부리던 그 모습 그대로의 나일이었다.

나일은 이미 기절한 장삼해를 깨우고 이사민을 일으켜 세운 후 자신 앞에 꿇어앉혔다.

"살려주세요. 잘못했어요."

"저두요. 살려만 주시면 뭐든지 다 할게요."

장삼해와 이사민이 울며불며 나일의 발길질에 엉망이 된 얼굴 사이로 닭똥 같은 눈물을 흘리며 사정하기 시작하자 나일의 머리 속이 빠르게 돌아가기 시작했다.

"정말 뭐든지 다 할 거야?"

다소 퉁명스러웠지만 나일의 말속에는 뭐든지 다 하면 그만 때리겠다는 의미가 다분히 섞여 있었다. 더 이상 맞으면 장가도 못 가보고 죽을지도 모른다는 위기의식에 그들은 하늘에서 내려준 동아줄이 썩은 동아줄이라는 사실을 자각하면서도 고개를 동시에 끄덕일 수밖에 없었다.

"진짜야?"

"그럼요. 살려만 주십시오."

"무조건 따르겠습니다."

나일은 잠시 생각하는 척하다 선심 쓴다는 듯한 분위기를 풍기며 그 둘에게 가까이 오라는 시늉을 했다.

"좋다. 뭐, 나도 더 때리려면 때릴 수 있지만 선천적으로 폭력을 싫어하는 사람이고……."

잠시 말에 뜸을 들인 후, 그러면서도 나일은 눈에 살기를 담아가며 말을 안 들으면 당장이라도 또 때리겠다는 눈빛을 보냈다.

"지금 내가 산적을 모집 중이거든. 이미 산채의 이름도 정했고. 그래서 말인데… 내 부하 해라."

자신이 얼마나 무섭게 얘기했는지 아직도 겁먹은 채 움직일 생각도 못하는 그들을 향해 나일은 씨익 웃어주었다.

"내 부.하. 하라고. 싫으냐?"

어찌 거부의 대답이 나오겠는가? 이 상황에서 산적이 아니라 그보다 더한 것을 하라 해도 살 수만 있다면 해야 하는데 이것은 그 둘에게 재고의 가치도 없는 선택이었다.

"그럼요. 해야죠. 합니다. 할 겁니다."

"원래 제가 산적이 꿈이었습니다."

그 둘은 아직도 겁에 질려 창백한 얼굴 위로 가늘게 피를 흘리면서 제발 부하로 삼아달라고 나일에게 통사정을 해대었다.

나일은 흐뭇한 마음으로 '다시 부하가 생겼구나' 라는 생각에 그 둘을 일으켜서는 술잔에 술을 따라 건넸다.

"자, 우선 이 두목님에게 인사를 해야지?"

"저는 장삼해라고 합니다."

겁이 많은 장삼해가 먼저 나일에게서 술잔을 받으며 대답했다.

"저는 이사민입니다."

"그래, 난 이제부터 너희들의 두목인 나일이다."

"나일이라구요?"

"끄윽……."

나일이 자신을 밝히자 동시에 두 명의 입에서 신음 비슷한 소리가 토해졌다.

요 이 년간 나일이 강진 땅을 떠나 있어서 귀한 집에서만 자란 그 둘은 직접 본 적이 없지만 소문으로 아직까지도 인구에 회자되는 최연소 개망나니에 날건달의 이름을 들어본 것이다.

그 둘은 그날 밤 안색이 파랗게 질린 채 술을 코가 비뚤어지게 마시며 자신의 신세를 한탄했다. 그리고 나일은 새로 얻은 부하들을 데리고 꾸려 나갈 산채를 설계하며 코가 삐뚫어지게 술을 마셨다.

집에 돌아와서도 예전과 다름없이, 아니, 이제는 관아의 포두들이 자신을 잡지 않는 것에 마냥 신이 나 빈둥거리며 여기저기를 돌아다니는 나일을 아버지 나문이 긴급하게 부른 건 왕진화의 주루에서 술을 먹고 새벽녘에야 집에 들어온 나일이 잠이 깬 저녁 무렵이었다.

아버지의 방에 들어가자 나문과 중년 여성 두 명, 그리고 자신이 어제 부하로 만든 장삼해와 이사민이 나일을 기다리고 있었다. 나문이 나일을 힐끗 보며 못마땅한 표정을 지었다.

"저 녀석이 맞느냐?"

뚱뚱한 살집을 자랑하는 중년 여인이 장삼해를 돌아보며 물었다.

"네에……."

아직도 나일이 무서운 장삼해는 아주 작게 대답했지만 방 안의 사람들 중 그 말을 듣지 못한 사람은 없었다.

"나 국주, 이게 말이 돼요? 우리 애가 어떤 아이인데 이 꼴로 만든 걸로도 모자라서 산적을 하자고 꼬신단 말이에요?"

장삼해의 어머니는 단단히 화가 난 듯 속사포같이 말을 토해내며 나문을 향해 삿대질을 해댔다.

"장 부인, 죄송합니다. 제 아들이 아직 철이 없어서……."

나일은 싹싹 빌면서 사죄를 구하는 나문을 보며 불현듯 어릴 적 자신의 숙부 나웅이 들려줬던 이야기가 떠올랐다.

"나일아, 세상에서 사내가 어머니한테 하지 말아야 할 세 가지 말이 있는데 그것이 무엇인지 아느냐?"

나웅은 자신의 무릎에 나일을 앉히고는 빙글빙글 웃으며 물어왔다.

“그런 것도 있어요?”

나일이 생전 처음 들어본다는 얼굴로 웃어 보이자 나웅이 손가락 하나를 치켜들었다.

“첫 번째는 어머니보다 먼저 죽게 되었다는 말이지. 예를 들면 너처럼 불치병에 걸리거나 몸에 심한 상처를 입고 유언하는 것, 그런 것이지.”

나일이 나웅의 말에 씁쓸한 표정을 짓자 나웅이 그런 나일의 몸을 꼭 껴안았다.

“그래도 너는 다행이지 않느냐? 그런 말 할 어머니가 없으니까 말이다. 하하!”

분위기를 바꿔보려는 듯 나웅이 웃자 나일도 방금 들은 말이 아무렇지 않은 듯 따라 웃었다.

“정말 다행이네요. 하하하! 그럼 두 번째는요?”

나웅이 두 개의 손가락을 치켜들고는 먼 산을 바라보며 말했다.

“그건 바로 어머니에게 ‘엄마, 나 남자가 좋아졌어요’ 라고 하는 것이란다.”

“아니, 그게 왜요? 난 숙부가 좋은데 숙부도 남자잖아요.”

그 말에 조금 당황한 표정으로 나웅이 그게 아니라는 듯이 손사래를 쳤다.

“네가 아직 어려서 내 말을 이해 못하는 거란다. 어른이 되면 자연적으로 내 말이 이해가 될 것이다.”

차마 왜 그런지에 대해 자세히 설명할 수 없어서 나웅이 황급히 다음 말을 이었다.

“세 번째가 어머니한테 ‘엄마, 나 맞고 들어왔어요’ 라고 하는 것이다."

"그건 왜요?"

천진한 눈빛으로 물어오는 나일의 머리를 쓰다듬으며 나웅이 이유를 설명해 주었다.

"모름지기 사내자식이 누구한테 맞는다는 게 말이 되느냐, 쪽팔리게. 그리고 그걸 자기 어머니에게 말하면 어머니가 잘했다고 좋아하시겠느냐? 그런 놈은 사내 자격이 없단다. 차라리 누구를 죽이고 들어와서는 '어머니, 저 사람을 죽였으니 산에 들어가 산적이 되겠습니다' 라고 하는 것이 낫지. 안 그러느냐?"

마지막 세 번째는 자신의 일을 이야기한 듯 나웅은 그 말을 마치고 하루 내내 회상에 잠겨 있었다.

나문이 은자를 쥐어주며 선처를 부탁하자 그 방법이 통했는지 아들 똑바로 간수하라며 끝까지 큰소리를 치고 그 아줌마들은 물러났다. 나일은 그 아줌마의 등에 붙어 나문의 방을 빠져나가는 자신의 부하가 될 뻔했던 장삼해와 이사민에게 살기 어린 눈빛을 쏘아주는 것을 잊지 않았다. 전음과 함께.

"니들 담에 길거리에서 내 눈에 띄지 마라. 걸리면 죽는다."

이렇게 바쁘게 그들을 협박하는 나일의 귀를 나문이 붙잡았다.

"따라오너라."

그리고는 나문은 자신의 집무실인 국주원(局主院)으로 향했다.

집무실로 들어서자마자 나일을 쳐다보며 나문이 손가락으로 박제된 매를 가리켰다.

"나일아, 너는 지금 박제된 매와 같단다."

“네에?”

나일은 무슨 의미로 이런 말을 하는가 싶어 아버지를 쳐다봤다.

“힘은 있으되 그 쓰임을 찾지 못하면 날지 못하는 매와 무엇이 다르겠느냐?”

“아버지…….”

차라리 예전처럼 호된 꾸지람이었다면 마음 편했을 텐데 오늘 나문이 나일을 대하는 태도는 어딘지 모르게 달랐다.

“그래, 지난 이 년간 너는 분명 달라졌고 너의 무공도 강호의 일류고수라 불릴 정도로 성장한 듯하구나.”

나문은 잠시 말을 끊고는 나일의 눈동자를 바라봤다.

“하나 아직 너는 너 자신의 쓰임을, 아니, 네가 앞으로 해야 할 일에 관심이 없는 듯하구나.”

“아니요, 저는…….”

나일이 머뭇거리자 나문은 그런 나일을 보며 굳은 얼굴을 풀었다.

“그래, 하고 싶은 일이나 포부가 있느냐?”

아버지가 이렇게 물어오자 나일은 자신이 어렸을 때부터 하고 싶었던 일을 말할까 말까 갈등하다가 어차피 닥칠 일 ‘매도 먼저 맞는 게 낫다’ 라는 생각에 대답했다.

“저는 녹림제일인(綠林第一人)과 함께 장강(長江)을 주름잡는 강도(强盜)가 되고 싶습니다.”

나일의 대답에 나문은 혀를 끌끌 차며 나일을 쳐다봤다.

“이놈아, 그렇게 높은 무공을 익히고 그깟 산적 나부랭이가 되고 싶단 말이냐?”

“아버지, 산적을 비하시키지 마세요. 그렇다면 숙부님도 산적 나부랭이입니다.”

생각보다 완강한 나일의 모습에 나문의 눈썹이 이마 위까지 올라갔
다.

“이놈이 뭘 잘했다고? 그리고 그거야 그놈은……. 에이, 말을 말
자.”

“저도 숙부님과 같은 강도가 되고 싶습니다. 아니, 그보다 더 유명한
강도가 되겠습니다.”

나일은 눈을 딱 감고 하고 싶은 말을 다 해버렸다.

“그래도 이놈이……. 니 숙부는 집을 뛰쳐나가 그리된 거야. 니 할
아버지와 부자의 연을 끊으면서까지… 끌끌끌…….”

끝내 나문이 혀를 차며 화를 냈다.

“너의 형은 관에 투신해서 높은 관직에 있어 형한테 이 가업을 이으
라고 할 수가 없으니 네가 내 대신 이 대향표국을 이어야 할 것이 아니
냐?”

그러면서 나문은 집무실의 집기들을 하나둘씩 쳐다봤다.

잘 정돈된 사무실의 오른쪽 벽에는 중원 전도가 펼쳐 있고 각 문파
의 영역권을 표시해 둔 깃발이 표시되어 있었다. 아무래도 표국 일을
하는 이상 이런 것은 기본적으로 머리 속에 두어야 하고, 한 번의 표물
행을 떠나더라도 그 길에 영향을 미치는 대소문파들을 알아야 하기 때
문에 표국의 국주 사무실에는 대부분 이런 중원 전도가 구비되어 있었
다.

나문은 곧 이어 벽장에 진열된 상패들에 눈길을 던졌다. 사천성에서
제일의 표국이 되면서 받은 감사패들이 눈에 들어왔다. 그 하나하나의
감사패는 작은 표국으로 출발했던 대향표국이 사천제일의 표국이 되기

까지의 험로가 고스란히 투영된 것이다.

그 밖에도 국주실의 집기는 나름대로의 의미가 부여되어서 진열된 것이었다.

나문은 시선을 돌리지 않고 나일을 불렀다.

"나일아."

나지막하게, 잔잔하게 들려오는 그 목소리에는 왠지 모를 힘이 실려 있었다.

"예, 아버지."

"저기 영웅증이 보이느냐?"

나문의 손가락이 가리킨 곳에는 나일의 형인 나천의 영웅학관 졸업장이 액자에 정성스럽게 담겨 벽 중앙에 당당히 걸려 있었다.

"형의 졸업장 말씀이십니까?"

"그래, 나는 이 사무실 안에 있는 것 중 저것이 가장 소중하고 자랑스럽단다."

영웅학관(英雄學館).

천하의 기재란 기재는 매년 2월이면 황제(皇帝)가 있는 북경으로 향한다.

황제를 보기 위해 북경을 찾는 것이 아니다. 단지 북경에서 십여 리 떨어진 곳에 바로 그 유명한 영웅학관이 있기 때문이었다. 그리고 기재들은 그곳에 입관하기 위해 북경으로 발걸음을 향하는 것이었다.

명나라에서 유일하게 조정이 인정하고 구대문파가 힘을 합쳐 공동으로 설립한 곳.

그곳이 바로 영웅학관이다. 배우는 과정이 전액 무료이며 이 중원에

서 유일하게 관과 무림이 공존하기에 영웅학관은 무림이나 관의 손길
이 미치지 않는 특별한 치외법권의 지역이었다.

이 영웅학관은 크게 무관(武館)과 문관(文館), 그리고 예관(藝館)으로
나누어 학생을 선발했다. 그 수는 매년 문, 무관이 각 400여 명, 그리
고 예관 200여 명이었다.

각 관은 다시 몇십 명, 혹은 백 명 단위로 나뉘어지는데 이를 학전(學
殿)이라 한다.

우선 무관은 검을 사용하는 검전(劍殿)과 도를 주무기로 하는 도전
(刀殿), 여기에 주먹을 단련하는 권전(拳殿), 그리고 창, 활, 도끼 등 군
대에서 사용하는 십팔반 무예를 가르치는 십전(十殿)으로 나뉜다.

문관은 법률에 대한 지식을 가르치는 법전(法殿)과 정무에 관한 공
부를 하는 정전(政殿), 그리고 경제 활동에 대한 통찰력을 기르는 상전
(商殿)이 있으며 그 외에 천문, 지리, 점복 등을 전문적으로 공부하는
오전(五殿)으로 구성되어 있다.

또한 예관은 글씨와 그림을 가리키는 서전(書殿), 음악을 가리키는
악전(樂殿), 병장기나 예술품을 만드는 장인을 길러내는 공전(工殿), 그
밖의 잡다한 기예를 가르치는 잡전(雜殿)으로 나뉜다.

천하의 기재들이 다 들어가기를 소원하고 만약 들어간다면 가문의
영광으로 생각할 정도로 영웅학관에 들기 위해서는 어려운 시험이 기
다리고 있었다. 또한 25살 미만의 젊은이에게만 입관이 허용되며 영웅
학관에 입관한다 해도 10년의 기간 동안 학관이 정하는 자격에 떨어지
거나 미달될 경우 자동으로 제적된다. 그래서 한 해에 1,000명의 기재
가 들어가지만 경쟁에서 승리한 100여 명의 기재만이 졸업장을 획득
하는데 이를 말하기 좋아하는 사람들은 영웅증이라 칭했다.

명의 조정이나 각 학계(學界), 상계(商界), 무림의 대문파에서는 매년 이 영웅증을 획득한 기재들을 잡으려는 인재 쟁탈전이 벌어져 서로 최고의 대우를 약속하며 자신들에게 끌어들이려 한다. 그럴 수밖에 없는 것이 그 치열한 경쟁을 뚫고 들어가서 살아 나온 문관의 기재가 그 다음 해에 벌어지는 명의 관리 시험이나 과거시험에서 장원(壯元), 차석(次席), 탐화(探花)를 석권하였으며, 무관의 기재들은 그들의 원래 문파나 세가로 돌아가지만 극히 드물게 무과(武科)에 응시한 졸업생들은 항상 장원을 놓치지 않았고, 무림에서도 정파의 연합체인 정도맹이 주체하는 3년에 한 번씩 있는 비무대회에서 초창기를 제외하고 지난 30년 동안 영웅학관 졸업생들이 항상 결승전에서 붙었기 때문에 영웅학관의 졸업장, 즉 영웅증은 능력을 나타낼 뿐이 아니라 작금에 이르러서는 출세하는 지름길로 인식되었다.

나문은 나일의 손을 잡으며 입을 뗐다.

"사나이로 태어나서 영웅학관에 드는 것은 필생의 꿈, 이 아비의 부탁이다. 너의 무공이라면 충분히 그곳에 입관할 수 있는 터, 그곳의 졸업장을 획득해라. 그래서 이 대향표국을 이어받아 빛내주거라."

나일은 그런 나문의 손을 뿌리치지 못하고 차분한 얼굴로 아버지를 바라봤다.

"아버지, 저의 꿈은 천하제일의 강도(强盜)가 되는 것이온데 그깟 졸업장이 무슨 필요입니까? 저는 그것 때문에 제 소중한 인생을 소비할 수 없습니다."

순간 나문의 입이 떨리며 나일의 손을 더욱 세차게 잡아갔다.

"이 녀석아, 세상은 무공만 높다고 다 되는 것이 아니란다. 그곳에 가면 앞으로 세상을 움직일 사람들의 안면을 익힐 수 있고 그곳의 졸업장을 얻는다면 보다 손쉽게 성공할 수 있고……."

나문은 숨을 돌리고 다시 말을 이었다.

"그래, 사람들이 지금껏 너를 보던 눈도 달라질 것이다. 막말로 강진의 망나니, 날건달이라는 소리만 들어왔지만 그곳에 입관한다면 사람들의 너에 대한 인식이 달라지고 표국의 사람들도 장차 너를 우러러볼 것이다."

"그깟 것 때문에 저에 대한 인식이 달라진다 해도 저는 그런 것에 연연하지 않고 잘 살아갈 수 있습니다. 저는 최고의 강도가 될 수 있습니다."

나일의 목소리가 점점 커져 갔다.

어쩔 수 없다는 생각이 들었기에 나문은 나일에게 조건을 내걸었다.

"이 녀석, 고집은……. 좋다. 그곳의 졸업장을 딴다면 그 후 네가 이 표국을 이어받지 않고 산적 따위가 된다 해도 아무 소리 하지 않으마."

그 말에 나일의 얼굴이 환해졌다.

"정말이십니까?"

나일은 물론 지금 영웅학관에 대해서 모르고 있긴 하지만 차라리 그깟 영웅증 따버리고 아버지의 허락 하에 자신이 하고 싶은 일을 하는 게 마음 편하리라 생각된 것이다.

"오냐. 그곳의 졸업장을 딴다면 이곳에 너의 졸업장을 걸어두는 것으로써 앞으로 너의 행동을 방해하지 않으마."

"남아일언!"

나일이 먼저 약속의 말을 읊자 나문이 마저 읊었다.

"중천금!"

나일의 입가에 미소가 걸리며 나문에게 승낙의 고갯짓을 해 보였다.

사실 나문은 나일의 무공이 능히 강호의 일류고수라는 소리를 들을 수 있을 정도라 그곳에 들어가더라도 졸업장을 따기까지는 엄청난 인내심과 노력이 필요할 것이라 생각했다. 괜히 영웅증이라 불리는 것이 아니었다.

그곳에 들어가 졸업장을 따기 위해 노력하는 시간 동안 나일은 자신의 재능을 훨씬 의미있게 발휘할 곳을 찾으리라 생각한 것이다.

기재들, 아니, 천재들만이 모인 곳에 있다 보면 세상을 보는 눈이 달라지고 그들에게 동화(同化)되어 산적이 되겠다는 생각을 접을 것이라 여긴 것이다.

나문은 밖으로 나가는 나일의 등을 보다 벽에 걸린 나천의 영웅학관 졸업장을 다시 한 번 자랑스럽게 쳐다봤다.

영웅증
성명 : 나천

위 사람은 영웅학관의 과정을 수료했슴.
영웅학관 이대 관주 범진.

녹림오계(綠林五戒)를
가슴에 품다

나일은 영웅학관 입관 시험까지 집에서 빈둥거릴 바에야 숙부의 산채에 가서 미래에 대한 준비와 구상을 해두는 것이 낫겠다 여기고 숙부도 뵐 겸 풍귀채로 향했다.

멀리서 풍귀채의 망루가 보이자 나일은 오래간만에 자신의 모든 공력을 끌어 모아 경공을 사용하여 달렸다. 풀잎 한 치 위의 공간을 밟으면서 쏜살같이 달려가는 자신에 나일은 자기 감탄에 빠져들었다.

'음, 역시 제대로 배우긴 한 모양이야. 하긴 워낙 재능이 뛰어나니까. 캬캬캬!'

망루 위에서 망을 보던 산적 경력 십사 년의 정소추는 산채로 달려오는 사내의 모습을 보고는 입이 딱 벌어졌다. 아무리 뛰어난 경공을 펼친다 해도 사람일 것이 분명한 그 물체가 화살 같은 속도로 날듯이 오는 데 우선 놀랐고, 산채로 향하는 길에 매복한 식구들이나 덫 등을 피해 오는 것은 가히 신기하다 여길 정도라 더욱 놀라움을 금치 못했다.

"정씨 아~씨(아저씨)~"

정소추는 지금 세 번째로 놀랐다. 그 물체가 바로 집 나간 나일이라니? 자신을 부를 때, 아니, 산채 식구들을 부를 때 건방진 투로 '아저씨'가 아닌' 아~씨'라 부르는 사람은 나일뿐이라는 것을 여전히 기억하고 있었던 것이다.

"여어, 누군가 했더니 나일이잖아?"

정소추가 반가움이 듬뿍 담긴 목소리로 나일을 맞았다.

"정씨 아~씨, 요즘 사업 잘되죠?"

역시 산적과의 대화는 사업 얘기부터 하는 게 일반적인 것 같다. 산적에게 사업 얘기를 꺼내는 것은 '밥 잘 먹고 있습니까? 라고 묻는 것과 똑같은 물음이니까.

"그럼. 우리 산채 식구들은 아무리 불경기라도 거래 튼 곳이 많아서 잘 먹고 잘 지내지."

나일은 반갑게 망루 위의 정소추를 보며 손을 흔들었다.

"아~씨, 나 먼저 올가갈게! 이따가 봐요! 참, 위에는 알리지 말고!"

정소추는 그런 나일을 보며 알았다는 듯 눈을 깜박이며 능청스럽게 산을 둘러보며 외쳤다.

"그럼. 그런데 지금 뭐가 지나갔나? 너무 빨라서……."

산채에 도착한 나일은 집에서 준비해 온 손수건을 가슴에서 꺼내어 얼굴을 가리고는 정문을 뻥 차며 들어갔다. 자신이 변해서 돌아왔다는 신고식을 자기 나름대로 준비한 것이다.

"이 나쁜 산적 놈들, 다 내 앞에 무릎을 꿇어라!"

그 목소리에 여기저기서 칼을 빼 든 산적들이 튀어나와 칼을 치켜들며 분분히 외쳤다.

"웬 놈이냐?"

"웬 미친개가 짖냐?"

"저놈을 당장 잡아라!"

등등 수많은 욕설이 나일에게 쏟아진 후 산적들이 한꺼번에 나일을 덮쳐 왔다.

원래 산적들은 일 대 일보다는 일단 서로 힘을 합해 협력해서 싸우는 방식, 다른 말로는 쪽수로 밀어붙이는 것을 선호했다.

나일은 덤벼드는 산적들의 팔을 쳐서 칼을 떨어뜨리거나 혈도를 점해 그들이 더 덤비지 못하게 한 후 한쪽으로 물러서서는 장엄한 어조로 산적들에게 외쳤다.

"이 산적들아, 오늘부로 이 산채는 나 나일이 접수한다!"

그리고는 손수건으로 가렸던 얼굴을 드러냈다.

"이놈! 나일?"

"나일?"

"나일이잖아?"

"이 녀석, 아직도 장난이 심하잖아!"

나일의 얼굴을 알아본 산적들이 하나둘 칼을 거두며 나일의 주변으로 모여들자 나일도 혈도를 점했던 사람들을 풀어주며 일일이 안부를 물었다.

"명삼이 형은 아직도 총각이우?"

"네 녀석이 마을에 있는 처자들을 보쌈해 와야 이 형이 장가갈 것이 아니냐?"

"이런, 담에 올 때는 생각해 볼게. 소씨 아~씨는 몸 좀 어떠우?"

"이놈아, 그깟 칼침 한 방에 사나이 소류진이 아직도 헤롱거릴 줄 알았냐?"

"난 죽은 줄 알았다니까, 맨날 누워만 있길래. 휴우~ 마씨 아~씨는 아직도 소두목 대리(代理)요?"

나일이 사람들에게 일일이 안부 인사를 전할 때 풍귀도 나웅도 바깥의 소란을 전해 듣고 사람들이 풍귀도라 부르는 날이 퍼렇게 선 반월형의 큰 칼을 들고 나타나 나일을 알아보며 대뜸 소리를 질렀다.

"이놈, 나일아!!"

나일은 고개를 돌려 그 목소리의 주인을 확인했다.

"숙부!"

큰절을 올리려는데 풍귀도 나웅이 그런 나일을 만류하며 끌어안았다.

아들이 없기에 친아들처럼 생각하는 나일이 돌아왔다는 소식을 정보, 정탐을 위해 마을에 내려보낸 산적들에게 며칠 전에 들었다. 그래서 이제나저제나 그가 올까 기다린 지 오래되었던 나웅은 안았던 손을 놓으며 나일의 몸 구석구석을 훑었다.

나웅은 나일이 자신의 생각대로 많이 크고 듬직한 것이 대견스러워 칼바람을 내는 귀신이라는 별호답지 않게 하마터면 눈물을 보일 뻔했다. 얼굴은 험악했지만 나웅은 누구보다도 잔정이 많았다.

"다 큰 놈이 숙부를 안으면 어떡해, 이놈아! 니 숙모가 보면 어쩌려고."

풍귀도 나웅은 무안한 표정을 감추며 부하들을 향해 외쳤다.

"야 이놈들아, 오늘 내 조카 나일이 왔으니 거하게 잔치를 벌이자꾸나!"

나일은 나웅에 손에 이끌려 채주실로 끌려와서는 이제 서른 살이 된 숙모에게 안부 인사를 하였다. 그리곤 잠시 산채를 둘러보고 싶은 마음에 밖으로 빠져나와서는 자신이 어렸을 때부터 좋아하던 장소를 찾았다.

나일이 찾은 곳은 산적들이 권각법을 연무하는 모습이 가장 잘 보이는 철봉이었다.

그곳에 거꾸로 매달려 나일은 산채에서 보냈던 일들을 떠올렸다.

일 년에 한두 번 큰 거래의 표물은 자신이 직접 운송해야 마음이 편했던 아버지 덕분에 나일은 그동안 늘 혼자였다. 나천은 영웅학관에서 한창 수련을 하고 있고, 어머니는 자신을 낳을 때 돌아가셔서 피붙이가 없는 표국에 있기 싫었다. 그래서 아버지가 직접 표행을 나설 때면 숙부가 있는 산채에 데려다 줄 것을 아버지에게 부탁하고는 했다.

그러면 아버지는 표물을 운송하면서 처음으로 만나야 하는 산채인 풍귀채에 자신을 데려다 주고 다시 돌아오는 길에 데리러 오고는 했다.

나일에게 산채에 대한 첫 기억은 텁석부리에 등치가 산만한 호한이 목에 반월형의 큰 칼을 들이대고 아버지 나문에게 협박조로 말하는 목소리였다.

"대향표국 국주 칠정도 나문, 아들을 살리고 싶으면 몸값을 가지고 와라! 되도록 많이!"

나일의 기억에는 자신의 목에 닿아 있는 칼보다 서슬 퍼런 그 말이 더 무서웠다. 그래서 그 자리에 주저앉아 엉엉 울어버린 기억이 아직도 그의 머리 속에 선명했다.

그때 나문이 그 호한에게 다가가더니 붕 소리가 나게 팔을 휘둘러 그 호한의 뒤통수를 때렸다.

"풍귀채 채주 풍귀도 나웅아, 너는 언제쯤 철이 들려느냐? 애는 왜 울려? 니 눈에서 눈물나게 해줄까?"

나문의 말에 호한은 맞은 뒷통수가 아픈지 그곳을 한참이나 문질렀다.

"아파요~"

아까의 그 패기만만한 목소리는 사라지고 수줍은(?) 목소리가 호한의 입에서 나왔다.

"너는 네 조카 몸값도 챙기는 그런 흉악한 산적이었더냐?"

나문의 손이 다시 한 번 올라가자 그 호한은 칼을 뒤로 숨긴 채 뒤통수를 긁적이며 최대한 귀여운 표정을 지었다. 그리고는 나일을 얼르려고 하는 것이 아닌가?

나일은 그 모습이 더욱 무서워서 나문에게 달려가 바지를 잡고는 고개를 파묻고 더 크게 울어버렸다.

나문은 그런 나일을 보고는 악에 받쳤는지 나일을 조심스럽게 떼어내며 그 호한을 밟고 고래고래 소리를 질렀다.

"이놈이, 애를 왜 더 울려? 이런 망할 놈!"

그렇게 한참을 밟고서는 축 늘어진 호한을 일으키며 협박조의 말을 해댔다.

"애가 또 우는 것이 보이면 이 산채는 다 박살날 줄 알아라!"

"훙, 됐수다. 우리 산채가 겨우 대향표국 따위에게 무너질 것 같소?"

"그래도 이놈이 뭘 잘했다고. 붙어볼래?"

차차창!

두 사람의 싸움이 커질수록 느긋하게 관전하던 산적들과 표사들이 자신들의 무기를 향해 조심스럽게 손을 뻗쳤다.

"됐다니까요! 우리한테 통행세 내면서 이 길을 다니면서! 흥! 그 잘난 표국을 형 대에서 끝내고 싶으면 붙어보든가!"

"이놈의 자식이! 아부지, 아부지 말 안 듣고 산적이 되더니 이제는 아부지가 세운 이 표국을 통째로 없앨려고 듭니다!"

그리고는 마지막 일격을 가하듯이 패대기치자 호한은 등짝이 바닥에 부닥쳤다. 그는 엉거주춤 일어나 나일의 손을 잡아끌면서 나일에게만 들릴 자그마한 목소리로 말했다.

"나일아, 니 아부지는 이 길을 다니려고 이 숙부한테 통행세를 바친단다. 그러면서 허세는……."

나웅은 언제 맞았느냐는 듯 득의양양(得意揚揚)하여 나문에게 손을 내밀었다.

"어쨌든 애 잘 키우고 있을 테니까 통행세나 주시오."

나문은 그런 호한이 마음에 들지 않은지 영 못마땅한 얼굴로 가슴에서 돈주머니를 꺼냈다.

"이놈아, 애 울리지 마. 돌아와서 애가 한 번이라도 울었다는 얘기가 들리면 각오해라."

그때부터였을까?

강진 땅에서는 누구라도 아버지한테 돈을 주는—왜냐하면 표국의 일이란 게 돈이나 귀중품을 운송하는 것이 주임무이고 그 대가로 수수료를 받기 때문에—사람들뿐이었다. 그런 아버지가 품속에서 돈을 건네주는 사람을 만난 건 처음인 나일에겐 산적이 신기롭고 존경스러워 보였고, 어쨌

든 그 호한이 멋지고 위대해 보였다. 그것이 숙부 같은 멋지고 돈 잘
버는 산적이 되고 싶다는 생각을 품게 된 시작인 것 같았다.

　잔치가 벌어지는 밤.
　나일은 이런 분위기가 좋았다.
　웃고 마시고 떠들며 가끔 큰소리치고 싸움이 일어나기도 했지만 남
자들만의 세계라는 것이 실감나는 이곳의 분위기가 그렇게 좋을 수가
없었다.

　나일이 12살 되던 해인가? 아버지가 강남으로 표행을 가고 산채에
맡겨지던 날이었다. 그날 제법 큰 건수가 있었던 풍귀채는 평소보다
더 성대하게 잔치를 벌였다.
　그때 방에서 잠을 자던 나일도 그 소란스러움에 깨게 되었다.
　그날 밤 숙부가 권한 죽엽청 한 잔, 그것이 강진 땅에서 망나니로 불
리는 날건날 나일의 시작을 알리는 축하주였다.
　처음엔 그렇게 독한 줄 몰랐지만 일단 한 잔 들이키자 처음 느껴보
는 술기운에 숙부에게 한 잔 더 먹어도 되냐고 물었다.
　"마음대로 하거라."
　숙부의 승낙에 나일은 독한 죽엽청을 연속해서 들이켰다.
　그리고 산채 산적들의 '남자답다', ' 멋있다' 라는 말에 혹해 그날 고
주망태가 되도록 술을 들이켰다.
　그 후 아버지가 나일을 데리고 표국으로 돌아가서도 아버지 몰래 집
안의 술들을 먹은 사실이 들통나자 자초지종을 짐작하신 아버지는 곧
바로 풍귀채로 향했다. 그날로 숙부는 자리에 누우실 정도로 맞았지만

그날부터 나일은 자신도 당당한 한 명의 남자임을 선포하고 술을 몰래가 아닌 대놓고 먹고 다녔다. 물론 그때부터 국주의 금고에 비상한 관심을 가지게 됐고 거기에 더해 집 안의 금붙이들도 사라져 갔다. 그리고 술을 먹은 후에는 술 먹은 티를 내기 위해서 사람들에게 시비를 걸었다. 결국 관아의 '요주의 인물 일호'를 사상 최연소의 나이로 지명받게 된 것이다.

　　나일이 웃음을 터뜨렸다.
　　"후후."
　　나일은 술판을 벌이는 산적들이 좋았다.
　　표국에서도 잔치가 벌어지지만 그곳은 왠지 경직된 분위기가 보이는데 이곳의 술판은 자유스러움이 넘치는 것이 뚜렷한 대조가 눈에 보일 정도였다.
　　나일에게는 그것만으로도 표국보다 산채를 좋아하는 충분한 이유인 것이다.
　　술에 취한 소씨 아저씨가 일어나서 이곳 풍귀채의 산채가(山寨歌)를 선창하자 그 자리에 모여 있던 산적들이 하나둘 일어서서 따라하기 시작했고, 종내에는 모두가 목소리를 맞추기 시작했다.

　　뺏다도 아구창도 나 홀로 씹어 삼키며,
　　시궁창과 싸움터를 누비고 다녀도,

　　사랑에는 마음 약한 의리의 사나이,
　　난폭한 풍귀채라 욕하지 마라.

오늘도 맨주먹에 목숨을 바친,
이름 모를 영혼들도 알아줄 날 있으리라.

하나의 산가가 끝나자 제자리에 앉을 듯하던 산적들은 서로를 부둥
켜안으며 다시 한 곡의 산가를 불러 젖혔다.

길고 긴 싸움터 정신없이 헤매어봐도,
내 마음에 드는 칼 풍귀도뿐이다.

죽음이 다가와도 나는 좋아.
칼 하나에 목숨 걸고 살아가리라.

깡다구와 의리 속에 풍귀채는 살아간다.

"나일아, 이리 오너라."
술과 산채가를 음미하던 나일을 나웅이 불렀다.
"예, 숙부."
나일이 자신의 술잔을 들고는 나웅의 곁으로 갔다.
"그래, 그동안 몸은 건강했겠지?"
"네, 보시다시피 건강합니다."
나일은 자신감이 넘치는 목소리로 대답했다.
"그래, 좋아 보이는구나."
풍귀도 나웅은 고개를 끄덕이며 나일을 지그시 쳐다보았다.

"아직도… 산적이 되고 싶은 게냐?"

"네, 제 머리 속에는 여전히 숙부가 가장 멋있어 보이는걸요."

나일은 나웅을 보며 웃었다.

"그래, 여전히 안목은 높구나. 이번에 영웅학관에 든다구 하던데……."

나웅은 넌지시 앞으로의 계획을 물었다.

"예, 아버지가 영웅증을 꼭 따야만 제가 하고 싶은 것을 하게 해주신다고 하셔서……."

왠지 숙부의 기대(?)를 저버리는 것 같아 나일은 고개를 떨구었다.

"하하하, 이 숙부는 그런 것이 없어도 산적질 잘해먹고 사는데……."

나웅은 웃으며 말을 흘리고는 이내 다시 말을 이었다.

"이 산채는 말이다, 표국처럼 아버지가 국주라서 그 다음 대의 아들에게 가업을 물려주는 그런 곳이 아니란다."

나웅은 언제 웃어냐는 듯 표정을 굳혔다.

"알고 있습니다."

"내가 만약 물려줄 수 있다면 물려주고 싶지만 이곳은 들어온 순서라든가 무공 실력, 사람들을 이끌 수 있는 능력 등등 그런 것들이 뒤엉켜서 채주의 그릇이 된다. 모든 사람들의 도의가 모아져야만 비로소 산채의 우두머리가 되는 것이란다."

"그것도 알고 있습니다."

이곳에서 자랐다고 해도 과언이 아닌 나일이었다. 당연히 그 정도는 익히 알고 있는 이야기였다.

"그래, 잘 알겠지. 반은 이곳에서 컸으니까. 나는 마흔이 다 되어서야 겨우 채주로 인정을 받았단다. 그때의 심정을 알겠느냐? 내 나이 스물에 표국을 뛰쳐나와 적이라면 적일 수 있는 산채에 뛰어들어 나 혼자만의 능력으로 녹림칠십이채 중에 서열 오 위라는 풍귀채 사백 명 인원의 정점에 선 것이야.”

풍귀도 나웅은 아련한 듯 지나온 과거를 회상하기 시작했다.

“참 많은 일을 겪었고 숱하게 죽을 뻔했지만 난 해냈지. 그때의 난 총채주… ‘총표파자’ 라 불리는 그 칭호를 언젠가는… 그래, 언젠가는 반드시 내 것으로 만들 수 있을 거라고 자신했지.”

말을 하는 나웅의 눈은 정광이 반짝였지만 이내 무언가를 생각한 듯 침울한 눈빛으로 바뀌어갔다.

“그렇지만 몇 해 전 녹림총채 호골채(虎骨寨)에 잠시 들러보고는 그 꿈을 접었단다.”

나일은 그런 숙부를 응시하며 다음 말을 기다렸다.

“나의 능력이 그 정도가 되지 않는다는 것을 깨달았거든. 총채에는 영웅학관에 입관했던 기재들 몇몇이 투신했는데 그 능력이 이 숙부의 능력을 모두 뛰어넘는 것이었지.”

나웅이 한순간 자신의 입술을 꽉 깨물었다.

“한 사람 한 사람의 능력이 출중했어. 비록… 그 모두가 영웅증을 획득하지는 못했지만 녹림에서 그만한 인물이 나오기란 힘들단다. 아니, 백 년이 지나도 녹림에서 그런 인재가 나오는 것은 불가능하다는 것을 이 숙부는 알고 있었는지 모른다. 녹림에서 자라서는 그런 그릇이 나올 수 없다는 것을…….”

나웅은 무언가 더 말하려다 말을 잇지 않고는 나일에게 물었다.

“산적이란 무엇이냐?”

급작스런 질문에 나일은 잠시 머뭇거리며 질문의 진정한 의미를 생각했다.

"산적은 말 그대로 산에서 생활하는 자들입니다."

"그래, 산적은 산적일 뿐이지. 산적이 마을로 내려가면 그것은 녹림의 도(道)를 깨는 것이야. 나일아!"

"예, 숙부."

"그 몇몇은 일신에 지닌 능력은 뛰어날지 모르지만 산적이 되기에는 애시당초 불가능한 자들이란다. 산적이라는 녹림(綠林)의 신분을 망각하고 마을의 이권까지 손에 넣으려 한단다. 그것은 산적의 자유로움을 속박하게 될 것이다. 산적이 마을을 유지하는 하나의 문파가 되려고 해서는 안 된다. 무슨 뜻인 줄 알겠느냐?"

머리로는, 아니, 말로는 표현할 수 없고 가슴으로만 이해할 수 있는 말이었다.

"예, 잘 알겠습니다."

"그들은 녹림의 얼굴을 버리고 사람들에게 당당해 보이려는 호승심으로 녹림을 문파로 전락시키려는 것이다. 비록 그들의 능력이 출중하고 스스로 녹림에 머무르기에는 아까운 기재라도 산적은 산적일 뿐, 우리가 그들의 부하라 해도 우리의 자유를 구속할 수는 없는 것이란다. 그것이 바로 녹림을 창건한 녹림황제(綠林皇帝)라 불리는 천면도(天綿刀) 왕광이 내린 녹림오계(綠林五戒) 중의 하나이기 때문이다."

나웅은 잠시 회상에 젖더니 나일에게 물었다.

"어렸을 적 너에게 잠자기 전에 들려주곤 했는데… 기억하느냐?"

나일은 모른 척 숙부의 이야기를 더 듣고 싶어 고개를 가로젓었다. 나웅은 그런 모습을 보며 마치 예전에 자신이 녹림호걸들의 이야기를 해주면 더 들으려고 눈망울이 초롱초롱해지던 나일의 어린 시절이 떠올라 잠깐 고소를 지었다.

　"제일계(第一戒)를 자유(自由)라 한단다. 원래 이 산채는 가난한 농민들이 세금을 피해 달아나 밭을 꾸리던 것에다 죄를 지은 사람들이 산으로 피해 들어오면서 시작되었기에 일반 백성들의 눈에는 우리가 탐탁지 않게 보일지 모른다. 그러나 우리는 그런 사람들이 모여들었기에 서로의 과거를 묻지 않고 언제든 바람따라, 때론 구름처럼 흘러갈 수 있도록 배려할 수 있어야 한단다. 우리는 모두 자유를 위해 이곳으로 왔기 때문이다."

　나일은 어렸을 적에 들었던 것이지만 마치 처음 듣는 것처럼 행동했다.

　"그렇군요. 자유라……."

　나일은 기분 좋은 표정으로 나웅을 바라보았다. 나웅은 그런 나일의 표정 속에서 나일이 이 이야기를 알고 있음에도 자신의 말을 처음 듣는 것처럼 행동한다는 것을 눈치 챘다.

　"이 녀석, 이 숙부의 이야기가 듣고 싶었던 모양이구나?"

　나일이 살짝 고개를 끄덕였다.

　"예, 저는 숙부 이야기를 듣는 것이 제일 좋아요."

　아마 자신의 사부 황생이 들었으면 까무러쳤을 정도로 믿기 어려운 말이었지만 나일의 말속에는 진심(眞心)이 담겨져 있었다.

　"제이계(第二戒)를 자연보호(自然保護)라고 한다. 이 녹림(綠林)은 우리의 것이 아니라 미래의 이곳 주인에게 빌려 쓰고 있는 것이란다. 푸르른 숲이 없다면 우리는 더 이상 살아갈 터전이 없게 되는 것이지. 이 자연을 보호하지 못한다면 우리의 터전은 드러나게 되어 관이나 무림 인물들에게 토벌당해 마지막 안식처마저 잃게 되겠지. 그래서 우리는 아무리 거대한 적과 싸운다 해도 이 녹림에 불을 저지르는 일 따위는 하지 않는다. 차라리 우리가 죽더라도 다음에 이곳을 찾을 사람들은 있기 마련이지. 우리는 다만 이곳을 빌려 사용하고 있다는 생각을 잊지 말아야 한다."

나웅의 음색은 비장하기까지 했다.

"세 번째 계(戒)는 상익인간(相益人間)이란다. 이곳에 있는 누구나 죽음이 좋은 이는 없다. 그것은 누구라도 마찬가지인 것이다. 이 세 번째의 계는 적한테도 이롭고 나한테도 이로운 절충안을 표현한 말이다. 널리 사람을 이롭게 하는 방법이 있다면 그 방법을 따르라는 녹림의 계율(戒律)이지. 산적의 칼에도 도(道)는 있기 마련, 직업이 산적이라고 무조건 칼을 휘두르다간 언젠가는 누적된 피로를 이기지 못하고 결국 쓰러질 것이다. 우리를 인정하고, 우리와 다투지 않고, 우리가 납득할 만한 돈을 준다면 우리는 굳이 싸우지 않고도 살아갈 수 있는 방법을 찾은 것이다. 그것이 이른바 통행세(通行稅)라는 것이다."

여기까지 말한 나웅이 나일을 향해 싱긋 웃어 보였다.

"그리고 산적들만의 낭만이 깃들어 있는 네 번째의 계(戒)가 품생품사(品生品死)이다. 산적은 칼로서 밥을 먹는 무리, 자신보다 강한 상대가 나타나거나 대규모의 전투가 벌어질 경우 아예 피할 수 없다면 죽기를 각오하고 최후의 한 사람이 죽을 때까지 싸워야 한다. 한 번 명예가 무너지게 되면 다시 회생시키기는 어렵다. 그 후에는 누구나 깔보게 되고 거래가 끊겨 칼로서 밥을 먹는 우리는 그저 굶어 죽을 수밖에 없기 때문이다. 실력이 안 된다 해도 겉모습으로 겁을 주고 일단 싸운 다음 멋있게 죽자는 사나이의 마음가짐이 담겨 있는 계율이란다. 한편으로 산적은 비겁해야 한다는 것을 잊지 마라. 자신을 위해서가 아니라 식구들을 위해서 비겁하다면 그것은 용서될 수 있다는 것을 가슴 한 켠에 새겨두거라.”

이야기를 하는 동안 때로는 비장하게, 때로는 호쾌한 모습의 나웅이 나일에게 너무나 멋있게 다가왔다.

“제오계(第五戒)는 가족애(家族愛)이다. 하나의 산채 아래 모인 사람들은 그가 어디서 나서 자랐고 어떤 일을 당해 이곳에 왔든지 간에 산채의 목숨인 것이다. 산채 사람들은 그래서 서로에게 ‘식구’라는 표현을 하는 것이지. 원래 식구라는 뜻은 같이 먹고 같이 잔다는 뜻이지만 우리에게 이 식구란 의미는 서로의 친형, 친동생이란 의미 이상으로 서로가 위급할 때 자신의 목숨을 바쳐서라도 상대를 구하는 그런 마음을 가져야 한다는 데서 온 것이다.”

나웅은 길게 말하느라 목이 탔던지 술병을 찾아 단숨에 한 병을 들이켰다.

“이 다섯 가지의 계율을 너의 마음속에 간직해 두거라. 영웅학관을 나오고도 가슴속에 산적에 대한 열망이 남아 있다면 이 다섯 가지의 계(戒)를 가슴에 담은 채 나에게 오거라.”

“기필코 저의 인생을 이곳에 걸겠습니다.”

나일의 대답에 나웅은 대견스러운 표정을 지었고 그렇게 산채의 잔치는 깊어갔다.

나일은 산채를 떠나려고 이른 아침에 집무실을 찾았다.

나웅의 집무실은 전형적인 산적 소굴의 표본을 보여주듯이 호피 가죽 의자가 놓여져 있고 벽마다 반달곰, 흑곰, 불곰, 팬더의 가죽들이 잘 진열되어 있었다.

“숙부님, 이제 집에 가보려구요. 며칠 동안 푹 쉬었다 갑니다.”

“그래, 언제든지 놀러 오너라. 이곳은 너의 집이기도 하니까 말이다.”

나웅은 나일을 보며 환하게 웃어주었다.

“참, 근데······.”

나일은 부끄러운 표정을 지으며 머리를 긁적였다.

“예전에 산채의 식객으로 있던 한 소녀의 소식 좀 알 수 있을까요?”

“그걸 왜?”

나웅은 왜 묻냐는 듯한 어조로 묻다 무언가 깨달은 듯 나일을 보며 웃었다.

“이놈, 그 아이를 좋아하는 것이냐? 그래, 그 아이가 아마 그림으로 유명한 북경 구씨세가의 셋째 딸이었지? 하도 오래전에 거래를 하고는 잊고 살아서 나도 잘 모르겠는데······.”

“아, 그래요?”

산채에 오면 혹시나 구비화의 소식을 알 수 있을지도 모른다는 기대를 했기에 나일의 목소리에는 아쉬움이 묻어 나왔다.

“이놈아, 여자를 조심해야 한다. 모름지기 사내는 여자를 잘 만나야 일생이 편한 거야. 만나면 기선제압(機先制壓), 기선 제압 알지? 정말 마음에 드는 여자라면 단숨에 내 여자로 만들어 버려야 한다.”

나일은 나웅의 말에 이마에 땀을 흘리며 어쩔 줄 몰라 하면서도 대답만은 크게 했다.

“예, 명심하겠습니다!”

제4장

영웅학관으로 가는 길

  사천(四川) 부병마사(部兵馬使) 나천은 사천 지역의 행정을 관장하는 사천(四川) 병마절도사(兵馬節度使) 장개석에게 한 장의 추천서를 요구할 요량으로 값비싼 저녁을 대접하려 하고 있었다. 그래서 사천에서도 가장 호화롭다는 강남루(江南樓)라는 주점에서도 가장 전망 좋은 객실을 잡아서는 사천의 명주(名酒) 사천 매향주를 시키고 상어 지느러미 요리인 청양어시(靑陽魚翅)도 마련해 놓았다.

  이 사천 매향주는 사천의 명물인 매실을 설산의 눈으로 발효시켜 만든 것으로 사천 매향주 한 병당 금 한 냥이라는 정가가 있음에도 불구하고 구하기가 하늘의 별 따기만큼 힘든 술이었다. 청양어시 역시 내륙 지방이 많은 사천 땅에서 구하기 힘든 어류, 그중에서도 바다의 왕자라는 상어의 지느러미를 사천 지방의 대표 향인 솔잎 추출 향으로 상어 특유의 비린내를 제거하고 회를 뜬 것으로 이곳 사천에서는 예약을 한 후에야 맛볼 수 있는, 나천 자신도 아직 먹어보지 못한 고급 음식이었다.

"오셨습니까?"

미리 객실 안에서 기다리던 나천은 발자국 소리를 듣고는 일어나 공손한 자세로 사천 병마절도사 장개석의 관복(官服)과 관모(官帽)를 받아 들며 상석으로 모셨다.

"그래, 나 부병마사가 어인 일로 나에게 이런 대접을 하는가?"

장개석은 미식가라는 소문답게 상이 구하기 힘든 음식들로 채워져 있다는 것을 한눈에 알아보았다. 그리고는 침을 흘리며 사람 좋은 웃음을 짓고는 서둘러 자리에 앉았다.

"우선 컬컬하실 텐데 한잔 드시지요."

나천은 취옥으로 만든 잔을 장개석에게 건네며 사천 매향주를 공손히 따랐다.

"좋아좋아. 그래, 우선은 한잔 마시는 게 예의지. 자, 자네도 한잔 받게."

"예, 감사합니다."

나천은 두 손으로 술잔을 들고는 고개를 돌려 술자리 예(禮)에 맞게 한 잔을 들이키고는 장개석의 빈 잔에 술을 채우며 말했다.

"다름이 아니라 저한테 동생이 하나 있는데 이번에 영웅학관에 들려고 합니다."

"아, 그런가? 난 또 뭐 대단한 부탁이라도 되는 줄 알았네그려."

장개석은 나천의 부탁이 무엇인 줄 알았다는 듯 객실의 줄을 당겼다.

"부르셨습니까?"

스물도 아직 안 돼 보이는 미색이 뛰어난 청초한 여인이 오더니 방
문 앞에서 무릎을 꿇었다.

"음, 지필묵 좀 가져오너라."

장개석은 그 여인이 마음에 든 듯 연신 힐끔거렸다.

여인이 나가자 장개석은 헛기침을 하면서 술을 따랐다.

"이 귀한 사천 매향주를 오랜만에 맛보니 기분 좋구나. 조금 미흡한
게 좋은 술은 계집이 따라주면 더욱 운치있는 것을……. 사람들은 그
것을 풍류(風流)라 부르는데 자네는 풍류를 아는가?"

나천은 장개석의 말이 무엇을 뜻하는지 금세 눈치 채고 고개를 끄덕
이며 맞장구쳤다.

"그럼요. 제가 곧 계집을 대령하겠습니다."

"흠음… 아까 그 계집 정도면 어디 빠지지는 않겠군."

장개석의 말에 나천이 속으로 웃음 지을 때 좀 전의 그 여인이 지필
묵을 들고 조심스럽게 들어왔다.

"너는 저분 옆에서 술 시중을 들거라."

나천의 말에 이미 약속이라도 한 듯 여인은 군소리없이 장개석의 옆
으로 가 앉았다.

장개석은 그 모습을 보면서 입이 찢어져 좋아 죽겠다는 표정을 감추
지 않고 붓을 들었다.

추천서

위 사람을 영웅학관에 추천함.
대명(大明) 사천(四川) 병마절도사(兵馬節度使) 장개석.

영웅학관에도 추천에 의해 입관할 수 있는 기회가 있으니 이를 추천인 제도라 했다.

그 추천을 할 수 있는 이를 명예 영웅인이라 하여 대명의 정삼품 이상의 관직자 스물대여섯 명과 구대문파의 장문인, 오대세가의 가주들이었다.

사천 절도사라는 관직이 바로 정삼품의 관직이기에 나천은 나일의 입관을 부탁하는 추천서를 얻기 위해 이렇게 준비한 것이다. 이 추천서를 가지고 영웅학관에 응시하면 입관 시험에 응시하지 않아도 영웅학관의 관생이 될 수 있기에 자연적으로 추천서를 받기 위한 쟁탈전도 엄청났다.

세간에 떠도는 이야기로는 이 종이 한 장의 가격이 웬만한 규모의 주루 두 개의 가격과 맞먹는다고 할 정도였다.

나천은 그 추천서를 받아서 품에 챙기며 묵직한 물건이 든 비단 주머니를 꺼내 장개석에게 내밀었다.

"대인, 이 비단 주머니가 묘족 특산의 묘해집(苗海輯)이라는 것인데 상당히 귀한 것이라 합니다. 제 성의로 알고 받아주십시오."

장개석은 이제나저제나 나천이 건넬 수고비를 기다리고 있었던지라 재빨리 비단 주머니를 받으며 그대로 가슴 속에 밀어넣고는 짐짓 화난 모습을 보였다.

"나는 자네 동생이라는 이유로 추천서를 써준 것이야. 자네와 같은 피를 나눴으니 기재일 거라 믿고 말이네. 이렇듯 과한 선물은… 험 험… 자네 성의를 봐 이번만 받겠네."

그렇게 강남루의 밤은 깊어갔다.

겨울이 다가왔다.

원체 겨울이 매서운 사천 지방이라 지금과 같은 날씨에는 집집마다 방문을 꼭꼭 걸어 잠그고 외출을 삼갔다. 단골 손님 많기로 소문난 왕진화의 주점도 이런 날에는 나일이나 올까 손님이 쉽게 오지 않는지라 이른 저녁인데도 벌써 가게 문을 걸어 잠그고 있었다. 나일은 그런 왕진화를 멀찍이서 지켜보며 '이런 날은 집에서 술을 먹어야 제맛이겠다' 라는 생각에 집으로 발걸음을 돌렸다.

집에 돌아와 보니 사천 성도의 관사에서 사는 형이 술상을 봐놓고 나일을 찾고 있었다. 웬일인가 싶어 나일이 급히 사랑채로 건너가니 그곳에는 나일의 어릴 적 친구이자 호적수이며 유일한 천적, 그리고 지금은 사천의 용(龍)이라 불리는 사천제일의 기재 당민삼이 나천과 함께 있었다.

이 당민삼이란 녀석은 나일의 형인 나천의 뒤를 이어 사천제일의 기재라는 칭호를 물려받은 몸으로서 그 명성에 아깝지 않게 어렸을 때부터 뛰어난 무공 실력과 그에 뒤지지 않는 문을 익혔다. 또한 사천의 명문인 당문의 가주 천일비도(天一飛刀) 당나기의 삼남(三男)으로서 아버지 나문이 나일을 누군가에게 비교할 때 곧잘 입에서 꺼내는 인물이다. 인품도 훌륭하다 못해 얄미운 정인군자였고 그래서 사람들의 신망도 두터웠다.

한 십 년쯤 전인가?

나일이 당문의 가주 천일비도(天一飛刀) 당나기의 환갑연에 놀러 갔을 때, 그때 처음 당민삼을 보았다.

어느 잔치나 그렇듯이 어른들은 어른들만의 잔치를 즐기고 아이들은 아이들끼리 모여서 놀고 있는데 한 이십여 명의 아이들은 시간이 흐르면서 두 편으로 갈라지게 되었다. 나일을 중심으로 한 남자애들과 당민삼을 한가운데 놓고 둘러싸서 정답게 이야기를 하는 여자애들의 패거리로 나뉘어졌다.

여자애들이 모두 당민삼에게로 들러붙자 남은 남자 아이들은 당민삼을 나쁜 놈이라고 욕해대기 시작했다. 그 이유는 단지 여자들이 당민삼에게만 모여들어서 그런 것이었다.

"나쁜 자식, 아무리 영웅호걸이 일처(一妻) 삼첩(三妾)은 기본이라지만 벌써부터 저렇다면 우리는 어떤 여자에게 장가를 든단 말이냐?"

남자애들을 선동한 나일은 당민삼을 보며 시비를 걸려는 생각으로 당민삼의 근처로 가서는 슬쩍 음식이 담긴 그릇을 쳐서는 엎었다.

파닥! 쨍그랑!

잡채 그릇과 화채 그릇이 넘어지며 당민삼의 옷을 더럽혔다.

당연히 화내며 자신을 밀치거나 욕을 하리라는 나일의 예상과는 달리 당민삼은 하인을 불러 그릇들을 치우라 이르고는 오히려 나일을 돌아보며 정중한 태도를 취했다.

"죄송합니다."

그리고는 더러워진 옷을 갈아입으려고 자신의 방으로 들어가는 것이 아닌가? 어린 나일은 당민삼이 자신에게 겁을 먹은 것이라 여기며 당민삼이 앉아 있던 중심부를 차지하고는 여자들과 황홀한 대화를 나누기 시작했다.

그러나 그것도 한순간, 옷을 갈아입고 나온 당민삼이 혼자서 정원으로 나가자 다시 모든 여자들이 나일을 버려두고 우르르 당민삼에게 몰려가는 것이 아닌가?

물론 당민삼이 사천제일의 명문(名門)인 당문의 사람이라는 것은 알지만, 그리고 보기 드문 미남이라는 것도 빼놓을 수 없는 사실이지만 자신도 당민삼 못지않은, 솔직히 자신은 할 수 없지만, 그래, 사실 나름대로 사내답게 생긴 그럭저럭 봐줄 만한 얼굴이고 사천제일의 표국으로 명성을 날리는 대항표국의 둘째 아들이다. 또한 사천제일의 기재라는 칭호를 얻고 영웅학관에 문(文)으로써 수석으로 입관한 나천의 동생인데 어떻게⋯⋯.

사실 좋다 이거다. 여자들이 당민삼에게 가는 것은 이해할 수 있는 것이지만 단 한 명도 남지 않고 간다는 것은 비극이라 할 만한 것이었다. 나일은 이런 비극을 불러일으킨 당민삼을 원흉이라 지정하며 어린 나이임에도 불구하고 다시 모든 여자들을 당민삼의 마수에서 구해온다는 정의감을 가지고 정원으로 당민삼을 쫓아갔다.

"야, 겁쟁이!"

나일의 말에 당민삼은 주변을 두리번거리다 마침내 나일의 손가락이 자신을 지목하자 화난 표정, 아니, 의외라 불러야 마땅할 표정을 드러내며 나일에게 다시 한 번 정중히 확인을 요청했다.

"저를 지목하시는 것입니까?"

당민삼은 이내 평정심을 회복한 듯 나이답지 않게 침착한 모습을 보였다.

"그럼 여기에 겁쟁이가 너밖에 더 있냐?"

이제는 완전히 시비조의 말로 나일이 당민삼을 자극했다.

객관적으로 봤을 때 나일은 아홉 살이라는 나이답지 않게 열두 살 정도는 되어 보이는 신체를 보유하고 있었다. 열 살이라는 자신의 나이 또래보다 조금 더 큰 정도인 당민삼과 나일의 대결은 누가 봐도 나일의 우세가 점쳐졌다. 아이들의 눈으로는 키가 조금이라도 크고 덩치가 좋은 사람이 이기는 것이 당연하니까.

"오늘은 아버지의 환갑 잔치이니 이 좋은 날 좋은 기분으로 보내고 싶은데 사과한다면 방금 들은 무례를 용서하겠소."

당민삼은 여전히 정중함을 잃지 않으며 말했다.

'겁먹었군.'

나일의 생각은 이러했고 나일을 지켜보는 또래들도 그렇게 생각하며 흐뭇하게 이 일전을 지켜볼 때였다.

"겁쟁이한테 겁쟁이라고 한 게 무슨 무례냐?"

나일이 당연한 답을 했다는 투로 당민삼에게 다가가자 순간 당민삼의 얼굴색도 조금씩 붉어지기 시작했다.

"야만인!"

"짐승!"

"나쁜 놈, 못생긴 게……."

"남들보다 덩치가 좋다고 남을 핍박하다니……."

"나의 민삼에게 시비를 걸어? 차라리 나를 쳐라!"

주위의 여자 아이들이 모두 나일에게 비난을 퍼붓기 시작하더니 급기야 열 명이나 되는 여자애들이 달려들어 나일에게 몰매를 가하려 했다.

"잠깐 멈추시오, 소저들! 이 일은 저자와 저의 개인적인 일이니 제가 풀겠습니다!"

당민삼은 자신에게 도움을 주는 여자애들에게서 곤경에 처한 나일을 구해주려 주위 여자 아이들을 만류하였다.

“당 오빠, 싸우지 마세요. 저런 놈은 몰매를 때려서 버릇을 고쳐야
한다구요.”

“저런 짐승과 싸우는 것은 당문의 명예에 누가 될 뿐이라구요.”

“저 무식한 놈에게 긁히기라도 해서 고운 얼굴에 생채기라도 나면
어쩌시려구.”

구구절절 나일을 비방하고 당민삼을 애타게 아끼는 말들이 쏟아졌
지만 당민삼은 개의치 않고 나일의 앞에 버티고 섰다.

“내가 겁쟁이라니, 그 이유를 알려주시오.”

당민삼의 말에 지금껏 여자 아이들에게 핍박을 당하던 나일은 주먹
을 당민삼의 얼굴을 향해 휘두르며 말했다.

“이유는 무슨 이유, 겁쟁이한테 겁쟁이라고 한 거지.”

그 말이 끝나기도 전에 휘둘러진 나일의 주먹을 피하며 당문삼은 나
일의 복부에 자신의 오른 주먹을 적중시키고 곧바로 왼 주먹은 복부에
통증을 느끼며 숙여서 낮아진 나일의 턱에 명중시켰다.

털썩!

순간 주위는 예상치 못한 결과로 정적이 흘렀다.

누가 봐도 덩치가 큰 나일의 승리였고 선방도 나일이 날렸는데…….

단 두 방에 나가떨어진 나일은 생애 첫 패배를 경험하게 된 것이다.

“와아, 멋있다!”

“멋져! 최고다!”

“잘생긴 데다가 무공도 뛰어나잖아?”

자신을 위로하는 한마디의 말도 없이 환호성만 들려오자 나일은 그
제야 자신이 졌다는 것을 느끼고는 비참한 기분에 누운 채로 눈을 질
끈 감는데 누군가 자신을 일으켜 세우는 것이 느껴졌다. ‘그래도 한 사

람쯤 나를 위로하는 사람이 있구나' 하는 생각에 감은 눈을 떴는데 자신을 일으킨 사람은 바로 당민삼이었다.

당민삼은 나일의 의복에 묻은 흙먼지를 털어주었다.

"이제 제가 겁쟁이가 아니라는 사실이 증명되었습니까?"

당민삼은 정중하게 말했지만 그것이 자신을 비웃는 것이라 여긴 나일은 당민삼의 얼굴에 다시 한 번 주먹을 휘둘렀다. 그러나 당민삼은 나일의 주먹을 모두 피해내었다. 결국 지칠 대로 지친 나일의 주먹은 당민삼의 옷깃도 스칠 수 없었다.

그렇게 시작된 만남에 나일은 어떻게든 당민삼이 겁쟁이라는 사실을 만천하에 증명시키려고 매일같이 당문을 넘나들었다. 물론 그렇게 되기까지 당민삼이 자신의 도전을 받아주려 담 넘는 것을 눈감아주고 있다는 것도 모른 채 말이다.

당문이란 곳이 어떤 곳인가? 강호 오대세가의 하나로 당문에 몰래 잠입한다는 것은 상상도 못할 일이었지만 나일은 나름대로 매번 성공했다고 생각하며 당민삼을 습격했다. 그러나 그 습격은 매번 실패로 돌아갔다.

당민삼이 무방비 상태인 채로 뒤돌아섰을 때 목을 껴안고 한 덩어리가 되어 뒹군 적도 있지만 바닥에 깔린 건 나일이었고 그때마다 정인군자 당민삼은 조용한 어조로 나일에게 설교했다. 패배한 나일은 그 설교를 감내해야만 했다.

한 번은 당민삼이 변소에 들어가는 것을 보고는 뜸을 들여 한참 일을 볼 때 변소로 들이닥쳤다가 큰 것이 아니라 소변을 보고 막 나오는 당민삼이 피하는 바람에 똥통 속에서 헤엄을 친 적도 있었다. 물론 그 후로 변소로는 습격하지 않았다.

일이 이렇게 되어가는데도 당민삼은 늘 빙그레 웃으며 나일에게 '이것저것은 잘못된 행동이오' 라고 설교만을 해댔고 당문의 가주 당나기도 그 둘 사이의 관계를 알고 있는 듯 늘 웃으며 나일을 반겨 당민삼의 친구로서 대해주었다.

그렇게 지내다 결국 나일은 고심 끝에 자신 인생 최대의 원수이자 호적수로 당민삼을 인정하였고 어느새 당민삼에게 끌려가는 자신의 모습을 보았다. 그리고 둘도 없는 친구가 되었다.

반면 당민삼은 나일의 끈질기고 남자다운 끈적끈적한 기질에 반했다.

자신에게 볼 수 없는 그런 부분, 물론 나일은 예의범절을 제대로 지키지 않지만 '사나이다움이랄까' 하는 그런 분위기는 모범적이며 바른 생활을 해오던 당민삼에게 이질적으로 다가와 결국 그들은 서로에게 끌려 친구가 된 것이다.

지금은 자신의 절친한 친구인 나일이 영웅학관에 입관하려 한다는 소식을 나천에게 전해 듣고는 영웅학관에 먼저 입관한 선배로서 그동안의 경험을 전해주고자 방학 중에 집에 돌아오자마자 나일을 찾아온 것이었다.

"오랜만이다."

여전히 초절정미남의 얼굴과 헌앙한 기도, 그리고 예의범절이 몸에 밴, 그래서 멀리서도 한눈에 알아볼 수 있는 사천의 용(龍) 당민삼은 반갑다는 표정을 지으며 나일을 반겼다.

"지나치게 반가운 표정 짓구 있군. 당문에 갔더니 당삼이가 영웅학관에 입관했다고 하더군."

나일도 당민삼에게 장난스러운 말투로 손을 내밀어 악수를 청했다.

당삼이, 당민삼이 오랫동안 듣지 못했던 나일의 말투. 자신을 부르는 애칭이었다. 당씨 집 셋째 아들이라는 촌스런 애칭. 예전엔 그렇게 부르지 말라고 설교할 것이 아마 수천 번은 될 것인데 지금은 오랫동안 헤어졌다 만나서 그런지 그런 식으로 부르는 것조차 반가웠다.

"쳇, 그런 식으로 부르지 말랬잖아. 아직 예(禮)에 대한 교육이 필요한 것 같군."

당민삼도 손을 마주 잡았다.

"사실은 좋으면서……. 설교는 사양이다. 그건 교육이 아니라 고문이라고."

나일도 장난스럽게 고개를 저으며 과장되게 무서운 표정을 지었다.

"이번에 영웅학관에 입관한다고?"

당민삼이 물어오자 나일은 자신의 형과 당민삼을 번갈아 가리켰다.

"그래, 원조 사천제일 기재를 형으로 두고 현재 사천 기재를 친구로 둔 이 나일이 영웅학관에 입관하지 않으면 천하에 누가 입관하겠나?"

"말은……. 휴우, 근데 무슨 전을 목표로 하고 있나?"

"음… 그냥 아무 전이나… 졸업장 따기 쉬운 곳으로……."

나일이 자신의 솔직한 속마음을 드러내자 당민삼은 침음을 삼켰다.

"그래?"

'이놈은 아직도 자신의 목표를 잡지 못했는가?'

당민삼은 눈을 나일의 얼굴에 맞추고는 잠시 침묵했다.

"참, 그래, 들어갈… 맞아, 추천서가 있다고 했지?"

"무슨 소리야?"

나일이 당민삼의 말에 어리둥절한 표정을 짓자 곁에 있던 나천이 품속에서 한 장의 종이를 꺼내어 건네주었다.

"잘 챙겨두어라."

나일은 나천이 건네준 종이가 무엇인지 펴보고는 이내 이것이 영웅학관 입관 추천서임을 알아봤다. 왜냐하면 서찰에 그렇게 써 있으니까.

"나 이런 것 없어도 되는데 왜 쓸데없는 짓을 했어?"

"그냥 만약의 사태에 대비한 것뿐이야."

나일이 괜한 짓을 했다는 투로 나천을 보자 나천은 그런 나일의 말에 별것 아니라는 말투로 대답했다.

"야, 능력도 좋아. 역시 권력을 가진 형을 두면 써먹을 데가 있구나. 근데 이것 다 공짜로 얻은 거야?"

이 추천서 하나를 받기 위해 은 삼백 냥, 즉 금 세 냥이라는 거금을 들였다는 것을 나일이 알면 미쳤다는 소리를 할까 봐 나천은 별것 아니니 신경 쓰지 말라는 듯이 딴청을 부렸다.

"조금 들었어. 뭐, 거의 공짜나 다름없지. 어쨌든 영웅학관 입관이 확실한 거니 다행이지 뭐. 가서 공부 열심히 하고 많은 것을 배우도록 해라."

그런 나일과 나천을 보며 눈치없는 당민삼이 입을 열었다.

"나천 형님, 이거 꽤 나갈……."

재빨리 당민삼의 입을 막은 후 나천이 당민삼을 향해 전음을 날렸다.

"조용히 해. 저놈 성질을 몰라? 저거 물려 가지고 술 처먹을 놈이야."

그 말에 동감한 당민삼도 다른 곳으로 화제를 돌렸다.

"근데 나일, 너 잘하는 것은 있냐?"

'저놈 또 내 성질을 건드리네.'

나일은 자신의 가슴 아픈 곳을 찌른 당민삼을 쳐다보며 입을 열었다.

"이놈아, 네가 예전의 당삼이가 아니듯 나 나일도 옛날의 나일이 아니란 말이다."

"그렇겠지. '강진의 초특급 망나니 기재 날건달 나일님', 그래, 뭐 잘하시는데?"

약 올리듯이 당민삼이 물었다. 친한 친구인만큼 다른 사람 앞에서는 정인군자의 모습을 보이는 당민삼이었지만 나일의 앞에서는 예외였다.

"…무공."

나일은 지금 자신에게 가장 만만한 것이 무공이라 생각하며 대답했다.

"그러냐, 이 녀석아? 그곳에 기라성 같은 기재들이 얼마나 많은데……. 휴우, 나천 형님처럼… 아니다, 차라리 단순한 너에게는 문관생보다는 무관생이 어울리지."

걱정 반 농담 반으로 당민삼은 자신의 생각을 나일이 들으면 약 오르도록 말했다.

"뭐라고?"

단순한 나일은 자신을 무시하는 발언을 한 당민삼을 째려보았지만 당민삼은 나일에게 자신의 소신을 굽히지 않고 설교 준비 자세로 돌입하려 하고 있었다.

둘의 눈빛이 마주치고 상대방의 생각을 어느 정도 눈치 채자 나일이 슬그머니 당민삼의 눈길을 피했다.

“그럼 니가 문관 체질이냐? 아니면 단순하지가 않냐?”

“그건 그렇지.”

늘 그렇듯이 자신이 당민삼에게 말발이 안 된다는 사실을 금방 깨닫고 뒤이어 당민삼이 설교 준비 자세로 돌아가려 하자 나일은 재빨리 당민삼의 말을 끊으며 자신의 잘못을 인정했다.

“아무튼 친구와 같이 배우게 돼서 좋구나. 지금은 친구지만 거기 입관해서는 하늘 같은 선배이니 잘 보여라.”

“이 녀석이!”

나일은 얄밉지만 한편으로는 좋은 친구와 함께 있을 수 있어 든든해졌다. 더군다나 그가 자신과 가장 친한 당민삼이니 오히려 이 정도는 애교로 넘어갈 수 있었다.

제15장
나일, 세 번째 행사를 나가다

　원래는 당민삼과 함께 대향표국의 표물행에 몸을 실어 북경으로 떠나려 했지만 모종의 이유로 나일은 약속한 날짜보다 하루 일찍 집을 뛰쳐나갈 수밖에 없었다. 아버지에게 일의 전모를 밝히는 서신 한 통만을 남긴 채…….

　아버지 친전.
　이렇듯 아버지를 뵙지 못하고 가출하듯 떠나게 된 불효자 나일을 용서하십시오.
　강호 유람(江湖遊覽) 중 만난 친구가 병으로 다 죽어가게 된 바 죽기 전에 저를 한번 보고 싶다는 친구의 전갈에 이렇듯 급하게 집을 나갑니다.
　우선은 그 친구를 만나고 영웅학관으로 가 입관한 후 자랑스러운 영웅학관의 생도가 되어서 찾아뵙겠습니다.

그동안 만수무강(萬壽無疆)하십시오.

추신 : 저번에 분명히 금고 번호를 바꾸라고 조언을 드렸는데 바꾸지 않으셨더군요.

친구의 병이 위중한데 그 집이 가난한지라 이렇게 제가 집에 들어올 때 아버지께서 회수하셔서 금고 안에 둔 비단 돈주머니를 다시 들고 갑니다.

사실은 이랬다.

그동안 숱하게 술을 먹으면서 집 안의 자잘한 돈이 될 만한 것들을 팔아치웠지만 여전히 쥐꼬리만큼의 용돈을 주시는 아버지를 보며 대향표국의 표행길을 따라 북경으로 간다면 분명 경비로 쥐꼬리만큼의 돈을 주실 게 뻔한지라 나일이 하루 일찍 아버지의 집무실에 있는 금고에서 돈을 꺼내와 북경으로 가는 길의 풍귀채 어귀에서 기다리면 당민삼이 그날 저녁 당문을 빠져나와 둘이 풍족하게 유람하면서 북경까지 간다라는 유쾌한 계획을 세워놓은 후였다.

나일은 길가에서 숨을 돌리며 산채에 들러서 안부 인사나 전할까 하다가 자신의 비단 돈주머니를 열어보았다.

세상에, 어떻게 이럴 수가! 전부 돌덩이와 지전(紙錢)뿐이 아닌가! 이대로 다시 집에 들어가 금고를 털기에는 너무 늦었고 당민삼도 분명 자신을 믿고, 아니, 당문이 원래 엄격하기 때문에 돈을 풍족하게 가져오리라는 환상은 애초에 하지도 않았다.

그렇다면 둘이서 산적질이라도 해서 유람비를 마련해야 하는

데…….

정인군자의 사천성 대표인 당민삼에게는 씨알도 먹히지 않을 터, 지금부터라도 돈이 아쉬운 자기 혼자서라도 한 건 해서 그 돈으로 북경 가는 길까지 풍족하게 써야겠다고 나일은 마음먹었다.

이곳은 풍귀채 사업 영역의 경계 지역이다. 나일은 영역 안으로 들어가서 행사를 하면 분명 산채의 식구들과 충돌이 있을 것이고, 그러면 분명히 자신을 알아보는 사람들이 적지 않을 것이기에 영역을 조금 벗어난 이곳에서 만나는 첫 방문자를 털기로 하고 기다렸다.

두두두둥! 두둥둥!

이것은 대어(大魚)다.

큰 건이다.

이거 한 방이면 풍족하게 지낼 수 있다는 확신이 들 정도로 길에 나타난 일행은 대규모였다. 자신의 무위를 펼쳐 보여 초반에 기선을 제압해야 쉽게 그들이 돈을 바치리라는 생각에 나일은 말들이 보이자마자 공력을 일으켜 앞으로 나갔다.

무하신공 파천무리(破天無理).

하늘을 부수는 방법에는 아무런 이치가 없다.

쿵쿵쿵! 쫘라락!

지면의 바닥이 갈라져 나가기 시작하더니 말이 달려오는 곳까지 그 균열이 멈추지 않았다.

이 사태를 보고 급기야 맨 앞에 말을 타고 달리고 있던 사내가 경악성을 토해내며 나일을 향해 소리쳤다.

"도련님!"

너무 찰나지간에 벌어진 일이라 사내의 말이 무엇을 뜻하는지 몰랐던 나일은 자신의 귀를 의심하며 사내를 쳐다봤다. 그리고 어디선가 들려오는 당민삼의 목소리.

"나일아! 미안해!"

모습이 멀리서 언뜻 눈에 보이더니 당민삼은 자신의 곁으로 경공을 펼쳐 다가와서는 고개를 숙였다. 그런 당민삼을 보며 나일은 심한 배신감에 빠졌다.

정인군자인 줄만 알았던 당민삼,

자신의 절친한 친구 당민삼,

경쟁자, 호적수…….

그렇지만 자신의 진정한 친구라 믿어 의심치 않던 당민삼이 어떻게 자신에게…….

그리고 저기 멀리 보이는 사람의 얼굴은… 아버지…….

그 순간 온몸의 힘이 빠져 나일은 휘청였다.

실제 사건의 경과는 이러했다.

나일이 계획을 세워 당민삼을 찾아가 얘기하자 당민삼은 처음에는 나일의 계획에 극렬하게 반대하다가 나일이 정 그렇게 하지 않으면 자신 혼자서라도 하겠다고 화를 내자 이에 못 이긴 척 승낙했다. 그리고 당민삼은 나일이 왕진화의 주루로 술을 먹으러 가자고 하자 오늘은 떠날 준비를 해야 한다는 핑계를 대어 나일 혼자 왕진화의 주루로 보낸 후 대향표국으로 향했다. 나일의 아버지 나문과 독대를 청한 당민삼은 나일의 계획을 그대로 일러바쳤다. 그에 대한 포상으로 은자 스무 냥까지 받으며.

마침내 모른 척 금고의 번호까지 나일이 손쉽게 열 수 있도록 원래대로 바꾸어놓은 나문은 나일이 자신의 돈주머니를 꺼내가자 모든 준비를 마친 표행을 이끌고 뒤를 쫓아 두 시진 만에 나일과 다시 조우(遭遇)한 것이다.

"네 이놈, 당민삼! 어찌 친구를 배신하느냐?"

"너 잘되라고 한 것이다. 그리고 덕분에 아버님께 용돈 좀 받았다. 그나저나 굉장하구나."

당민삼은 나일의 발길질에 지진이 난 듯한 풍경을 감상하며 놀란 표정을 지었다.

"뭐, 겨우 이 정도 가지고……."

'내 무공이야 천하무적이지. 암, 그렇고말고.'

금방 칭찬에 거만해져 당민삼의 배신을 잊는 단순한 나일이었다.

"나천 형님께 얘기는 들었지만 이 정도인 줄은 몰랐다. 너의 겉모습과는 전혀 어울리지 않는 솜씬데?"

나일의 기를 오래 살려둘 당민삼이 아니었다.

"뭐라구, 이 녀석!"

나일은 그제야 당민삼이 자신을 배신한 것에까지 생각이 미쳤다. 나일은 그런 놈이다. 단순하고 자신에게 해가 미치면 지난 일까지 생각해 내는 쫌생이라 부르는 족속.

"나일아, 이리 오너라."

대향표국의 국주 칠정도 나문은 나일을 보며 어서 오라는 손짓을 해 보였다.

"네, 아버지."

당민삼의 배신으로 인해 겁도 없이 아버지의 표물을 털려 한 나일은 고개를 숙이며 빗자루에 맞아 쥐구멍을 찾는 애처로운 생쥐의 표정을 지으며 나문에게로 향했다.

"이놈아, 또 무작정 집을 뛰쳐나갈 생각이었더냐?"

나문은 자신의 품에서 비단 주머니를 꺼냈다.

"어차피 잃어버린 것으로 마음먹었던 물건이다. 너에게 줄 생각이었지만 우선은 북경까지 함께 간 후에 줄 것이다. 어떻게 하겠느냐?"

"당연히 아버지와 같이 가야죠."

나일은 이게 웬 횡재냐 하는 심정으로 곧바로 나문의 물음에 대답했다.

어차피 영웅학관에 입관하여야만 하는, 그래서 북경으로 표행을 떠나는 아버지인 바에야 지금 도망친다 해도 머지않아 영웅학관 정문에서 마주칠 것이라 머리를 굴리며 영웅학관 입관 후에도 풍족한 생활을 영위할 요량으로 나일은 그렇게 대향표국의 북경행 표물에 몸을 실었다.

사천에서 북경까지의 거리는 대략 삼천 리.

넓고도 넓은 중원에서 한 달 반이면 도착할 수 있는 이 거리에는 녹림칠십이채 중의 오 분지 일이 포진되어 있고 중원을 가로지르는 장강을 넘어야 하기 때문에 필연적으로 장강십팔채, 아니, 장강수로맹과 만나야 하니 조심하고 또 조심해야 하는 길이 분명했다.

그렇지만 대향표국이 길을 나서면 워낙 유명한 표국이고 웬만한 산채와는 거래를 튼 상태이기에 약간의 통행세를 내는 것으로써 순조롭게 길을 갈 수 있었다.

그것은 대향표국주의 친동생이 녹림칠십이채 중 서열 오 위인 풍귀채의 채주로 성격이 호방해서 모든 녹림 식구들이 존경하는 인물인 것도 한몫을 했다. 거기다 표물을 운송하는 일행의 숫자도 오십여 명의 표사와 오십여 명의 쟁자수로 이루어져 만만치 않은 세를 과시했기 때문에 어중이떠중이 산적들이 감히 섣불리 움직이다가는 자신들의 산채에 심각한 피해가 올 수 있었기 때문이기도 했다. 또한 사천제일의 기재이자 영웅학관에서 영웅칠룡(英雄七龍)에 꼽히는 당문의 삼남인 천안군룡(天眼君龍) 당민삼이 표행에 합류해 당문의 자제가 끼어 있다는 사실만으로 당문의 잔인하고 처절한 복수를 아는 산적들은 무리한 욕심을 부리지 않았기 때문에 기대했던 것보다도 표행길이 훨씬 수월했다.

장강.

그곳에는 수적이라는 무리가 있으니 바로 물에서 활동하는 강도이다.

예전에는 그 무리가 장강을 주 무대로 수채 백여 개가 난립하며 활동하였는데 그중 크고 세력이 비슷한 열여덟 개의 산채를 묶어 장강십팔채로 불려왔다. 하지만 몇 년 전부터 영웅학관의 영웅증을 획득한 최초의 장강 인물인 장강십팔채 중 호귀채(虎鬼寨)의 채주 왕호의 아들 왕척이 아버지의 산채에 투신해서 제각각 난립했던 수채들을 통합하여 복종을 얻어냈으니 장강의 수적들이 호귀채의 채주 왕호를 장강지존(長江至尊)이라 높여 불렀고 호귀채에는 녹림총채를 본따 맹을 세웠다. 그리고 그 명칭을 장강수로연맹이라 칭했다.

그래서 지금의 장강은 장강수로연맹의 입김에 좌지우지되는 곳이 되었다.

누구든지 장강을 건너는 무리나 표행은 무조건 장강수로연맹에 통보한 후에 건너야 했다.

대향표국의 표행이 배를 빌려 건너는 곳은 명하(名下)라는 지명을 가진 조그만 포구였다.

아무리 조그마해도 이곳에도 장강수로연맹의 손길이 있는 바, 국주 나문은 장강수로연맹에 대향표국이 장강을 건널 것이라 통보하고는 배를 두 척 빌려서 쟁자수들의 짐을 모두 한 배에 몰아넣고 그 배에는 실력있는 표사와 표두, 그리고 국주와 당민삼, 나일만이 올라탔다. 나머지 표사와 쟁자수는 다른 배에 올라타 배를 출항시켰다.

배가 강의 중심부로 들어서자 그들의 목적지인 강서의 강화로 향했다.

무료하게 배 안에서 당민삼과 장기를 두고 있던 나일은 바깥에서 들려오는 소란에 당민삼이 유리했던 장기판을 엎으며 선창으로 나와 무슨 일인가 두리번거렸다.

그리고 금세 발견한 것이 있었으니, 저기 멀리 보이는 배에서 장강수로연맹 총채의 배임을 표시하는 칼 든 어부의 모습이 그려진 깃발이 보였다.

"총채다, 총채!"

분주히 그들을 맞을 준비를 하는 표두들과 어부들의 눈에는 언뜻 경외감이 내비쳤으니 장강수로연맹의 위명이 대단함을 느낄 수 있었다.

"멈춰라! 이 장강의 모든 것을 관장하는 장강수로연맹이다! 그쪽은 누구인가?"

배가 이십 장 가까이 도착했을 즈음 잘생기고 듬직한, 사나이의 호기를 느낄 수 있는 전형적인 수적의 모습을 지닌 사내가 칼을 들어 보이며 배를 멈춰 세웠다.

"이쪽은 대항표국입니다. 칠정도 나문이 장강수로연맹의 길을 빌렸습니다."

그 말에 대뜸 그 사내가 멋진 부운신법(浮雲身法)의 경공을 시전하여 단 한 번의 도약으로 대항표국의 배로 뛰어올랐다.

"흠흠, 나 국주님이시군요. 접니다, 마촌."

그 사내는 칠정도 나문에게 공손히 포권을 취해 보였다.

"나도 네 녀석인 줄 알았다. 그래, 장강지존은 평안하시고? 소문에 총채의 흑룡당(黑龍黨) 당주가 되었다더니 제법 의젓해졌구나. 이제는 나를 나 국주라고 부르는구나."

나문이 대뜸 하대를 하며 웃으면서 마촌의 손을 잡아 보이는 것이 무척이나 친해 보였다.

"예, 이제야 제 능력을 인정받은 것입니다. 근데 어쩐 일로 직접……."

마촌의 말에 나문은 나일을 가리키며 말했다.

"내 아들 나일이다. 이번에 영웅학관에 입관하기 위해서 북경에 가게 됐지."

마촌은 나문의 말을 듣고 그제야 나문이 직접 표행을 이끄는 연유를 알게 되었다.

"어이, 꼬맹이, 많이 컸는데?"

나문의 말에 마촌은 나일의 머리를 쓰다듬으려 했다.

순간 나일은 그런 마촌의 손을 피하며 금나수의 수법으로 팔을 꺾어 들어갔다.

"어딜 감히 수적 놈이 내 머리에 손을 대려고!"

마촌의 얼굴이 험악하게 변하며 나일의 손에서 빠져나오려 했다. 하나 빠져나오지 못하고 얼굴만 시뻘게졌다.

"놔줘라, 이놈아! 네 외사촌 마촌이다!"

아버지 나문의 말에 나일은 팔을 꺾은 채로 마촌을 쳐다봤다.

"아버지, 농담이 심하시군요. 마촌 형이 어떻게 이렇게 근사한 수적이 됐어요? 그건 죽었다 깨도 불가능한 일이에요. 항상 울보에 맞기만하고 조금만 피가 나도 울어버리는 마촌 형이……."

나일은 아버지가 농담하신다고 생각하면서도 마촌의 팔을 풀어줬다. 그러자 곧바로 마촌은 나일의 목에 팔을 감으려 했다. 그 손을 피하며 다시 마촌의 팔을 감싼 나일이 그제야 긍정의 대답을 했다.

"비겁한 것을 보니 마촌 형이 맞군."

그리고는 다시 마촌을 아버지 쪽으로 밀었다.

나일보다 여덟 살 많은 마촌은 어려서부터 울보에 비겁한 짓을 일삼기로 유명했다.

나일의 고모 나연미의 첫째 아들인 마촌은 장강십팔채 중 웅풍채(雄風寨)의 소가주로서 가끔 외가인 대항표국에 놀러 오곤 했는데 어렸을 때는 분명히 뚱땡이였다. 그런데 이렇게 멋진 모습의 수적이 되다니 나일로서는 정말 믿을 수 없는 불가능을 본 듯했다.

"이 꼬맹아, 귀엽고 반가워서 머리 한번 쓰다듬어 주려는데 여전히 버르장머리없이 제멋대로구나."

"형이나 잘하슈. 겉만 멀쩡하게 변하면 뭘 해, 속은 똑같구만."

나일의 말에 마촌은 호탕한 웃음을 터뜨리며 부드러운 눈길을 보냈다.

"그래도 나의 멋있는 모습이 부럽기는 한 모양이지? 짜식, 내가 두 손을 사용하면 니가 다칠까 봐 봐준 건데 그러길 잘했네."

"우엑!"

지금까지 잘 오다가 갑자기 터진 나일의 뱃멀미(?)에도 아랑곳하지 않고 마촌은 나문을 보며 손을 벌렸다.

"외삼촌, 통행세 주세요."

"에구, 동생이나 조카나 그냥 넘어가는 법이 없구나."

나문은 궁시렁대며 준비해 둔 주머니를 건넸다.

"네 승진 축하금도 넣었으니까 알아서 적당히 써라."

"예, 그러죠. 감사합니다. 어머니께 안부 전해 드릴게요."

마촌은 인사를 하고는 돌아가려다 문득 무슨 생각이 들었는지 나문을 향해 고개를 돌리며 말했다.

"외삼촌, 북경으로 가신다고 했죠?"

"그래, 그곳에 무슨 일이라도 있느냐?"

마촌은 잠시 망설이는 표정을 짓더니 입을 열었다.

"예, 요즘 괴인들이 나타나서 무엇인가를 찾아다닌다고 하더군요. 인명을 해치지는 않지만 큰 상자나 마차의 화물들을 부순다고 하더군요. 그러니 표물을 무사히 옮기시려면 괴인들과 맞닥뜨렸을 때 무조건 도망치세요."

나문의 표정이 굳어졌다.

"그래, 그들의 목적이 무엇이라더냐?"

"아마도……."

"아마도 뭐 말이냐?"

나문이 마촌의 말을 재촉했다.

"이건 장강 지존님께서 본 맹 회의에서 내린 추측인데 그들이 휩쓸고 간 흔적에서 드러난 무공이 마교의 무공과 비슷하다고 하시더군요."

"그래?"

나문은 앞으로 자신의 표행길이 걱정되는 듯 잠시 생각에 빠졌다.

"알았다. 그리하지. 그럼 들어가 봐라."

"예, 외삼촌. 몸 건강하세요."

마촌은 올 때와 마찬가지로 부운신법을 펼쳐 다시 자신의 배로 날아갔는데 한눈에 보기에도 일류고수의 모습이라는 것을 느낄 수 있었다.

당민삼은 마촌의 얘기에 경악을 금치 못하며 곰곰이 생각에 잠겨 있었다.

"마교일까? 정말 마교일까?"

사실 지금에 이르러, 아니, 영웅학관이 설립된 이후로 마교는 서서히 강호에서 잊혀져 가고 있지만 생각이 있는 이들이라면 여전히 '강호의 가장 중심 축은 마교다' 라고 공공연히 말할 정도로 그들의 세(勢)와 저력(底力)은 상상을 초월하는 것이었다.

영웅학관의 설립 취지도 강호에서 마교의 견제를 위해 인재들을 양성한다는 것이었으니 더 말해서 무엇 하랴.

그런 마교도 영웅학관의 설립 후에는 사실상 강호에서 활동을 중지하고 모습을 드러내지 않았다.

많은 사람들은 명의 조정이 강호에 나오지 못하도록 마교를 억압하는 법령을 제정해서 마교인들이 나오지 못한다고 생각했지만 마교는 아직도 십만대산에 웅크리고 명을 뒤엎으려 조정의 고관들과 물밑 접축을 하고 있을 것이라는 게 명망있는 사람들의 의견이었다. 그런데…….

대향표국이 북경 주변에 다 이르렀을 때 십여 명의 정체 불명인이 표물의 꼬리에 달라붙었다는 것을 알았다.

나문은 표행을 재촉해 북경성 안으로 더 빨리 들어가거나 아니면 이곳에서 그 꼬리를 잘라내고 결판을 벌이는 방법을 두고 고민하다 습격받았다.

그 무리는 나일이 타고 있는 마지막 마차를 향해 덮쳐 왔는데 그 속도는 일개 표사들이 감당할 수 있는 실력이 아니었다.

개개인의 신법도 표국의 대표두보다 뛰어나 보이는 데다가 그들의 숫자가 무려 30여 명이라 그들이 이 표물을 강탈하기는 손바닥을 뒤집기보다 쉽다는 생각이 들 정도였다.

"무슨 일이오? 대향표국은 항상 정정당당하게 길을 오갔는데 무슨 연유로 이렇게 예고도 없이 방문한단 말이오?"

칠정도 나문의 외침에도 아랑곳없이 그들은 나일이 몰고 있는 마차를 향해 짓쳐들어왔다. 나문은 그런 그들에게 노호성을 터뜨리며 칼을 빼 들고 자신도 그들을 향해 덮쳐들어 갔다.

당민삼은 흑의인들이 모두 나일이 있는 마차에만 집중적으로 공격 방향을 잡아 달려들자 나일을 돕기 위해 마차에 올라서서는 당문의 절기인 비도를 흑의인들에게 뿌려대기 시작했다.

그 손길이 워낙 매서웠기에 흑의인들이 날아오는 비도를 막느라 급급해 있자 나일은 당민삼에게 이곳을 잠시 맡긴다는 손짓을 보내며 흑의인들에게 지시를 내리는 인물에게 덮쳐들어 갔다.

나일은 이성 정도의 공력을 사용해서 그 흑의인에게 장풍을 뿌려댔는데 흑의인이 쉽게 그 일초를 피해내자 기분 나쁜 표정을 짓고는 공력을 순식간에 오성으로 올려서는 같은 수법으로 다시 흑의인에게 장풍을 날렸다.

무하신공 무하천하(無下天下)!
하늘 아래, 그 아래에도 아무것도 존재하지 않는다.

사방으로 흩날리는 손 그림자 속에 숨겨든 이 일초의 손놀림을 흑의인은 피할 생각도 하지 못하고 그저 자신도 손을 갖다 대며 내공으로 맞서려고 했다.
"이런 터무니없는!"
흑의인은 사람의 힘이라고는 생각도 못할 거대한 힘에 견디지 못하고 나가떨어지며 입에서 한 사발의 피를 흘렸지만 개의치 않으며 다시 한 번 나일을 향해 달려들었다. 나일은 그런 사내의 뒷덜미를 잡아채 바닥에 내팽개치고는 외쳤다.
"모두 멈춰라!"
무하신공의 내공을 끌어올려 말하니 불문의 사자후(獅子吼)나 도가의 창룡후(蒼龍吼)는 아니지만 머리 속에 벼락 같은 울림을 전하며 손을 멈추게 하는 데 탁월한 효과가 있는 듯 모두가 싸움을 멈추고 나일을 쳐다보았다.
"야, 마차 안에 숨은 놈 나와!"
흑의인들이 그토록 뒤지려던 마차를 보고 나일이 소리치자 부스스한 산발을 흩날리며 '나 거지니 건드리지 마쇼' 라는 듯 누더기 옷을 걸친, 누가 봐도 거지임이 분명한 소년이 몸을 드러냈다.

“천하제일(天下第一) 마교만세(魔敎萬歲)!”

“천하제일 마교 만세!”

“천하제일 마교 만세!”

흑의인들은 그 소년을 보자마자 그대로 엎드리며 외쳤으나 그에 반해 대항표국 모든 이들의 안색은 창백해졌다. 마교가 강호 활동을 하지 않고 몸을 감추었다고는 하지만 그 이름이 주는 존재감만으로도 두려움이 밀려드는 것은 어쩔수 없는 듯 모두의 몸이 조금씩 휘청였다.

‘마교’ 라니? 설마 했던 마촌의 말이 사실이었단 말인가?

나일도 마교의 이름을 들어보았기에 잠시 당황했다.

자신이야 자기 한 몸 지킬 만한 무공이 있지만 마교를 건드렸으니 그들이 대항표국에 해를 끼치면 그것은 골치 아픈 것을 넘어서 심각한 사태를 몰고 올 것이다.

‘이것들을 싹 다 없애 버려?’

그렇게 생각했다가 고개를 가로저었다.

사부가 가장 중요시했던 것은 활(活)이었다.

사실 이 마교의 졸개들을 없애 버리는 것도 끼림칙하기도 하여 다른 좋은 방법이 있을까 머리 속으로 한참을 궁리했다.

‘앗, 맞다. 마득풍! 그 사람이 마교의 태상교주라고 했지?’

자신의 우형임을 자처했던 마천신군 마득풍이 마교의 태상교주임을 생각하고는 나일이 퉁명스럽게 거지소년을 향해 물음을 던졌다.

“네 녀석은 뭔데 거기에 숨어들어서 분란을 만들어?”

그 거지소년은 나일을 보며 별일도 아니라는 듯 싱긋 웃었다.

“북경 가는 표물 같길래 목적지도 같고 해서 좀 얻어 타고 갈려고……."

"뭐야? 그럼 너를 쫓는 떨거지들은 떼놓고 타야지, 이게 몇 인용인데 수십 명이 다 같이 무임 승차를 할려고 그래?"

나일의 말에 한순간에 그 무서운 마교의 인물에서 떨거지가 된 흑의인들이 손가락질을 해댔다.

"이놈이! 우리는 마교인이다! 죽음이 두렵지 않느냐?"

"감히 대향표국 따위가 마교를 능멸하다니……"

"마교의 일에 끼어들다니 죽음이 두렵지 않느냐?"

이런 식의 무척이나 무서운 말들을 내뱉었지만 그런다고 나일이 굴복하겠는가?

나일은 마교인들을 지그시 노려보며 오히려 자신의 장력에 한 사발이나 피를 토해냈던 흑의인들의 우두머리를 개 패듯이 패기 시작했다. 아니, 밟기 시작했다. 본보기로.

"네놈들이 마교면 마교지 어딜 와서 행패야?"

그 와중에도 칼을 빼 들고 죽기 살기로 나일의 행패에서 자신들의 지휘자를 구하려고 덤벼드는 흑의인들을 하나하나 때려눕혔다. 한 놈은 팔 하나를, 다른 놈은 다리를 부러뜨리는 식으로 골고루 흑의인들을 병신으로 만들어갔다.

이 장면을 보다 못한 거지소년이 빽 하고 소리를 질렀다.

"내가 내리면 될 것 아니오! 그만 좀 해요!"

거지소년은 자신을 찾기 위해 고생하던 부하들을 보며 자신도 나일에게 행패를 당할까 적이 두려워하며 소리쳤다.

"너도 조용히 해!"

귀가 따가움을 느낀 나일은 거지소년의 말소리에 귀를 후비며 주먹을 들어 보였다.

거지소년이 보기에 행패를 부리는 나일의 무공은 가히 자신이 속한 마교 내에서도 교주인 아버지나 전대 기인들의 수준으로 느껴질 정도로 대단해 보였다.

불필요한 동작 없이 깨끗하게 부러뜨리는 구타의 미학. 그것도 악착같기로 소문난 화악대를 상대로 말이다.

"이놈들, 확 죽여 버릴까?"

나일은 거지소년의 말을 듣고도 부리던 행패를 마저 부리며 골고루 한 군데씩 부러뜨리고는 확인까지 한 후에야 손을 멈추었다. 그리고는 쓰러진 흑의인들을 돌아보며 소리쳤다.

"냉큼 꺼져라!"

나일의 말에도 흑의인들은 자신의 상처를 돌보느라 몸을 구를 뿐 움직이지 못했다.

"이것들이 곱게 보내주려니까 안 가네?"

"당신이 모두 다리나 팔을 부러뜨렸는데 어떻게 움직여요?"

가까이 갔다가 맞을까 봐 멀찍이서 거지소년은 부하들을 대신해 소리쳤다.

"이가 없으면 잇몸으로라도 해야지! 그것 조금 다쳤다고 못 움직이냐?"

나일은 자신에게 말대꾸하는 거지소년을 못마땅하게 쳐다보며 소리쳤다.

"흥, 두고 보자. 이 원수는 언젠가 꼭 배로 갚아주마."

끝내 나일의 말에 분노를 느낀 거지소년이 복수를 다짐했다.

"그래, 좋은 자세야."

나일은 흥미롭다는 듯한 말투로 말하고는 거지소년에게 전음을 날렸다.

"마득풍이란 인물에 대해서 아느냐?"

거지소년이 놀란 표정으로 고개를 끄덕이자 나일은 내심 한숨 돌렸다.

'과연 그 사람이 마교의 태상교주가 맞는 듯싶구나.'

"너는 마득풍 형님의 손자쯤 되느냐? 어린애가 버릇이 없군."

그리고는 거지소년에게 다가가서는 행패를 부리면서 고래고래 소리를 질렀다.

"주인이 못났으니 부하가 맞는 거야. 그 복수, 지금 해봐라."

나일은 절묘한 구타 동작을 예술로 승화시키며 거지소년을 두들겨 팼다.

아, 신의 경지에 이른 구타여~

나일의 구타에 힘 한 번 써보지 못하고 걸레가 된 거지소년의 눈빛이 순종적으로 보이자 나일은 거지소년을 흑의인들 사이로 내팽개치고는 다시 한 번 전음을 날렸다.

"이놈, 득풍이 형님은 잘 계시냐?"

거지소년은 아픈 와중에도 공손히 두 손을 모으며 나일에게 예를 표하고는 전음을 날렸다.

"증조부님은 잘 계십니다. 그런데… 증조부님이랑은 어떻게 되시는지……. 저는 마교의 소교주 마협지입니다."

"그래? 나는 득풍이 형님의 의제(義弟) 나일이다."

마협지는 사실 나일이 손을 쓸 때부터 그의 무공이 예사롭지 않다 느꼈고 자신을 찾아 나선 마교의 화악대(華岳隊) 대원들이 제대로 대항

한번 못하자 혹시 나일이 반로환동(返老還童)을 한 기인이라 여기던 차, 중조할아버지의 의제라고 밝히자 이내 그 말을 믿었다. 그래서 이렇게 공손히 나일을 대하는 것이었다.

나일은 갑작스레 자신을 어렵게 대하는 마협지의 모습이 우스워 피식 웃어 보이며 전음을 날렸다.

"형님께 안부 전하거라. 이 나일이 한번 십만대산으로 찾아간다고. 그리고 그때 너의 죄를 다시 묻겠다."

마협지는 굳은 안색으로 팔다리가 하나씩 부러진 화악대 대원들에게 철수를 명했다.

역시 마교는 마교, 다리가 부러진 큰 상처를 가지고도 마협지의 명령을 받자 깽깽발로 경공을 펼치는 인물이 반이었다.

마교의 화악대들이 물러감에도 칠정도 나문은 굳은 얼굴을 풀지 못했다.

마교가 어떤 집단인데 그들과 원한을 맺다니……. 아마 이 대향표국을 자식 놈들이 이어받지 않는다 하자 조상님들이 노해서 이런 벌을 내린 것이라 생각하며 그는 자신의 머리를 쥐어뜯었다.

"아버지, 걱정 마세요. 제깟 놈들이 보복하려 들겠어요?"

나문의 고민을 짐작한 나일은 곧 이어 나문에게 전음을 날렸다.

"제가 이렇게 흠씬 패줬는데 또 덤비겠어요? 그리고 제가 말씀드렸던 은거기인인 저의 사부께서 마교에 은혜를 베푼 적이 있어서 그분 제자라고 밝혔으니 귀찮게 하지는 않을 거예요."

나일의 말이 미심쩍었지만 듣고 보니 마교도 놈들이 무릎을 꿇었던 그 거지소년이 나일을 대하는 태도가 남달라 보이기는 했다. 그 생각이 들자 적잖게 고민이 해소된 나문은 호탕하게 웃음을 터뜨렸다.

"누가 저놈들이 무섭다고 했느냐, 귀찮아서 그렇지. 오기만 해봐라. 이 대향표국이 그리 호락호락한 곳이 아니란 것을 보여주마."

나일은 나문의 이미 걱정을 떨쳐 버린 듯한 모습을 보며 자신도 안도의 한숨을 내쉬었다.

제16장

젠장, 사부를 만나다.
우라질, 채주를 만나다

대향표국은 북경에 도착하자마자 운송했던 표물을 대향표국의 북경 분타에 놓아두고 그곳에서 여장을 풀었다. 사천에서 제일가는 표국이고 중원에서 세 손가락에 꼽히는 대표국이기에 이런 대도시에는 분타를 소유하고 있었다. 북경은 명나라의 수도이다 보니 사천 촌구석과 사부 황생의 레어 같은 곳에만 살던 나일은 그 번화하고 화려함에 눈이 휘둥그레졌다. 북경 분타에 짐을 풀어놓자마자 나일은 혼자서 북경을 구경하려고 나섰다. 아버지는 말할 것도 없고 당민삼이나 표국의 표사들도 북경에 처음 온 것은 아니다. 북경에 처음 온 사람이 자신뿐이라 모두 구경하려 하지 않고 쉬고 싶어해서 부득불 혼자서 나왔다.

북경은 참 소란스러운 도시였다.

"길흉화복(吉凶禍福), 무불통지(無不通知), 만사형통(萬事亨通), 만박신기(萬博神技)!"

나일이 막 소리를 지르며 점쟁이 전용 깃발을 들고 사람을 끌어 모으려는 쥐수염의 노인을 지나치려 했을 때였다.

아무리 사천 촌구석에서 살다 왔다고 해도 저런 사기 비슷한 것에 넘어갈 정도로 취약한 나일은 아니었다. 그렇지만 그 깃발을 들고 있던 쥐수염의 노인은 다른 사람은 내버려 두고 나일이 가장 취약하게 보였는지 앞을 가로막으며 한마디를 더 했다.

"잘생긴 공자, 무엇이든 궁금한 것을 물어보시오. 당신의 미래를 예견해 보이겠소."

물론 앞날을 가르쳐 준다는 말보다 그 수많은 사람 중에 자신을 알아보고 잘생긴 공자라고 부른 것이 마음에 들어서 걸음을 멈추어 그 노인 앞에서 쭈그려 앉았다.

"안목이 있는 노인장, 그래, 우선은 내가 뭐가 궁금할 것 같소?"

자칭 무불통지, 만박신기라 깃발을 내세운 노인은 나일이 이런 질문을 할 줄은 몰랐는지 손가락으로 셈 하며 시간을 끌더니 물었다.

"당신은 누군가를 만나고 싶지 않소?"

나일은 그 말에 북경에 오게 되면 구씨세가의 구비화나 자신의 수하들, 즉 행동대장, 군사, 수석 비서 등을 볼 수 있을지도 모른다는 막연한 기대감을 가지고 있던 터라 자신의 취약함을 유감없이 드러내었다.

"그렇소. 어떡하면 만날 수 있겠소?"

나일의 사부 황생은 제자가 떠난 무릉도원에서 하루하루를 힘겹게 보내고 있었다.

빨래는 물론이거니와 식사 준비, 그리고 애완구(愛玩龜) 복희의 산책과 목욕 등 나일이 떠나 버린 빈자리를 크게 느끼고 있었다.

나일을 부려먹기 전까지는 자신이 했던 일이지만 나일이 온 후로는 그런 잡일을 하지 않고 신선처럼 하루하루를 보냈었기에 나일이 그리워지는 것은 당연한 일이었다 .

물론 나일의 반항이 도를 더해가서 자신이 내쫓다시피 했지만 없으니 그런 나일이 그리워졌다.

잡일과 무료함에 다시 유희를 나가기로 결심한 황생은 나일이 나간 지 20년 후, 즉 바깥 세상의 두 달이 흘렀을 때 드디어 세상으로 나오게 된 것이다.

곧바로 북경으로 오게 된 것은 순전히 모든 문물은 북경으로 통한다는 중원의 속담처럼 경험하지 못했던 많은 것들에서 호기심이 강한 드래곤의 기질을 버리지 못하고 무언가 근사한 것을 발견할까 싶어 북경으로 오게 된 것이었다.

그리고 운 좋게도 그날 저녁 대향표국의 북경 분타로 들어가는 나일을 보고는 제자의 대견스러움과 정다운 재회를 위해 무불통지, 만사형통의 깃발을 걸고 나일을 꼬셔서는 북경성 동쪽의 파영호(波永湖)라는 호숫가에서 감격의 재회를 할 요량으로 나일에게 '잘생긴 공자'라는 미끼를 던져 눈물겨운 상봉을 준비한 것이다.

누군가를 만나고 싶지 않냐는 질문에 그렇다고 나일이 대답하자 제자가 아직도 자신을 잊지 못하고 있다 지레짐작한 황생은 속으로 감동했다.

"동쪽에서 물을 보면 만나고 싶은 귀인을 볼 수 있을 것이오."

나일은 점치는 노인과 헤어진 후 그 말을 곱씹으며 동쪽으로 가다 제비가 처마를 못 지나치는 것처럼 휘황찬란한 간판의 북경제일루(北

京第一樓)라는 주점을 보고는 들어가 술을 청했다. 촌구석에서만 살다가 번화한 곳에 의리의리하게 지어진 주점을 보고 차마 그냥 발길을 돌릴 수 없는 까닭이었다.

어느새 귓가로 들었던 점치는 노인의 말은 잊어버린 듯 술을 술잔에 따르고는 막 한 잔 마시려 술잔을 드는데 어디선가 여인의 비명이 들려왔다.

"뭘 봐? 이쁜 건 알아가지고. 눈 딴 데로 안 돌려?"

구씨세가의 셋째 딸 구비화는 오늘도 어김없이 자신을 쳐다보는 남자들에게 비웃음과 고함을 지르며 미모를 확인하는 차원에서 작은 거울을 품속에서 꺼내어 쳐다봤다.

"하긴, 이 미모를 보면 눈을 다른 데로 돌릴 수가 없겠지."

비화의 중얼거림을 들으며 비화와 함께 점심을 먹으러 온 구일천의 뜨악한 표정도 잠시, 이내 무덤덤한 평상시의 모습을 회복했다.

"오빠, 저놈들이 나를 보는 눈이 풀린 것 같아요."

자신을 보며 한껏 의아한 눈초리를 보내는 사람들에 둘러싸여 구일천은 골머리를 잡고 있었다. 누가 들으면 진짜로 그런 것으로 여기겠지만 구비화의 중증 공주병은 친우(親友)들 사이에서도 불치의 병으로 알려질 정도로 널리 퍼져 있었다.

'눈이 풀리긴, 째려보는 눈들이 다 또랑또랑하구먼. 누가 들으면 니가 천하절색(天下絶色)인 줄 알겠다.'

구일천은 속으로 이런 말들을 삼키며 구비화를 쳐다보았다던 사람들에게 가 나지막한 목소리로 말했다.

'이놈들, 금의위의 위사 구일천이 곁에 있는데 감히 내 동생을 넘봐?

다른 곳으로 고개 돌리지 못해' 라는 말 대신에,

"제 동생이 공주병이 심해서 그러니 신경 쓰지 마세요. 많은 양해 바랍니다."

라고 말했고 구비화는 그런 구일천을 쏘아보았다.

"오빠가 되어가지고……. 나의 미모를 탐낸 저 늑대들의 시선을 고쳐야 할 것 아니야?"

구일천은 이래저래 골치 아픈 기색을 지으면서도 구비화의 말은 들은 척도 하지 않고 구비화의 무례를 사람들에게 일일이 포권하며 사과했다.

구비화의 이 공주병은 구비화가 구씨세가의 가주 구화남(具化男)이 칭하는 악의 구렁텅이, 즉 나일의 숙부가 채주로 있는 풍귀채에서 무사히 풀려났을 때부터 시작되었다. 아버지 구화남은 그렇지 않아도 애지중지하던 딸을 어느 순간부터 아예 '넌 보물이다' 라고 세뇌를 시켰고 그 세뇌의 싹이 조금씩 싹터 이제는 병이 되어 꽃을 피운 것이었다.

물론 그 병이 사람들에게 유익한 병이라고 생각된 적이 있기는 하다.

한 번은 구씨세가의 하녀 둘이서 시장 안의 노리개 가게 안 동경(銅鏡) 앞에서 싸우고 있었다.

원래부터 그 하녀 둘은 앙숙 관계였다. 삽을 무기로 사용하는 지예와 툭하면 이빨로 물려고 드는 영지는 서로 그 노리개를 갖기 위해 또 싸우고 있었다.

딱 한 개밖에 남지 않은 노리개인지라 하녀 둘은 자신의 미모에 어울리는 노리개라고 서로 주장했다. 그때 그 장면을 보고 있던 구비화가 하녀 둘의 머리를 밀쳐 내면서 노리개를 잡아갔다.

"얼굴도 못생긴 것들이 잘난 척하기는, 적어도 나 정도는 돼야지."

그리하여 하녀 둘은 노리개 하나 때문에 원수가 될 뻔한 상황이었지만 서로 화해하고 그 다음부터는 언니, 동생 하면서 잘 지내고 있다.

그 후로 구비화의 병 덕분에 좋은 일은 없었다. 내내 이런 상황만 벌어지곤 했으니까…….

구비화는 구일천을 째려보며 몸을 일으켰다.

"아버지한테 다 이를 거야."

아버지 구화남이 자신의 딸 중 막내딸 구비화를 끔찍이 여기는 것은 세가의 사람뿐만 아니라 이 부근에 있는 사람들이라면 모두 아는 사실이었다.

구씨세가의 금지옥엽(金枝玉葉) 구비화가 이 어처구니없는 일을 사실대로 이야기한대도 구화남은 자신에게 불벼락을 내리실 텐데, 게다가 구비화의 거짓말은 어찌나 능숙한지 정말 그것이 사실인 것처럼 진지하게 조작해서 얘기하는데 그 뒷감당을 어떻게 할 수 있겠는가?

다급한 마음에 구일천은 일러바치러 가는 비화의 손을 잡았다.

비화가 구일천에게 손을 잡혀 돌아서는 순간 잘못하여 나일이 앉아 있는 탁자의 술을 엎게 되었다.

물론 나일은 그녀가 탁자보를 잡는 순간부터 미리 방어를 하고 있었지만 구일천이 구비화를 부른 소리,

'구비화, 이 오라비가 잘못했다' 라는 말에 순간적으로 자신도 모르게 구비화의 모습을 자세히 보느라 다른 것에 신경을 쓰지 않고 있었다.

"앗, 구비화!"

나일은 팔 년이 지났음에도 비화의 얼굴이 변한 곳이 거의 없어서 단번에 알아볼 수 있었다. 게다가 이 주루를 오르며 건너편에 보이는 구씨세가의 현판을 눈여겨보고는 은근히 '구비화를 볼 수 있을까?' 하는 일말의 기대를 가지고 있던 터였다.

"죄송합니다, 죄송합니다."

구일천은 황급히 나일에게 다가와 구비화가 쏟은 술병을 일으켜 세우며 나일에게 떨어진 술을 닦아주었다. 그리고 점소이를 불러 나일의 술병을 들어 보이며 같은 것으로 한 병 더 주문하는 등 부산스럽게 움직였다.

한편 구비화는 구일천 목소리 말고 자신을 부르는 또 다른 목소리를 들었다. 그것도 자신을 친숙하게 부르는 목소리, 그리고 어딘가 낯이 익은 남자의 모습을 보고는 누구인지 자신의 머리 속을 뒤지고 있었다.

"비화야, 나야. 나일."

비화는 자신이 술을 쏟은 남자를 다시 자세히 훑더니 그제야 생각난 듯 나일의 이름을 부르짖었다.

"아, 나일! 그러니까 산적 조카!"

나일에 관해서는, 아니, 나일을 생각하면서 가장 중요한 것이 그것뿐이라는 듯 불렀지만 나일은 개의치 않으며 비화에게 고개를 끄덕여 보였다.

"그래, 그 나일. 아직도 나를 기억하는구나?"

그런 그들을 심상치 않은 눈으로 보며 구일철이 구비화에게 아는 사람이냐고 물었다.

"아, 그냥 예전에 알던 친구야."

그 순간 문득 나일은 아까 그 점쟁이가 순 거짓말쟁이는 아니라고
생각했다.

물이 있는 동쪽으로 가면 귀인을 만난다고 한 말이 찍었든 어쨌든
들어맞지 않았는가? 술도 물이니까.

*   *   *

―폴리모프(황생의 모습으로).

쥐수염의 노인 몸에서 일순간 광채가 흘렀다.

일순간 쥐수염의 노인은 온데간데없고 하늘에서 내려온 듯한 선풍
도골의 노인만이 남았다.

그렇다. 바로 그, 나일의 사부 황생인 것이다.

황생은 파영호에서 거의 세 시진을 기다렸다.

오랜만에 만나는 제자와―물론 나일은 겨우 두 달 만에 사부를 보는 것이
지만 자신에게는 20년 만이다. 그동안 자신이 겪은 고초를 돌아보니 저절로 눈
물이 나왔다. 나일이 있을 때가 바로 천국이었다―어떻게 놀라지 않고 감동
적인 장면을 연출할 것인가에 대해 나름대로 고심하면서 시간을 보내
고 있는데 해가 뉘엿뉘엿 지기 시작하고 어둠이 밀려오는데도 아직 나
일이 코빼기도 보이지 않자 별의별 생각이 다 들었다.

'이놈이 여기를 지나쳤나?'

그곳에서 여기까지는 호수나 연못이 없으니 지나쳤으면 자신이 못
봤을 리 없고…….

'내 점을 믿지 않고 그새 다른 데로 빠져나갔나? 아니야, 그놈이 얼
마나 귀가 얇은 놈인데……. 그것도 아니면……….'

이런저런 생각을 하다 배도 고프고 해서 나일이 여기 오기만을 기다리는 것보다 자신이 직접 찾는 게 빠르다는 생각에 직접 나일을 찾아나섰다.

'에이, 이런 불효(不孝) 막심한 놈.'

군사부일체(君師父一體)라 했거늘 자신이 나일을 찾아가야 하는 것이 못마땅하기만 했다.

*　　　*　　　*

"구비화, 너는 예전 그대로구나."

나일은 그렇게 구씨 남매와 합석하게 되었다.

"북경에는 무슨 일이니?"

비화의 조금 냉랭한 말투에 눈에 서운한 빛이 스쳤지만 그것도 잠시, 원래의 모습을 회복한 나일은 밝은 목소리로 말했다.

"이번에 영웅학관에 입관하려고."

"그래?"

비화가 나일의 말에 이채를 띠었다.

"소협은 무슨 재주가 있나?"

구일천은 나일이 영웅학관에 든다 하니 범상치 않은 기재라 생각하며 어느 전에 들 것인가 궁금해 질문을 던졌다.

"아, 저는 그저 남들보다 무공 실력이 조금 뛰어납니다."

낯선 사람이라 그런가? 아니면 오랜만에 비화를 만나 평소와 다른 모습, 다시 말해 건방지고 하늘 높은 줄 모르던 모습이 아닌 겸손한 태도를 보이는 나일이었다.

"그래, 그렇지만 쉽지는 않을 텐데……."

나일은 구일천이 자신을 낮춰 보는 것 반, 걱정스러움 반이 담긴 말을 하자 두말없이 품에서 형 나천이 준 영웅학관의 추천서를 꺼내 보였다.

"그래도 영웅학관 추천서가 있으니 별일은 없겠죠."

순간 아쉬운, 아니, 부러운 표정이 역력하게 지나가며 비화는 '그럼 그렇지' 하는 말투로 나일을 쏘아보았다.

"실력도 없으면서 추천서로 영웅학관에 입관하시겠다? 그래, 니 삼촌이 산적 두목이었지. 남의 돈 털어 추천서를 샀구나? 그것도 아니면 갖은 협박으로 추천서를 받아냈거나."

구일천은 그런 비화를 보며 인상을 찌푸린 후 나일에게 포권해 보이며 사과했다.

"미안하네. 우리 비화가 철이 좀 없어서… 그리고 자존심이 강해서……."

말끝을 흐리는 구일천을 보며 뭔가 직감적으로 비화가 추천서에 좋지 않은 감정이 있다는 것을 느낀 나일이 물었다.

"참, 너도 영웅학관에 들었니?"

나일은 북경에서도 그림으로 유명한 구씨세가의 여식인만큼 영웅학관의 예관(藝官)에서 그림 공부를 하고 있으리라 짐작하며 비화에게 말을 건넨 것인데 비화는 기다렸다는 듯이 나일에게 화를 냈다.

"흥, 나는 추천서를 가진 재능도 없는 놈들에게 밀려서 아직 입관을 못했다. 하지만 두고 보라구. 이번에는 너 같은 놈들한테 밀리지 않을 테니까."

침을 튀겨가며 말을 쏘아대는 흥분한 비화의 어깨를 구일천이 만류했다.

"아직 입관 못했나 보구나?"

나일은 비화가 아직 입관을 못했다는 사실이 오히려 좋았다.

먼저 입관했다면 선배지만 이번에 같이 들어가면 동기가 되는 것이고 그럼 더욱 친해질 수 있지 않겠는가? 그렇게 함께 시간을 보내다 보면 어렸을 때 자신과 했던 약속을 기억하게 될 것이라 생각한 것이다. 역시 단순한 나일이었다.

"이것 가져."

"뭐?"

"소협, 호의를 거두시게."

구비화와 구일천이 놀라는 것은 당연했다. 나일이 내민 것이 영웅학관 입관 추천서였으니……. 그 추천서의 가격이 얼만데. 이 주루를 통째로 사고도 남을 거금이었다.

구일천 자신은 영웅학관의 입관 시험에 무사히 합격한 것이 벌써 15년 전 일이고 지금은 금의위 위사 겸 황궁화공(皇宮畵工)으로서 조정의 녹을 먹지만 구비화는 어려서부터 아버지가 다른 자식들과는 다르게 매를 들지 않고 가르쳐 그 재주가 자신의 형제 중에서 가장 뒤처지는 것은 물론이오, 영웅학관에 들어가기에도 그 재주가 한참 모자랐다.

비화는 자신의 실력이 미숙함은 깨닫지 못한 채 떨어진 이유가 추천서를 받은 기재들 때문에 정원이 좁아진 탓이라 여겼다.

그러나 비화의 생각과는 달리 천하의 기재들이 다 모이는 곳이 영웅학관이기에 그곳에 들기 위해서는 앞으로도 몇 년의 수업을 쌓아 성과를 보아야만 들 수 있을 거라는 것이 구일천의 솔직한 심정이었다. 그런 비화에게 영웅학관의 추천서는 그 기간을 없앨 수 있는 유일한 물건이었다.

구씨세가가 비록 그림으로 유명해서 돈이 많다 하여도 구대문파와 오대세가에 돌아가는 추천서야 그들의 문파나 가문의 기재들을 들이기에도 턱없이 부족한 숫자이고 조정의 정삼품 이상의 고위 관료에게 돌아가는 추천서는 그들과의 연줄, 친분, 그리고 막대한 뇌물 등이 맞물려 돌아가야만 얻어낼 수 있는 것이기 때문에 추천서를 구하는 것은 실력으로 시험에 합격하는 것과 거의 비슷한 노력이 들어간다는 소문이 돌 정도였다.

그런데 그런 것을 내놓다니……. 구일천은 자신의 여동생이 심술나 별안간 터뜨린 말에 화가 나서 한 행동이라 여기며 나일을 만류했다.

"받아. 나는 이것 없이도 시험에 합격할 수 있을 것 같아. 물론 다른 추천서가 나올 곳도 있고. 그러니 받아."

나일은 재차 추천서를 구비화에게 내밀었다.

"만약에 실력으로 합격하면 나를 조금은 다르게 보아줄 수 있지?"

어울리지 않게 멋있는 말들을 내뱉으며 비화의 손에 영웅학관의 추천서를 쥐어주었다.

"그래, 어디 니가 이것 없이도 입관할 수 있는가 보자. 아무튼 고맙다."

입으로는 끝까지 삐딱하게 나가며 받기 싫은 것을 억지로 받는 투였지만 비화는 냉큼 추천서를 받아 들었다.

"소협, 이 은혜는 내 죽는 날까지 잊지 않겠소."

구일천이 포권하며 감사의 뜻을 전하는데 구비화의 내지르는 소리에 그 말이 묻혔다.

"오빠, 가요. 아버지가 기뻐하시겠네, 그 비싼 추천서를 구했으니."

비화는 끝까지 비아냥거린 후 구일천의 손을 잡아끌며 주루를 나왔다.

황생은 나일을 찾아 대향표국의 북경 분타로 바삐 걸음을 옮겼다.

그러다 마침 북경제일루에서 나오는 나일을 발견하고는 뒷덜미를 낚아챘다. 그리고는 아무 말 없이 아까 왔던 파영호로 다시 되돌아가 나일을 물속에 집어 던져 버렸다. 나일도 뒷덜미를 잡고는 순식간에 호숫가로 와 자신을 물속에 집어 던지는 일련의 행동들을 그저 손 놓고 당해주었다.

눈치 챈 것이다.

'젠장할. 사부구나.'

그것을 알기에 '누구세요?', '왜 그래요?' 라는, 혹은 '살려주세요' 같은 불필요한 단어들을 나열하지 않았다. 아니, 해봤자 불필요한 행동이라는 것을 누구보다도 나일 자신이 잘 알기에 이럴 땐 괜히 반항하기보다는 제풀에 그냥 자신을 내버려 둘 때까지 기다리는 게 차라리 편하다는 것을 경험으로써 터득하고 있었다.

"사부, 왜 나왔어요?"

나일은 호숫가에 자신을 내동댕이치고 동작을 멈춘 황생을 보며 '이때다' 하고는 물었다.

"그리고 왜 이러는 거예요?"

나일의 질문에 잠깐 살기를 내보이며 황생이 물었다.

"이 불효 막심한 제자야, 왜 물이 있는 동쪽으로 가랬더니 주점에 처박혀 있어?"

"아, 그건… 저… 사분지 몰랐죠, 그 엉터리 점쟁이가."

"이놈, 엉터리라니? 사실 이 하늘 아래 나보다 더 많이 알고 유식한 존재가 있으면 나와보라고 그래."

오랜만에 제자를 만난 황생이 나일에게 '자기 자랑'이라는 비장의, 아니, 궁극의 절기가 펼치려는 찰나 한 번 시전되면 최소한 한 시진은 이어지는 것을 알고 있는 나일이 방어 수법을 펼쳤다.

"인정하죠. 사부는 최고(最高), 최강(最强), 천하무적(天下無敵), 유아독존(唯我獨尊)의 유식한 존재입니다."

"흠음, 그래, 여전히 안목은 최고구나. 그래, 그러니까 나는……."

황생은 나일의 왜 집, 즉 레어를 나왔느냐는 질문에 사실대로 제자의 수발이 그리워서 나왔다고 말할 수는 없는 노릇이고 해서 적당한 구실을 찾다가 자신도 감탄해 마지않을 뻥을 생각해 냈다.

"너도 인정하다시피 이 사부가 좀 유식하냐? 위로는 천문(天文), 점복(占卜)을 꿰뚫고 아래로는 지리(地理)……."

막았다고 생각했는데 다시 이어지려는 황생의 말을 나일이 다시 잘랐다.

"아, 사부 유식한 건 인정한다니까요. 그만 하시고 집을 나온 이유나 말하세요."

"음… 그래, 이 사부가 얼마 전 밤하늘을 유심히 쳐다본 바 강호에 대환란이 일어날 조짐이 보이는 것이야. 강호를 일으킨 존재로서 이 환란으로 인해 강호 멸망의 조짐이 보이는 바 내 잠을 포기하고 안락한 생활들을 분연히 떨쳐 다시 강호에 나오게 된 것이다."

황생은 비장한 분위를 풍기며 나일에게 진실을 왜곡하며 말했다.

"사부, 거짓말 말아요."

나일이 말하며 밤하늘을 쳐다보니 분명히 어젯밤까지도 별 이상이 없었던 자미성(紫微星)이 희미해지면서 천살성(天殺星)이 돌연 빛을 뿌리며 서서히 요동 치는 것이 아닌가?

"정말이네?"

나일의 얼굴이 잠시 굳어졌다.

자신이 한 거짓말이 순식간에 사실로 변해 버린 상황을 보며 '이게 웬일이냐?' 라고 속으로 생각하며 정말 처음부터 알고 있었던 듯 황생은 낯빛을 바꾸어 진중하게 말했다.

"그럼 내가 그 편한 무릉도원에서 괜히 나왔겠냐? 흠흠… 어쨌든 당분간 강호에서 이 한 몸을 불태워야 할 터, 너무 오래전에 유희를 마친 후 두문불출했더니 아는 사람이라고는 내가 세상에서 가장 사랑하는 제자뿐이니 제자에게 잠시 몸을 의탁해야지. 그렇지 않느냐, 나의 사랑하는 제자야?"

'헉' 하며 속으로 댓바람을 일으키며 나일은 사부를 떨궈낼 방법을 생각했다.

어떻게 벗어났는데 다시 사부와 같이 생활한단 말인가?

"저… 사부님, 사부님의 애제자 이 나일이 있으니 강호에 대한 염려는 마시고 집으로 돌아가시면 안 되실는지……?"

"안 된다. 결코 너에게 그 막중한 일을 맡겨둘 수는 없다."

"저를 못 믿으신단 말씀이십니까?"

짐짓 자신을 못 믿어 서운하다는 표정을 짓는 나일을 보며 황생은 기필코 나일의 수발을 받으며 살리라 결심하며 말했다.

"너를 못 믿는다기보다는 만약의 사태를 대비하는 것이지. 좋다, 그럼 이 일은 네가 해결하도록 하여라. 다만 나는 너의 옆에서 지켜보다가 최후의 순간에 나서도록 하마. 그럼 되겠지?"

이렇게 얘기하는데 더 핑계를 대봤자 더욱 교묘히 빠져나갈 것이 뻔한 사부이기에 나일은 사부 없는 생활을 꿈꾸었으나 겉으로는 오붓한 사제지간을 연출하며 오랜만에 만난 기념으로 축하주를 마시기 위해 주점을 찾아 걸었다.

"그런데 사부, 저 영웅학관에 한 삼 년 정도 입관해야 하는데 당분간은 집에 계시죠. 제가 때가 되면 부르러 갈게요."

최후까지 발악하는 나일의 노력이 눈물겨워 보였지만 굳게 먹은 마음, 더욱 모질게 맞받아치는 황생이었다.

"그래? 뭐, 그럼 나도 입관하지."

"그게요… 사부, 거기는 스물다섯 미만의 사람만 입관할 수 있다고요."

나일은 곧 이어진 황생의 변화에 입을 다물 수밖에 없었다.

—폴리모프(모습이여, 변하라).

그 말이 끝나자마자 언뜻 봐도 대단한 미청년으로 변신한 사부가 물었다.

"됐냐, 이 정도면? 어디 가도 꿀리지는 않게 생겼지?"

"네에……. 그런데 사부도 외모에 대해 편입견을 가지고 있어요?"

"그럼 당연하지. 내가 오랜 세월 살아오면서 느낀 건데 인간은 사람 맘이 중요하다고 말은 하지만 일단 외모가 흉하면 무시부터 하더라고. 반대로 잘생기면 우선은 여자들이 떼거리로 몰려들잖아. 그리고……."

황생은 계속 외모가 잘생김으로써 얻는 이득을 이야기했다.

"아, 알았어요. 사부 말이 다 맞아요."

무조건 이야기를 시작하면 오래 끄는 버릇이 있는 황생의 말을 나일이 초반에 잘랐다.

"흠… 아무튼 이제부터는 사부라 부르지 말고 사형이라고 불러라."

어떻게 사부가 하루아침에 사형이 되겠는가?

당연히 나일은 거부했다.

"제가 어찌 감히……."

"사형이라고 불러라, 맞기 싫으면. 이것이 내가 너에게 자주 들려주었던 유희라고 생각하면 된다."

상황이 이렇게 되자 나일은 사부의 말을 들어야 했다. 맞기는 싫으니까.

"네……."

나일이 사부에게 영웅학관에 들어가려면 시험을 봐야 한다고 하자 황생은 버럭 화를 내면서 이 나이 돼가지고 겨우 인간들에게 시험을 봐야 하는 것은 너무한 것이 아니냐며 다른 방도를 찾으라고 닦달했다.

이에 나일은 추천서가 있으면 시험을 보지 않아도 입관할 수 있다고 했다. 그리고 힘없고 사부가 무서운 나일은 자신보다 약하고 만만한 와룡채 삼인방을 머리 속에 떠올리고는 황생에게 '주점에 잠시 기다리고 계시면 추천서를 구해오겠다' 는 말을 남기고는 그들을 찾아 나섰다.

장소는 물론 자금성.

자금(紫禁)이란 북두성(北斗星)의 북쪽에 위치한 자금성이 천자가 거처하는 곳이라는 데서 유래되었다. 남북으로 약 이백 장, 동서로 약 백팔십 장의 성벽으로 둘러싸여 있고 성벽 주위 네 곳에 각각 한 개씩의 궁문이 있다. 그중에서도 남쪽의 오문(午門)이 정문으로서 특히 웅대하며 나일이 지금 서성거리는 곳도 바로 그곳이었다.

"뭐 이렇게 크다냐!"

나일은 오문에 많은 사람들이 경계를 서는 것을 보고는 담을 빙 돌기 시작했다.

담 너머로 눈에 보이는 건물만 해도 부지기수. 단지 황제의 직계가 모여 사는 집이건만 대륙의 황제가 사는 곳답게 그 규모가 상상을 초월한다. 자금성을 지키는 무리를 포함하여 달린 식솔이 만여 명이나 되는 집.

지상에서 이렇게 큰 집이 어디 있겠는가?

낮이라도 이렇게 으리으리하고 복잡한 자금성 내에서 수석 비서를 찾는다는 것이 불가능할 터인데 자금성에 대한 기본적인 지식도 없이 그저 '엄청나게 큰 집이구나' 하는 단순한 생각으로 담을 넘은 나일이 수석 비서를 어떻게 찾을 것인가?

나일은 자금성의 담을 넘으며 그곳을 지키던 위사에게 지그시 한쪽 눈을 찡긋하고는 손으로는 목줄기를 부러뜨릴 듯이 잡고 물었다.

"수석 비서… 아니, 그러니까 황태자가 사는 곳이 어디냐?"

보초를 서고 있던 위사는 갑작스러운 상황에 당황했지만 충성스러운 신하라는 것을 증명하려는 듯 한사코 매를 벌었다.

"누, 누구냐?"

"먼저 물은 건 난데 대답도 하지 않고 물으면 안 되지?"

'가뜩이나 사부를 만나 기분이 언짢은데 이놈한테 화풀이를 해버려?' 라고 마음 깊은 곳에서 자신의 목소리가 들려왔지만 '사부를 오래 기다리게 했다는 죄명으로 교육(?)을 받을 바에는 어서 빨리 일을 끝내고 돌아가는 것이 나을 것이다' 라고 뒤이어 들려오는 내면의 목소리에 그 뜻을 좇았다.

그래서 일단은 한 손으로 위사의 목덜미를 잡은 후 다른 한 손으로
는 코와 입을 막았다.

숨이 막혀 얼굴이 자색이 되며 자신이 질식해 가는 것을 느낀 위사
의 동공이 커졌다.

"어디지……."

잠시 숨을 풀어주면서도 섬뜩한 나일의 표정에 위사는 자신도 모르
게 대답을 해버리고 말았다. 아마도 진짜로 죽기는 싫은 것이리라.

"다화전(茶話殿)……."

나일이 손을 떼고는 잊어버리지 않으려고 중얼거리며 다시 신법을
펼쳐 빠져나가려는 찰나 위사의 고함이 들렸다.

"침입자다, 침입자!"

순간 경계에 만전을 기하던 위사들이 황제가 깨지 않도록 그 부근에
서 잽싸게 신호탄을 쏘아 올려댔고 멀찌감치 가던 나일은 다시 돌아와
서 그 위사의 목에 다시 손을 대었다.

"근데 다화전이 어디야?"

'한 번 갔으면서 되돌아오는 게 어딨어? 이런, 진짜로 죽었다.'

위사는 속으로 욕을 삼키고는 자신도 모르게 손가락으로 멀리 보이
는 건물을 가리켰다.

"조용히 경계 근무에 만전을 기해야지, 시끄러워지잖아."

나일은 입술에 손가락을 대어 조용히 하라는 시늉을 하며 위사의 혈
도를 점하고는 인간 인형의 멈춰진 손가락 끝을 따라 몸을 날렸다.

나일의 귓가에 대규모 위사들 움직임 소리가 들려오지 않을 리 없었
다.

황제가 있는 전각은 황제가 매일 밤 잠자리를 바꾸기 때문에 일급

기밀에 속하는 바, 위사들도 그곳을 모르기에 황제가 있을 법한 곳으로 병력들이 분산, 배치되었지만 황태자의 거처는 다화전 한곳뿐이기 때문에 신호탄이 솟아오름과 동시에 다화전 밖에는 자금성에서 가장 많은 무리의 위사들이 진을 쳤다.

나일은 그들 몰래 다화전으로 숨어들어 갈 수도 있었지만 그렇게 하면 이미 피신해서 들어가서도 주성치를 찾기가 힘이 들 것을 생각하고는 몰래 잠입하는 방법 대신 다화전 앞에서 수석 비서 주성치를 불러내는 방법을 택했다.

"여어~ 수석 비서! 아니, 황태자! 채주가 왔어!"

그 소리에 다화전을 지키던 모든 위사들이 나일을 둘러쌌다.

"웬 놈이냐? 무엄한 놈! 여기가 어디라고 함부로! 보아하니 미친놈이구나!"

오늘의 황궁 수비를 맡고 있던 금의위(錦衣衛)의 통령정관(通靈政官) 진일미가 나일을 향해 호통을 질렀다.

어림군이 북경성 전체를 수비한다면 금의위는 자금성만을 지킨다. 거기에 예외적으로 동창이란 곳이 있어 대내 감찰의 임무를 맡고 있기는 하지만 금의위 소속이라면 권력의 핵심층이라 부를 수가 있다. 그 금의위에서 진일미는 통령의 바로 밑 관직인 통령정관으로서 오늘 황궁 수비를 맡은 금의위 위사 중 최고 책임자였다.

그러거나 말거나 나일은 진일미를 무시하며 다시 한 번 소리를 쳤다.

"여어, 수석 비서! 채주가 왔어! 이까짓 것들이 나를 막을 수 있다고 생각해? 어서 마중 나오지 못해! 평생 애벌레로 살아가고 싶은가?"

한편 황태자 주성치는 뜨거운 물로 목욕을 하면서 자신의 일과를 다시 한 번 돌아보는 시간을 가지고 있다가 뭔가 바깥에서 심상치 않은 움직임이 일어나고 있음을 직감적으로 느꼈다. 직감이 맞아떨어졌는지 평소에 자신이 총애하는 시비 중 하나인 예향(豓香)이가 급히 들어왔다.

"황태자 전하, 자객이 황궁에 침입한 듯합니다! 어서 몸을 피하소서!"

"뭐라고?"

그 말을 듣는 순간 재빨리 수건으로 몸을 닦아 의복을 입고는 자신의 침상 밑에 뚫려 있는 비밀 문을 통해 안전한 곳으로 피하려 했다. 그러나 비밀 문을 열려는 그 순간 그는 지상에서 가장 듣기 싫은 목소리를 들어야만 했다.

그리고 결국 애벌레로 사는 대신 불쌍하고 힘겹겠지만 사람으로 사는 방법을 택했다.

주성치는 다화전의 창문을 열고는 크게 소리쳤다.

"채주님, 오랜만이시군요. 뭣들 하느냐? 나의 손님이시다! 이리로 모셔라!"

과연 황태자의 말은 법이었다.

나일을 물샐틈없이 에워쌌던 수백 명의 위사들이 물러났다.

"봤지? 나랑 친하다고."

나일은 진일미를 보며 어깨를 으쓱해 보였다.

곧바로 예쁘장한 시비 둘이 나일을 주성치에게 안내했다.

"그래, 나 보고 싶었지?"

나일의 물음에 진실로 답하는 잘못을 범하지 않고 반기는 주성치였다.

"그럼요. 채주님이 보고 싶어서 혼났어요."

"그래야지. 아니, 그래야 하구말구. 그럴 것 같아서 내가 바쁜 몸을 이끌고 몸소 왔지. 한 삼 년 정도 북경에 머무를 거야."

그 말에 주성치는 속으로 끔찍한 비명을 질러대었다.

"아, 그렇지만 이곳에는 산이 없는데요?"

산이 있다고 해도 명나라의 모든 병사들을 시켜서라도 없애 버리고 싶은 주성치가 말했다.

"누가 뭐래? 그냥 모종의 이유로 영웅증이 필요해서."

나일은 기대에 못 미치는, 그러니까 '제가 살고 있는 이곳을 빌려 드릴까요'는 아니더라도 적어도 '제가 산채를 하나 지어 드릴게요'라는 대답을 내심 기대했던지라 곱지 않은 시선으로 주성치를 쳐다봤다.

"아, 제 말씀을 오해하셨군요. 채주님은 산이 무척이나 어울리는 분이시라는 뜻입니다."

"오라, 그러니까 나보고 산구석에 처박혀 나오지 말라고?"

"그게 아니고요……."

끝내 취약을 드러낸 주성치의 이마에는 식은땀이 삐질삐질 흘러내리기 시작했다.

그때 다행히 황태자의 방문이 열리며 두 사람이 들어왔다.

"채주님 오셨군요?"

행동대장 정염과 군사 노림도 황태자궁에서 일어난 사건을 전해 듣고는 소란의 주범이 나일이라고 예상했다. 아니, 확신하고는 태자궁을 찾았다. 둘 다 알고도 안 찾아왔다고 하면 서운해하는 감정만으로 끝낼 나일이 아니라는 것을 이미 어느 정도 인식하고 있기 때문이었다.

“오랜만이야, 행동대장, 군사.”

나일은 자금신검 정염과 황궁태사 노림을 맞으며 반가운 표정을 지었다.

나일은 오래간만에 주성치와, 노림, 그리고 정염, 이렇게 와룡채 삼인방과 함께 다정한 술잔을 나누는 시간을 가졌다. 지금 주점에서 사부가 자신을 기다리고 있다는 사실을 잠시 잊어먹고는.

“그때 말이지, 정말 난 니들이 진짜… 이런… 놈들인 줄 몰랐어.”

나일은 관복을 입고 있는 노림과 정염, 그리고 주성치를 훑어보았다.

‘지금은 알고 있어도 변한 게 없잖아?

와룡채 삼인방은 동시에 이렇게 투덜거렸다.

머리를 긁적이며 제 딴에는 쑥스러운 표정을 지어 보이며 나일이 말하자 제일 먼저 정염이 ‘헤헤’ 거리며 비위를 맞췄다.

“채주님, 그런 건 신경 쓰지 마십시오. 영원한 저희의 두목이신데……. 근데 언제쯤 만악대법을 해제해 주실는지…….”

정염의 유려한 말에 끄덕도 하지 않으며 오히려 나일의 눈에는 쌍심지가 켜졌다.

그런 분위기를 읽었는지 정염은 또다시 헤헤거렸다.

“아니, 제 말씀은 이렇듯 충성을 보이는 저희들을 믿으실 때도 됐다는 얘기죠. 그리고 저기 수석 비서는 요즘 몸도 안 좋아서요. 헤헤.”

비록 나일에게 비굴하게 굴고는 있지만 주성치에 대한 충성심은 살아 있는지 정염은 주성치만이라도 금제에서 풀어줄 것을 청했다.

“니네가 언제 충성을 보였냐? 그래, 까놓고 얘기해서 내가 지금이라도 금제를 풀어주면 곧바로 나를 죽이려 들 거잖아?”

수석 비서, 군사, 행동대장이 속으로 각기 다른 말, '나쁜 놈! 일국의 황태자한테 이런 짓을 해도 되는 거야?', '보기보다는 생각이 있는 놈 이잖아?', '저 시키, 나만이라도 풀어주지'라고 뜻은 조금씩 달라도 나일의 욕이 조금씩 들어가 있는 말들을 삼키려는데 나일이 느닷없이 주 성치를 불렀다.

"야, 수석 비서, 영웅학관 추천서 하나만 써줘."

나일은 주성치가 황태자로 이 세 명 중에서 가장 높으니까 추천서를 쓸 수 있으리라 생각해서 그를 향해 말했지만 실제로 그 세 명 중 영웅 학관의 추천서를 써줄 수 있는 사람은 동창 대영반 정염뿐이었으니, 정 염은 모두를 대신해 나일에게 물었다.

"채주님이 그것은 뭐 하시려구요?"

"알아서 뭐 하게? 너무 많이 알려고 하면 다친다."

"그래도……"

"써줄래, 말래!"

나일이 드디어 고함을 버럭 질렀다.

그 소리에 와룡채 이인방, 그러니까 주성치와 노림이 정염에게 무언 의 눈빛을 보냈다.

'왜 그러는 거야? 저 시키 성격 알면서 괜히 사고 치고 그래?'

'빨랑 써주고 보냅시다, 제발!'

한순간 정적이 흐르자 나일이 헛기침을 두어 번 한 후 말문을 열었 다.

"험험, 그냥… 내가 두목 노릇을 하려면 그게 필요해서 그런다."

나일은 별것 아니라는 듯 신경 쓰지 말라는 투로 이야기했다.

"아, 채주님의 실력이라면 추천서가 없어도 충분히 합격할 수 있을 텐데요?”

“그게 말야… 아무튼 친구가 시험 보기 싫대. 써줄래, 말래?”

또다시 고함을 지르자 나일의 협박에 언제나 작아지는 정염은 지필묵을 찾아 추천서를 작성하고는 나일에게 건넸다.

“저… 근데… 제 금패랑 바꾸……”

정염의 말이 끝나기도 전에 나일이 부릅뜬 눈으로 자신을 쳐다보자 정염은 말을 바꿀 수밖에 없었다.

“…그 금패로 좋은 일 많이 하시라구요.”

“그래, 오냐.”

나일은 예의 건방진 표정을 지으며 정염의 어깨를 다독거렸다.

‘에이, 진짜 저놈을 어떻게 알게 돼가지구. 인생 정말 꼬이네.’

속으로 이런 말을 삼키지 않을 리 없는 정염이지만 겉모습은 주인에게 귀여움받고 싶은 강아지의 모습을 하고 있었다.

“아, 그리고 내가 학관에 입관할 동안 자주 찾아와야 될 거야. 안 그러면 금제가 저절로 굳어져서 그 무시무시한 애벌레대법 때문에 살아도 산 게 아닐 거야. 그리고 올 때는 좋은 술이랑 안줏거리 싸 오는 거 잊지 말고.”

한마디로 요약하자면 자주 찾아오지 않으면 앞으로 고생 많이 할 테니 알아서 자주 술 싸가지고 찾아오라는 이야기였다.

나일은 그리고 나서야 사부가 기다리고 있다는 사실을 자각하고는 자금성을 떠나 사부에게로 갔다.

사부를 기다리게 했다는 명분을 내세워 황생은 나일에게 오랜만에 짜리짜릿한 손맛을 느끼에 해준 후 대향표국 북경 분타로 찾아들었다. 나일은 이제는 사형이 된 황생을 자신의 아버지 나문에게 사형이라고 소개했다.

여기 오기 전 나일의 사형 황생은 이번 유희 동안 자신의 이름을 성은 단(丹)이요, 이름은 외자로 청(淸)이라 작명하고 이제부터 자신은 나일의 사부가 아닌 나일의 사형 단청이니 그렇게 부르라고 강요했다. 그렇지 않으면 매일 구타당하던 시절로 돌아가게 될 것이라고 서슴없이 협박하면서. 나일로서는 속으로 주책없는 노인네라고 욕하면서도 겉으로는 반기며 이렇게 사부 황생을 사형 단청으로 좌천, 아니, 변신시켰다.

제1장

영웅삼관(英雄三關)

북경에 오자마자 당민삼이 영웅학관의 기숙사로 들어가 버려서 심심하던 찰나였는데 두 번 다시 만나고 싶지 않은 사부, 아니, 사형을 만나 나일은 하루도 심심하지 않게 되었다. 단청이 되어서도 황생은 예전과 같이 '바로 이 안락함이야' 하는 심정으로 나일에게 붙어 호의호식하며 입관 시험을 기다리고 있었다.

"저… 아버지."

"왜 그러느냐?"

나문은 아직 나일이 추천서를 단청에게 주었다는 사실을 모르고 있었다.

"저는 제 힘으로… 오직 제 힘만으로 영웅학관에 들고 싶습니다."

"그게 무슨 뜻이냐?"

나일은 한껏 비장한 눈빛으로 나문을 바라보았다.

"추천서에 의지하지 않겠다는 말입니다. 사나이 나일, 제가 가야 하는 길은 오직 제 힘만으로 걸어가고 싶습니다."

"흐음… 그래도."

못내 자식이 어려운 길을 고집한다는데 나문의 마음이 안타깝지 않을 리 없다. 이윽고 나문이 천천히 나일의 얼굴을 훑었다.

"자신은 있느냐?"

"네. 자신있습니다."

나일로서는 선택이 없었다. 이미 원래 있던 추천서는 구비화에게 주고 거기에 강제로 구했던 추천서마저 단청에게 빼앗기지 않았는가?

"그럼… 추천서는 어떻게 하지. 아까운걸……."

나문이 말끝을 흐리자 나일은 기회는 이때다 하고 다시 나섰다.

"추천서는 이미 사형에게 줘버렸어요. 가지고 있으면 그것에 기대는 마음을 가지고 있을 것 같아서……."

그런 나일을 나문은 전과는 다른 눈으로 바라보았다.

'다 컸구나. 이제는 정말 혼자서 자신의 길을 갈 만큼.'

나문은 기특한 생각에 아무 말도 하지 않고 나일의 머리를 쓰다듬었다.

시험이 시작되던 날 준비했던 추천서를 내밀며 무사히 시험에 통과한 단청과 영웅입관 시험을 통과해야 하는 나일이 지금 사소한 실랑이를 벌이고 있었다.

"아니… 내가 힘들게 익힌 내 무공 쓴다는데 왜 그래요, 사형?"

아직 익숙지 않은 사형이란 말을 내뱉는 나일의 맞은편에서는 황생, 아니, 단청이 나일에게 주먹을 쥐어 보였다.

"원래 강호란 곳이 단번에 뛰어난 사람이 나타나면 모두의 눈이 그 사람을 주시하고 그 사람의 사문, 집안, 여자 관계 등등 사소한 것까지 집요하게 알려고 파고드는데… 너, 그거 감당할 자신 있냐? 그러니까 자신의 무공을 숨겨서 강적이 나타났을 때를 대비해야지. 네가 뛰면 나까지 사형이란 이유로 주목받는단 말이야. 그리고 진짜 중요한 것은 너의 모든 실력을 드러내면 너는 환한 곳에 있는 것이고 적은 어두운 곳에 있는데 누가 더 여유있겠냐? 아직 강호를 파괴하려는 천살성이 누구인지도 모르는데. 안 그래? 그러니까 살살 하라고. 지금의 내공 십 분지 삼 정도만 써."

"아, 난 처음부터 영웅이 되어 모두를 내 발 아래에 꿇려야 하는데……."

나일로서는 어서 빨리 영웅증을 획득하여 녹림계에 투신하고 싶었고, 자신의 첫사랑인 구비화에게 실력으로써 영웅학관에 입관하겠다는 말까지 한 터라 더 더욱 자신의 실력을 뽐내고 싶었다.

"이놈이 그래도 그렇게 주목받고 싶냐? 나를 숨겨야 그 효용이 커지는 거야. 적이 나를 알면 그에 대한 대비를 해야 하는데 굳이 그 수고를 뭐 하러 하려 드는 게냐?"

반면 단청은 간만의 유희인데 어차피 자신의 잔일을 다 할 나일이 모든 실력을 드러낸다면 많은 사람들의 시선이 나일에게 쏠리게 되고, 덤으로 자신에게마저 사람들의 시선이 미치면 사생활이 보장되지 않는다고 생각했다. 그러니 그런 부담스러운 시선은 사양하고 싶었다.

"알았다구요, 젠장. 사형이 되었어도 잔소리는 하나도 안 줄었다니까."

“뭐라구?”

단청이 화를 내자 나일은 즉시 꼬리를 내렸다.

“여전히 유식하다구요.”

“흠음, 내가 유식하다는 것은 하늘 아래 모든 존재가 다 알고 있지. 그러니까 내가 예전에 말야……”

단청으로 변신해도 여전히 자기 자랑을 늘어놓으려는 사부를 외면하며 나일은 시험 대기자석에 원서를 접수시켰다.

동전 한 푼을 영웅호에 던지면서.

영웅학관은 매년 2월에 신입관도를 뽑는다.

누구나 그 시험에 응시할 수 있게 응시료가 동전 한 푼인데 빈부귀천(貧富貴賤)을 따지지 않고 재능있는 천하 기재를 받아들인다는 취지였다. 그래서 시험에 응시하는 자는 영웅학관 안에 있는 영웅호에 한 푼의 동전을 던지는 것으로 응시료를 대신했다. 만약 입관이 허락된다면 조정과 구대문파, 상인들의 연합인 금룡회의 후원으로 운영되는 영웅학관에서 십 년 동안 의식주 걱정 없이 지낼 수 있다.

원래 영웅학관은 명 건국에 기여했던 명교, 지금은 마교라 불리는 백련교를 건국 초기에 국가에서 ‘최대의 악’으로 규정하고 여전히 강호 최대의 방파로 군림하고 있던 마교에게서 강호의 주도권을 빼앗아 구대문파에 분산해서 강호의 평화를 지키게 하려는 태조 주원장의 의도에서 비롯되었다.

사실 그는 명교도인, 그것도 최고위층이었던 명교 사대천왕 중 하나였다. 철불악승(鐵佛惡僧)이라는 명호로 불렸던 주원장은 당시 교주였던 마천신군(摩天神君) 마득풍이 무공 외에는 관심이 없자 그를 이

용하여 원나라를 뒤엎고는 계략을 써서 뭇 영웅호걸을 이끌고 나라를
건국한 바 명교(明敎)의 후신이라는 뜻으로 나라 이름을 명(明)이라
하였다. 그러나 자신이 황제가 된 이후로도 명교의 힘이 여전히 강대
해 나라를 다시 뒤엎을 정도여서 나라의 미래를 생각한 끝에 명교의
힘줄을 자르고 구대문파에 도움을 청해 나라를 이끌 동량을 키운다는
명분 하에 천하의 기재를 끌어들인 것이 영웅학관의 탄생이었다. 이
제는 세월의 흐름 속에 영웅학관에 든 기재들의 능력이 세상에 알려
져 사람들에게 '영웅학관 출신은 인간의 능력을 벗어났다' 고 각인된
것이다.

그런만큼 이 영웅학관에 들기는 매우 힘들었다.

중원에는 범인은 상상조차 할 수 없는 입관 시험이 세월의 흐름에
따라 널리 퍼졌다. 제2관까지의 시험은 매년 같고 마지막 시험만이 매
년 바뀌는 사실 또한 널리 알려져 있었다. 그래서 그 관문의 숫자 세
가지를 합하여 사람들은 영웅삼관(英雄三關)이라 불렀다.

문관의 영웅삼관은 첫 번째가 영웅학관의 문을 담당하는 학자들, 즉
문관사(文官士)들이 각 개인에게 논어(論語), 예기(禮記), 문선(文選), 효
경(孝經) 중 한 가지를 외우라고 시킨다. 물론 한 권 전체를 시킬 경우
도 있고 일정 부분 정치나 예에 관한 구절, 혹은 유명한 시인의 시귀를
읊어보라고 하는 경우도 있다.

이 시험은 영웅학관이 설립된 30년 동안 매년 첫 번째 관문으로 남
아서 입관 시험을 준비하는 이들은 이 책 네 가지를 모두 외우고 시험
에 응하는 것이 정석이었다.

그 양이 엄청나 평범한 이들은 평생 걸려야 겨우 외울 정도지만 중
원에는 머리가 좋고 뛰어난 인재가 생각보다 많아 시험에 합격하는 이

가 결코 적지 않았다.

두 번째 시험은 그보다는 조금 더 어려워져서 상고 시대부터 내려온 제왕들의 치세에 관한 것 중 지금 현실에 맞춰 활용할 수 있는 것들을 문관사에게 제안하는 것이다.

이것은 문(文)을 익혔으면 그것의 쓰임이 백성에게 돌아가야 한다는 학관의 이념이 잘 나타나 있는 문제로 이 시험에서 문관사들에게 자신이 제안한 주제를 가지고 글을 제출해야 한다. 대부분 여기서 합격의 당락을 결정하지만 동점자가 있을 경우 그 동점자들은 세 번째 관문을 보게 되는 것이다 .

세 번째의 관문은 해마다 다른데 명의 건국 초기에는 즉석에서 나라에 대한 충성심을 시험했다. 물론 아직까지도 그러하다. 이것은 나라의 동량이 될 인재를 우선하겠다는 조정의 생각을 묵시적으로 학관에서 수용한 것이다.

무관의 영웅삼관은 첫 번째가 일명 '항아리 나르기' 라 불리는 것으로써 무게 오백 근의 청동 항아리에 꽉 담은 물을 일각 안에 영웅학관 내에 있는 영웅호(英雄湖)라는 호수에 쏟아버려야 하는 것이다.

청동 항아리에 가득 물을 채우면 그 무게가 800근을 넘는데 웬만한 장사라도 꿈쩍하지 않을 무게의 항아리를 들어서 삼십 장 밖의 영웅호에 옮기는 것은 거의 불가능에 가깝기 때문에 일명 '큰 산 들기' 라고도 불렸다. 그렇지만 간혹 일각이라는 시간을 이용하여 경공을 사용해서 항아리의 물을 담은 물지게로 아슬아슬하게 시간에 맞춰 물을 옮겨 버리는 곤륜이나 무당의 제자들을 보는 것은 이 관문의 묘미였다.

두 번째 영웅삼관은 그보다 더 힘들어진다. 영웅호의 주위에 청강석으로 영웅호의 조경(造景)을 꾸며놓았는데 그 청강석에 반 치 이상의 흠집을 내어 자신의 이름을 적을 수 있다면 그것이 이관의 합격이었다.

청강석은 잘 알려졌다시피 쇠보다도 강도가 더하다는 돌로서 그곳에 반 치 이상의 흠을 내기 위해서는 뛰어난 내가심법을 족히 십 년은 익혀야만 가능하다. 이 이관은 매년 더 어려워지는데 그것은 그 다음 해의 입관 시험 응시자는 그 흠집을 없애야 하기 때문이다. 그래서 서로 좀 더 깨끗한 청강석을 차지하려고 다투곤 하는 경우도 있었다.

세 번째 영웅삼관은 합격 인원보다 많은 인원이 합격했을 때 입관자의 수를 정하기 위해서 행해지는 것이다. 문관과는 달리 이 무관의 세 번째 관문은 두 번째 관문 합격자들이 모두 참가한다. 입관하기 전날 자신이 지원한 각 전(殿) 별로 영웅호에 이관까지의 합격자 전원이 뛰어들어 자신의 무공을 사용하여 합격 인원이 남을 때까지 나머지 인원을 영웅호 밖으로 밀어내는 것인데 그 과정이 볼 만하여 많은 이들이 이 모습을 보려고 매년 입관 시험의 마지막 날에 이곳을 찾는다.

북경의 이월은 매우 추웠다.

사천보다야 덜 추웠지만 춥기는 매한가지라 나일은 침상 속에서 나오지 않으려다가 아버지가 깨우는 바람에 일어났다.

영웅학관의 제일관인 천동 항아리 들기는 시험 개시 첫날이라 그런지 많은 수의 인원이 응시한 덕에 나일의 일행, 즉 나일, 단청, 나일의 아버지 칠정도 나문은 느긋하게 나왔다가 하루종일 구경만 하다 겨우 접수만을 시켜놨다.

"나일아, 저 청년 보이지? 저 청년이 바로 산동악가의 가주 패력신도(覇力神刀) 악불학의 장남 악가휘란다."

나문의 강호 인물에 대한 박식함에 나일과 단청은 온종일 두 눈을 휘둥그레졌다.

나일의 아버지 나문은 세상을 떠돌아다니는 표국의 국주답게 출전하는 사람들의 신상 명세를 거의 다 꿰뚫고 있었다. 뿐만 아니라 합격할지 못할지도 대부분 맞춰 나갔다.

"음… 이번에 저 운남(雲南) 대리(大理) 단리세가의 셋째 단리변을 눈여겨보아라. 저자는 오대세가의 직계 인물임에도 일부러 추천서를 가문의 가신 후손에게 넘겨주고 직접 응시했다더군. 그만큼 시험에 자신있다는 거겠지."

단리변은 과연 단번에 팔을 뻗어 청동 항아리를 들어 올리더니 가벼운 걸음으로 걸어가서는 십 장쯤 남겨둔 거리에서 항아리를 영웅호에 던져 버렸다.

"음… 과연… 대단하군."

"지금까지 중 최고인데?"

사람들의 수군거림도 모두들 단리변에 대한 감탄 일색이었다.

그렇게 하루가 가고 며칠이 더 흐른 후에야 영웅삼관의 일관에 도전하는 이가 현격히 줄어들었다. 그리고 드디어 나일의 차례가 돌아왔다.

자신의 이름을 시험 보는 기록표에 올려놓고 나일은 고개를 자신이 시험 볼 곳으로 돌렸다.

사람들이 왁자지껄 떠들어대고 있었기 때문이다.

"와와, 대단한 신법이야. 저것이 운룡대팔식(雲龍大八式)인 것 같군. 간혹 곤륜(崑崙)이나 무당(武當)의 제자가 멋진 신법으로 물지게를 지고 퍼 나른다더니 실제로 구경하는 것은 처음이다.”

나문은 멋진 경공을 선보이며 물을 퍼 옮기는 곤륜 문하의 제자 서화평을 보며 감탄을 터뜨렸다.

서화평은 지게로 열 번은 옮겨야 하는 물을 운룡대팔식을 펼쳐 두 번을 옮긴 후에 물지게를 벗어 던졌다. 그리고는 아름드리 청동 항아리를 들었다. 그리고 천천히 영웅호 근처 십여 장 가까이까지 가더니 그곳에서 청동 항아리를 호수로 던져 버렸다.

“대단해! 저런 힘이 있다면 굳이 처음에 신법을 펼쳐 보이지 않아도 될 터인데 일부러 그랬군. 허허, 지금까지 중에 최고인걸.”

나문은 엄지손가락까지 치켜들어 보이며 연신 서화평의 칭찬을 해 댔다.

“다음은 북선문의 마협지!”

무관의 심사위원, 즉 무관사가 한 사람의 이름을 부르자 솜털이 채 가시지 않은 소년이 나왔다.

“음, 저 소년이 누군지는 모르지만 너무 일찍 영웅삼관에 도전하는구나.”

여기저기서 그런 소리들이 튀어나왔다. 아무리 나이를 많이 쳐줘도 열다섯 살 정도. 사람들은 그 소년이 과연 영웅일관에 성공할지를 주시하기 시작했다.

소년은 그런 수군거림을 아는지 사람들을 향해 싱긋 웃어 보이고는 청동 항아리를 번쩍 들어 올렸다.

사람들이 그 소년의 힘이 대단함에 놀라고 있는 사이 그 소년은 영웅호와 거의 십오 장가량 떨어진 곳에서 청동 항아리를 집어 던졌다. 그러자 사람들은 아예 경악했다.

물론 나문도 예외는 아니었다.

"저런, 저 나이에 어떻게……?"

나문은 설령 자신이라 해도 저 거리에서 청동 항아리를 저렇게 던지기는 쉽지 않을 것이라고 생각했던 터라 경악성을 토해냈다.

나일은 자신의 모든 것을 펼쳐 보이는 소년이 부럽고 또한 아는 얼굴인지라 곱지 않은 시선으로 째려보았다.

그 소년도 자신을 멀리서 바라보는 나일과 눈이 마주치자 움찔 몸을 떨더니 고개를 숙여 보였다.

지금은 비록 깔끔한 옷차림이었지만 분명 북경에 오는 길에서 자신의 마차에 숨어들었던 철부지 거지소년임을 나일은 알아보았던 것이다.

"아는 놈이냐?"

단청은 나일이 그 소년을 째려보자 그 소년이 나일에게 공손한 행동을 취하는 것을 눈여겨보며 나일에게 물었다.

"조금요."

"대향표국의 나일 나오시오!"

그 후 몇몇에 관해 나문이 나일과 단청에게 설명하고 있는데 나일을 호명하는 소리가 들려왔다.

"잘해라!"

이것은 나일의 아버지 나문의 격려 소리였다.

"적당히 해라!"

이것은 나일의 사형 단청의 협박이었다.

나일은 아주 용을 쓴다는 듯한, 아니, 필생의 힘을 낸다는 것을 만인이 알아보도록 처절한 표정으로 청동 항아리를 조금씩 들어 올리기 시작했다. 800근 무게의 청동 항아리는 장난감이 아니었다. 두 팔을 꽉 둘러서 들어 올릴 듯했으나 다시 내려가고, 얼굴이 또 한 번 구겨지며 힘을 모아 다시 조금씩 들어 올리기를 반복했다. 사람들이 차마 더 이상 보기 안타깝다는 듯 다른 곳으로 눈을 돌릴 때쯤 나일은 청동 항아리를 들어 필사의 전진을 하기 시작했다.

나일은 한 걸음 한 걸음 공력을 돋워 자신의 이마와 얼굴, 몸 전체에 땀방울이 맺히도록 하면서 힘든 표정으로 악착같이 움직였다. 사람들이 불쌍하다고 여기는 것도 모른 채 용을 쓰며 끝내는 청동 항아리를 영웅호에 밀어넣었다.

"와와!"

예상대로 제일 기뻐한 것은 역시 아버지였다.

엄청난 무공을 보여주었던 나일이 자신의 기대만큼 멋진 장면을 보여주지 않은 데에는 적잖이 실망했지만 시험을 통과하자 자신도 모르게 환호성을 지른 것이었다.

"휴유~ 누굴 닮아서 저렇게 뛰어난 연기를 보일 수 있는 거지?"

이 말은 단청의 입에서 나오는, 역시 나일의 시험 통과를 축하해 주는 말이었다.

그 후로도 영웅삼관이 끝날 때까지 열리는 '큰 산 들기'를 뒤로하고 나일은 영웅이관을 향해 움직였다.

"하루쯤 쉬고 하지 그러냐?"

전력을 소비한 듯한 나일의 모습을 보았던 터라 나문은 불안한 표정을 지으며 말했다.

"됐어요. 저까짓 것을 쉬고 해요? 아버지, 제 실력 아시잖아요. 사형이 살살 하라고 해서… 안 그랬으면……."

잽싸게 나일의 입을 막으며 단청이 말했다.

"너무 사람들의 주시를 받으면 자신도 모르게 적이 생기게 될까 봐 나일에게 적당히 하라고 했으니 걱정 마시죠."

그렇게 일행은 영웅이관이 펼쳐지는 곳으로 가서 순서를 기다렸다.

제일 먼저 사람들의 눈길을 사로잡은 사람은 단리변이었다. 과연 운남 대리의 일양지는 가공할 지법이었다.

강호에서도 세 손가락 안에 드는 지법의 위력을 보이며 느긋하게 청석판 위에 자신의 이름을 새기는 단리변의 모습은 새로운 용의 출현을 알리는 듯했다.

나일도 자신의 일관 합격 기록표를 무관사에게 건네고는 시험 볼 준비를 했다.

청석판의 강도가 워낙 단단해서 응시생들이 원하면 작은 조각도를 사용할 수 있게 하는데 이 조각도를 사용한다고 해도 워낙 단단한 청석판에 이름을 새기는 것은 보통 일이 아니었다. 북선문의 마협지는 나일의 옆에서 청석판에 손가락으로 자신의 이름을 새기고 있었는데 어린 나이임에도 불구하고 그 필체와 대단한 내공의 운용이 얼마나 절묘하게 맞아떨어지는지 글씨가 일필휘지(一筆揮之)하게 펼쳐졌다.

그에 반해 곁에 있던 나일은 마협지와의 비교 대상이 되고 있는 판이었으니, 보통 사람보다 머리 한 개는 큰 나일이니 거의 마협지보다는 머리 두 개나 더 큰 데다가 생긴 것도 북선문의 마협지가 순수하고 귀여운 소년 같은 이미지라면 나일은 단단한 몸에 어딘지 모르게 건달 같은 기운을 풍기는 호남이었다. 그런데 청석판에 이름을 새기기 위해 그 작은 조각도를 힘주어 긁어대는 통에 사람들이 시끄러워서 자연 관심을 가지고 지켜보며 마협지와 비교하는 것이었다. 정말 그 둘은 생긴 것과는 정반대의 실력을 보여주고 있었다.

나일이 몇십 번을 조각도로 찍어대고, 긁어대고, 기를 쓰고 비장한 모습으로 이름을 새기는 모습은 사람들로 하여금 저절로 '저 청년은 특별한 사연이 있어 기필코 합격하려고 애를 쓰는구나' 라는 안쓰러운 생각이 들게 했다. 어찌 됐든 나일의 노력이 하늘에 닿아서, 아니, 나일이 자연스럽게 연기해 청석판을 긁어내어 드디어! 마침내! 청석판 위에는 겨우 한 치 깊이의 나일의 이름이 지렁이가 기어가듯 새겨지게 되었다.

"대향표국의 나일 합격!"

무관사의 말이 떨어지자 나일은 들고 있던 조각도를 떨어뜨리고는 마치 자신이 혼신의 힘을 다해 이제는 더 이상 서 있을 기운도 없다는 듯한 연기를 펼치며 바닥에 철퍼덕 주저앉았다.

"잘했어. 멋있었어."

"불꽃 같은 투혼의 승리였어."

주위 사람들의 격려를 받으며 나일은 아버지와 단청이 기다리는 곳으로 향했다.

대향표국의 국주 칠정도 나문은 불안한 마음이 없지 않았지만 나일이 해내자 나일의 손을 잡아끌었다.

"기필코 해내었구나. 장하다, 아들아!"

곧 이어 단청의 목소리도 들려왔다.

"대단한 연기력이었어."

영웅이관이 끝나고 사람들은 여기저기서 영웅이관에 도전했던 많은 이들을 거론하며 누가 삼관까지 무사히 합격하고 누가 떨어질 것인지에 관해서도 자기 나름대로의 잣대로 재고 있었는데 당연하게도 나일은 삼관에서 떨어질 서열 일 위로 지목되었다.

이번 영웅삼관은 문관에 추천서가 총 56명이 접수되었고 무관에 58명, 그리고 예관에 7명의 추천서가 접수되어 나머지 인원을 놓고 경합을 벌이게 되었는데 문관의 영웅이관까지의 합격자는 총 482명, 무관의 영웅이관까지는 561명이 합격하여 문관은 2월 26일, 무관은 2월 27일, 예관은 2월 28일의 순서로 마지막 합격자를 가리게 되었다.

문관의 합격자 중 단연 두각을 나타낸 사람은 황궁태사 노림의 손자이자 유림(儒林)의 거두인 노욱의 아들 노진이었다.

태어날 때부터 천자문(千字文)을 외우고 태어났다는 전설이 있는 노진은 그 재능이 너무나 출중해서 일곱 살 때 이미 주원장이 비단 열 필을 상으로 내린 적도 있을 정도로 신동이라고 한다. 거기다가 유림의 명문가인 집안의 후광도 있었지만 스스로의 자질을 시험해 보겠다는 생각으로 추천서를 거부하고 어린 나이에 입관 시험을 치른 것이었다. 원래 유림(儒林)에 할당된 추천서는 다섯 장이고 당연히 추천서를 받을 수 있는 서열 일 위의 노진에게는 유림에 배당된 추천서가 아니더라도 조정의 많은 고관들이 추천서를 써주려고 줄을 섰음에도 거부하고 당당히 시험에 응시하였다.

그리고 올해 나이 열셋에 영웅학관의 시험 중 영웅이관까지 문학사들의 채점 가운데 유일하게 만점의 점수를 받아 역대 최연소 영웅학관 입관이 확실시되고 있었다.

한편 무관의 응시생 중 가장 뛰어난 이를 꼽으라면 운남(雲南) 대리 단리세가의 단리변과 곤륜파에서 자신있게 내놓은 기재 서화평을 사람들이 꼽고 있었다. 또한 최대의 돌풍을 몰고 올 이로 열다섯의 어린 나이에 영웅이관을 손쉽게 돌파한 마협지를 꼽고 있었다.

물론 구대문파와 오대세가의 뛰어난 후기지수들은 추천서를 통해 자동 입관하게 되었기에 사람들이 그 모습을 볼 수 없어 그들과의 직접적인 비교는 할 수 없었지만 마협지의 재능은 역대 어느 누구보다도 뛰어난 모습이라고 하나같이 입을 모으고 있었다.

영웅이관 진행 중 십오 장의 거리에서 청동 항아리를 던진 것은 역대 누구보다도 먼 거리였다.

십이 장 정도가 삼십 년의 내공 수위가 필요하다면 십오 장은 일 갑자의 내공이 뒷받침되지 않으면 불가능하였기에 사람들은 마협지가 절세 영약을 먹었다고 수군거렸다. 그 덕에 산동성(山東省)의 중간급 문파인 북선문에 대한 관심이 고조되었다.

사람들이 알기로 북선문은 산동성의 모퉁이 진만(鎭萬) 땅을 호령하는 문파이지만 그곳 자체가 척박한 곳이고 땅이 협소해서 큰 문파가 나올 수 없다고 여겼다. 무엇보다도 구대문파 중에 검으로 유명한 청성파(靑城派)와 구대문파에 끼지는 못하지만 대문파인 봉래파(蓬萊派)가 영역을 구축하는 곳이 산동성 전체이기에 그들에 비해 작은 문파인 북선문에서 어떻게 저런 기재를 배출할 수 있었는지 그 비결을 궁금해하며 북선문에 관심을 가지게 되었다.

나일과 단청, 그리고 당민삼은 영웅이관이 끝난 후 영웅학관 근처에 있는 주점에 모여 술을 마시기로 했다. 물론 나일로서는 혼자서 당민삼을 만나 자신의 사형 단청이 얼마나 자신을 괴롭히는지와 영웅학관에 입관한다면 최대한 떨어져서 생활할 수 있는 방안을 모색하기 위해 오랜 친구와 술 한잔 한다는 핑계로 단청을 떼어놓고 혼자서 나오려 했다. 그러나 자신의 하인이자 제자, 지금은 사제인 나일이 어딘가 나가면 그동안 자신은 얼마나 심심하고, 무엇보다 중요한 것은 심부름을 누구에게 시킬 것인가에 대한 답을 찾지 못한 단청이 나일을 협박해서 이렇게 같이 당민삼을 만나러 오게 된 것이다.

"당삼아, 나 영웅이관까지 합격했다."

당민삼을 만나자마자 나일은 자신을 보기만 하면 자기 자랑부터 하려는 사부의 가르침을 이행하려 했다.

"알고 있다. 그런데 옆에 있는 분은 누구시냐?"

당민삼은 자신과 필적하는, 용모로 말하자면 용호상박(龍虎相搏)의 미남자인 단청을 보며 나일에게 물었다.

"아! 이분이 바로 나의 사형… 이다. 눈치도 없이 따라온다. 그래서… 같이 왔어."

따악!

"아, 제 사제가 버릇이 없어서요."

나일의 뒤통수를 때리며 용모는 당민삼과 필적하지만 성품은 당민삼과 정반대인 이 시대의 초절정미남자이자 최고로 유식한 존재, 그리고 대놓고 나일을 유일하게 괴롭힐 수 있는 존재 단청이 당민삼에게 포권해 보였다.

"나일의 사형 단청입니다."

"나일의 친구 당민삼입니다."

인사를 나누며 셋이 주루의 탁자에 둘러앉자 지나가던 여인들과 앉아서 음식을 먹던 여인들, 그리고 그 외의 남자들까지도 한 번씩 눈길을 주는 것이었다. 물론 나일의 외모가 조금 빠지기는 했지만 당민삼과 단청에 비해 조금 빠진다 뿐이지 야성적인 매력이 물씬 풍기는 쾌남자의 얼굴로서 조금 신비로운 기운과 합쳐진 건달 특유의 분위기는 어디 가도 절대 빠지는 얼굴이 아니었다. 최소한 나일은 자신의 외모를 그렇게 평가했다.

"나이가 어떻게 되시는지……?"

당민삼은 자신보다 나이가 조금 들어 보이는 단청을 보며 어차피 자신과 나일이 친구이니 형님이라 부르며 편하게 지낼 마음으로 단청에게 나이를 물었다.

"음… 올해로 정확히 만사천구백이십이 살이 되었군. 하하하, 농담입니다. 스물두 살입니다."

단청은 분위기를 편안하게 하기 위해서 농담했다는 시늉을 해 보이며 어깨를 들썩였다.

'휴우~ 간만의 유희라 아직 적응이 덜 됐군.'

단청은 속으로 '정신 차리자' 라는 구호를 되뇌였다.

"그러시군요. 저보다 나이가 많으니 형님으로 모시겠습니다."

"그래, 그러라구. 나도 딱딱한 것은 싫으니 편하게 지내자고."

단청은 대번에 말을 놓으며 당민삼과 처음부터 서로 마음이 맞는 듯 술잔을 높이 들어 '지화자' 를 외쳤다.

'휴우… 이거 점점 어려워지고 있는걸. 어떡하든 찰거머리 사부를 떼어놓아야 하는데…….'

혼자 술을 따라 마시며 이런 상황을 지켜보던 나일의 시름은 깊어만 갔다.

"나일아, 영웅이관까지 합격했다면서 무슨 고민 있나?"

나일의 얼굴 속에 흐르는 근심의 실체를 파악하지 못한 당민삼이 물어왔다.

"없어."

'어찌 니가 나의 고민을 알겠냐? 바로 니 옆에 있는 내가 사형이라 부르는 그 존재가 내 걱정거리인 것을……. 누가 저 인간 좀 안 잡아가나?'

"그래, 네가 표행길에 보여준 무공이라면 영웅학관 입관은 따논 당상인데 무슨 다른 걱정거리라도 있는가 해서 말야."

"없다니까 그러네!"

눈치없게 자꾸 물어보는 당민삼의 말에 울화만 쌓인 나일은 버럭 소리 지르며 죽엽청을 병째 들고는 마서대기 시작했다.

나일의 그런 모습에 분위를 바꿔보려고 당민삼이 다른 질문으로 말을 돌렸다.

"참, 사부님이 은거기인이시라고 했지? 그분의 존함이나 별호가 어떻게 되니?"

당민삼의 물음에 나일은 '존함은 황생인지, 단청인지, 황제인지 당최 모르겠고 별호도 그것만큼 많아서 일일이 열거하다가는 옆에 있는 사부이자 사형이 틀린 점과 그에 관련된 일화를 몇 날 며칠을 침 튀겨가면서 들려줄까 봐 겁이 나서 솔직히 말 못하겠다'를 속으로만 삼킨 채 대충 둘러댔다.

"존함은 잘 모르겠는데? 사형, 사부님 성함이 어떻게 되시죠? 한 번도 저희한테 자신의 지나온 행적을 말씀해 주신 적이 없잖아요."

자기소개는 알아서 하라는 뜻으로 나일은 단청을 힐끗 보며 당민삼의 물음을 단청에게 떠넘겼다.

나일의 말에 어떤 이야기를 들려주어야 당민삼이 자신을 멋있게 생각할까 단청은 고민했다. 이윽고 단청이 자신의 머리 속에 있는 기억들을 꺼내어 일장 연설을 토해내려는데 찰나 그 분위기를 감지한 나일이 재빨리 잔머리를 굴렸다.

"아, 맞다. 예전에 한 번 들려주셨는데 성이 안(眼)씨이고 이름이 외자로 하(下) 자를 쓰셨단다. 강호 활동은 하지 않으셨지만 지인들이 지어주신 별호가 무인단생(無人單生)이었어. 그쵸, 사형?"

나일의 말에 얼떨결에 단청은 고개를 끄덕이고 말았다.

당민삼은 아무리 자신의 머리 속 자료를 뒤집어봐도 나일이 말한 인물이 기억 속에 떠오르지 않았다.

"무인단생(武人單生)… 무를 익히는 사람의 일생은 외롭다… 무척이나 고고하신 분인 것 같구나. 그리고 그만큼 무공을 익히시는 데 노력을 많이 하신 분 같고."

당민삼이 자기 나름대로 나일의 사부에 대한 별호를 멋있게 해석하며 말을 마쳤다. 하나 반대로 세상에서 가장 유식한 존재인 단청의 얼굴은 파랗게 질려갔다. 나일이 부른 대로 이름을 부른 후 붙여서 별호를 부르면 그 순서가 안하무인(眼下無人) 단생(單生)이 된다. 지금은 자신의 원래 성인 황(黃) 대신에 혼자임을 뜻하는 단(單)으로 성을 바꿨으니 나일의 말은 현재의 자신을 가리키는 것이라는 걸 한순간에 알아차린 단청이 가만있겠는가?

단청은 나일에게 전음을 날렸다.

"잠깐 나 좀 따라와야겠다."

"왜요, 사형?"

"나랑 대화가 아직 부족한 것 같아서 잠시 대화 좀 하려고."

"진짜 대화뿐이가요?"

"알아서 생각해라."

'들켰구나, 역시. 그래도 속은 시원하네.'

단청은 전음을 끝내고 곧바로 배를 쓰다듬으며 당민삼에게 속이 좋지 않아 잠시 화장실 좀 갔다 오겠다 하고는 나일을 향해 고갯짓을 해 보였다. 그리고는 구석지고 허름한—그래서 사람이 맞아 죽어도 한 시진이나 걸려야 알려질 법한—화장실로 향해 갔고, 그런 단청을 보며 나일은 그러거나 말거나 딴청을 부리다가 '거기서 죽을래, 아무도 없는 곳에서 대화를 나눌래?' 라는 단청의 전음을 듣고는 비감한 표정을 지었다. 그리고는 홀홀단신 백만대군이 몰려오는 전쟁터로 나가는 병사의 모습으로 당민삼의 손을 꼬옥 한 번 붙잡고는 주위의 풍광을 잊지 않으려는 듯 둘러보았다.

'설마 죽이기야 하겠어, 장난친 건데?'

그런 생각을 가지고는 있었지만 착잡함은 감출 수 없었다.

나일은 가기 싫어서 천근만근 무거워진 다리를 한 발 한 발 끌며 화장실로 향했다.

당민삼은 단청과 나일이 화장실에 가자 혼자서 술을 홀짝이다 이내 아는 사람의 얼굴을 발견하고는 손을 흔들어 그를 자리로 불러들였다.

당민삼과 학관 기숙사 같은 방 동기인 마정화는 묘령의 여인과 함께 다도(茶道)를 즐기러 이층으로 향하는 계단을 오르다 당민삼을 보고는 그가 앉은 탁자로 왔다.

"여어, 여기는 웬일인가, 아름다운 소저를 데리고?"

"어, 이 소저의 오빠와 친분이 있는데 오빠가 급한 일이 있어 내가 대신 추천서를 제출하러 함께 오게 됐네. 이번에 입관하게 되었으니 곧 우리의 후배가 될 것이야."

"아, 그런가? 반갑습니다. 저는 사천당문의 삼남 당민삼이고 지난 학기에 이 녀석과 같은 방을 썼습니다."

마정화와 같이 온 소저에게 당민삼은 정중히 자신의 이름을 밝히며 인사했다.

"저는 이번에 영웅학관에 입관하게 된 구비화입니다."

마정화와 같이 온 여인은 구씨세가의 셋째 딸, 못 말리는 공주병 환자 구비화였다.

당민삼의 친구 마정화는 이름만 들으면 언뜻 소저인 듯싶지만 구레나룻이 긴 우락부락한 청년이었다. 동창 대영반 정염의 양아들로서 황궁 내에서는 정화라고 불리지만 황궁 밖에서는 원래의 성인 마씨를 사용하고 있었다.

후세의 사가들은 정화를 중국 명나라의 환관이며 무장(武將)으로 연왕이 황제가 된 정난(靖難)의 변 때 공을 세웠다 하여 높이 평가하지 않는다. 하나 그가 이룩한—대선단을 지휘해서 삼십여 국에 원정을 한—업적은 가히 대단한 것이다. 그리고 그가 그 능력을 발휘할 수 있었던 것은 바로 영웅학관에서의 배움이 밑거름이 되었다.

사서(史書)에는 정화가 환관, 즉 내시로 기록되었는데 그의 무공이 뛰어난 것이 환관들만 익힐 수 있는 규화보전(硅華寶典)을 익혀서라는 게 그 이유였다. 동창 대영반이며 황실의 당시 실세인 환관 정염의 양자이기에 그 오해는 더했다. 그러나 그는 사실 친아버지인 무당파의 속가제자이며 죽기 직전까지 동창의 부영반을 지냈던 이화비검(梨花泌劍) 마석으로부터 어렸을 때부터 꾸준히 몸을 수련하였고, 아버지가 의문의 독살을 당하자 무당파 본산에 스스로 올라 무당의 오장로 중 하나인 청한(淸閑) 도장의 가르침을 고스란히 이어받은 것이었다.

자신의 아버지를 아들처럼 잘 돌봐주던 동창 대영반 정염의 양자로 들어갔기에 그는 환관이라는 모함에도 아무런 변명 없이 행동하였다. 그렇기에 불러일으킨 오해였다. 그렇다 해도 사서에 이렇게 기록된 것은 연왕의 황위 찬탈이 일어난 후 건문제와 그와 친분이 있던 인사들이 모두 숙청을 당하거나 스스로 낙향한 데 비해 이해할 수 없게도 정화만은 건문제의 핵심 최측근임에도 연왕, 즉 영락제로부터 용서받았을 뿐더러 오히려 신분이 더욱 상승하여서이다. 그러한 대접을 받은 까닭에는 모종의 이유가 있지 않았을까라고 생각한 후세 사가들의 악감정이 작용한 것이리라.

아무튼 마정화는 어려서부터 그림을 좋아해서 황궁에 드나들면서 황궁 화공들과 친분을 쌓아두었는데 오늘은 친분이 있는 구비화에게 영웅학관도 구경시켜 주고 추천서를 접수시켜 주고는 다도를 즐기려 주루를 찾았다가 당민삼을 만난 것이었다.

단청의 어깨에 기대어 화장실을 나오는 나일의 안색은 조금 찡그려져 있었지만 아무 이상 없는 듯했다. 하지만 사실은 보통 사람보다 단단해 보였던 근육들이 눈에 띄게 부풀어올라 몸 전체가 조금씩 불어 터진 듯한 느낌이 들어 보였다.

'우씨, 장난 한 번에 이 지경이면 두 번 했다가는 제자를 죽이겠다, 죽이겠어.'

나일은 속으로 단청의 욕을 해댔고 단청은 단청 나름대로 곰곰이 무엇인가를 생각하느라 상념에 빠져 있었다.

'이놈의 몸은 예전에는 아주 단단했는데 지금은 오히려 물렁해졌잖아? 물론 웬만한 바위보다는 강도가 강하지만 금강불괴에 가까운 내 주먹질에도 열 대 정도는 티도 안 났는데 지금은 이렇게 쉽게 온몸이 부어오르다니……. 아마도 강호로 나와 마음의 평정심이 깨져서 그런 것일 게다. 무천의 경지에 거의 다 올랐다 여겼는데 아직 그 경지에 도달하기에는 많이 부족하구나. 아니, 기억을 되찾기 전에는 세속의 호승심이나 여타의 감정에서 자유로웠는데 지금은 오히려 무언가에 둘러싸여 전진하지를 못하는 듯하구나. 이대로는 반무의 경지는커녕 무천도 완벽히 깨닫기 힘들 텐데……. 아니야, 어쩌면 이것은 이보 전진을 위한 일 보 후퇴일 수도 있으니 녀석을 유심히 관찰해야겠어.'

황생이 어떤 생각을 하든 관심도 없이 '교육이 끝났으니 당분간은 좀 편해지겠다' 라고 생각한 나일은 당민삼의 곁에 있는 구비화를 보자 기쁜 마음이 샘솟아 언제 그랬냐는 듯이 단청의 어깨를 밀치며 그곳으로 향했다.

"비화야, 또 만났네?"

나일이 아는 척을 하자 비화도 아는 척을 해왔다.

'산적 조카구나. 이놈은 왜 여기 온 거야? 혹시 내 미모를 보고 쫓아온 것은 아닐 테지? 가만, 그럴 가능성이 충분한데… 나 정도의 미모면 충분히 있을 수 있는 일이야.'

그렇지만 주위에 있는 남자들이 모두 미남인지라 속에 있는 말들을 꺼내지 않고 조심스러운 목소리로 나일의 물음에 대답했다.

"나일이구나. 여기는 웬일이냐?"

나일은 비화의 맞은편에 앉아 있는 당민삼을 가리키며 말했다.

"쟤가 내 죽마고우(竹馬故友)거든."

비화는 이미 인사를 해서 조금 친해진 당민삼의 표정을 보고 나일의 말이 사실이라는 것을 확인했다.

"그런데 영웅삼관, 아니, 영웅이관은 합격했냐?"

"그럼, 가뿐히 합격했지."

겨우겨우 합격해 놓고서는……. 누군가 나일이 시험 보는 모습을 본 사람이 있다면 어처구니없어할 정도로 나일은 자신감 넘치는 표정을 지으며 말했다.

"그래, 알았어. 삼관까지 합격해 봐라. 나는 바빠서 이만."

비화는 나일에게 왠지 미움과 미안함이 교차되는 감정을 가지고 있던 터라 자신의 예상이 틀리자 이 자리에 있는 게 껄끄러워 자리를 피하려고 일어섰다.

"그래, 꼭 합격할 거야. 합격한 후에 우리 친하게 지내자."

돌아서서 가는 비화의 등에 대고 나일이 소리치자 마정화는 제멋대로 사라지려는 비화를 보고는 나일 일행에게 포권해 보이며 비화를 좇아갔다.

"아는 애냐?"

어느새 자리에 앉은 단청이 오리 다리를 뜯으며 물었다.

"제 첫사랑이랍니다."

나일이 뭐가 좋은지 빙글빙글 웃으며 대답하자 당민삼이 그런 나일에게 충고하듯이 말했다.

"이런 얘기 해서 미안한데… 니 첫사랑, 조금 병이 있는 것 같아. 나랑 대화하는 내내 거울을 들여다보고 내 친구랑 나랑 얘기할 때는 혼잣말까지 하더라구 '거울아거울아, 세상에서 누가 제일 예쁘니?' 라고. 물론 그 대답까지 혼자서 말하는데 좀 심각해 보이더라……."

"이놈아, 형수님 되실 분의 험담을 하다니! 저번에는 아버지한테 고자질까지 하고. 예전엔 안 그랬는데 정인군자 당삼이도 세속에 물들었구나?"

나일이 침을 튀겨가며 태어나서 처음으로 당민삼에게 설교를 하려고 지난 얘기까지 들먹이자 당민삼은 억울한 표정을 지으며 항변했다.

"그것은 어쩔 수 없는 선의의 배신이었다. 그리고 어떻게 그 소저가 형수님이 되냐, 제수씨라면 몰라도? 솔직히 너, 나보다 어리잖아."

정곡을 찌르는 당민삼의 말은 사실이었다.

나일은 명 건국 후 10년, 즉 홍무 11년 2월 생이었고 당민삼은 10년 12월 생이었다. 그렇지만 나일은 이보다 더 좋은 기회는 다시 오지 않을 수 있다는 것을 염두에 둔 듯 당민삼에게 이기려는 호승심에 입에 물던 오리 고기를 먹던 채로 내려놓고 입 안에 있던 고기마저 손으로 꺼내어 탁자에 두는 더러운 짓도 서슴지 않으며 당민삼을 몰아붙였다.

"뭘 잘했다구. 그리고 내가 키도 더 크잖아. 그리고 우린 겨우 세 달 차이야. 내가 키가 큰 것을 보면 밥을 먹었어도 너보다 많이 먹었고… 그러니까 당연히 형수님이지."

"말도 안 돼. 니 말대로라면 키 순으로 나이를 정한다는 것인데 노인이 되면 몸이 조금씩 수축되는데 그럼 노인보다는 우리 키가 크니까 단지 그 이유로 제수씨라고 불러야 되니? 그러니 그 이유는 말도 안 되고, 그리고 니 키는 선천적인 것이잖아. 나도 하루 세 끼 꼬박꼬박 밥 잘 먹고 어떨 때는 다섯 끼를 먹는 날도 있었어. 그러니까 먹은 걸로 쳐도 그 소저는 제수씨지."

조리있고 날카로운 당민삼의 말은 나일로선 벅찼지만 그는 자신의 논리를 계속 펼쳐 나갔고 그 둘이 하는 양을 지켜보며 만사천구백이십이 살 먹은, 밥그릇 수로 따져도 그들의 만 배—왜냐면 미르메다에서 만 년을 살 때는 몸을 유지하기 위해, 그리고 게으른 드래곤의 특성상 한 번 먹을 때 산만큼의 식사를 먹을 때도 있는데 그 양은 사람이 일생 먹어도 먹을 수 없을 만큼 엄청난 양이다—를 족히 넘긴 단청은 열심히 한 끼 식사를 하는 데 열중하고 있었다.

제18장

영웅삼관에 합격하다

결국 당민삼과의 설전으로 인해 단청을 떼어놓을 방법에 관해 조언을 받으려던 나일은 말도 못 꺼내보고 영웅삼관 중 제삼관(第三關)의 시험을 목전에 두게 되었다.

나일이 시험 보는 영웅삼관의 삼관은 그날 하루 동안 4번 벌어지는데 응시자가 응시한 각 전(殿) 단위로 검전, 권전, 도전, 십전의 순서로 치러진다.

나일은 도전(刀殿)을 응시하였다.

산적이라는 원대한 포부를 지닌 나일로서는 산적들의 애병기가 거의 도(刀)인지라 애초에 다른 무기에는 관심도 가지지 않았다. 그러나 시험은 시험인지라 도전은 오후에나 열릴 것인데도 불구하고 아침에 벌어지는 검전의 시합을 구경하기 위해 아침부터 영웅학관을 찾았다.

물론 단청, 나문과 함께.

검전은 추천서에 의한 입관자 열여섯 개의 자리를 비워두고 여든 네 명의 기재를 선출하는데 병기의 제왕(帝王)이라는 별칭답게 많은 수의 기재가 선호하는 무기인지라 무려 백사십오 명의 기재가 여든 네 개의 자리를 차지할 때까지 경쟁해야 하는, 아마도 가장 치열한 시험이 될 것 같아 많은 사람들이 그 시합을 구경하기 위해 몰려들었다.

영웅삼관의 시험에서는 검을 사용할 수 없고, 다른 무기 또한 들 수 없기에 검술을 권의 초식으로 바꿔서 대결이 벌어질 것이 뻔한지라 사람들은 그것이 어떻게 변화되는가에 대한 호기심을 보였다.

"응시자들은 호수 안으로 들어오시오."

무관사의 말이 떨어지자 추운 겨울이어서 살얼음이 언 영웅호 안으로 기재들이 들어서기 시작했다.

"더 이상 검전의 응시자는 없소?"

확인을 위해 무관사가 다시 한 번 소리치자 한 인영이 멋진 신법을 보이며 살얼음 위로 내려섰다.

짝짝짝짝!

사람들의 박수가 터졌다.

곤륜파의 서화평이 운룡대팔식을 시전하며 아직 깨지지 않은 호수 중앙의 얼음 위로 화려한 신법을 펼쳐 올라선 것이다.

"왕싸가지."

"재수없는 새끼."

"남은 추위에도 먼저 호수 안 물속에 들어가 있는데 신법에 자신있다고 늦게 와서는 얼음 위에 발을 디뎌?"

삐딱한 눈으로 세상을 보는 그 사부와 그 제자, 아니, 그 사형제 단청과 나일의 입에서 동시에 나온 소리였다. 방금 한 말은 오래간만에 의견이 통한 옳은 말이었다.

"규칙은 여든네 명이 남을 때까지 상대방을 호수 바깥으로 밀어내면 되는 것이오! 자, 시작하겠소!"

무관사의 말이 떨어지자 서서히 기재들이 움직이기 시작했다.

초반에는 서로의 눈치를 보느라 섣불리 움직이지 않았다.

"구대문파와 오대세가의 제자들이 모이기 시작했다!"

누군가가 소리치자 사람들은 서화평을 중심으로 검을 사용하는 구대문파와 오대세가의 제자들이 모여들기 시작하는 것을 볼 수 있었다. 각 문파와 세가를 상징하는 표시를 가슴과 팔 소매에 새긴 구대문파와 오대세가의 표식이 있는 자들은 서화평의 주위에 하나의 진을 형성하기 시작했다.

그 수가 대략 40여 명.

그것을 눈치 채고 그들에게 속하지 않은 무리들도 분분히 서로 안면이 있거나 친분을 교류한 사람들끼리 무리를 짓기 시작했다. 그리고 마침내 서로를 밀어내기 위한 전투가 시작되었다.

제일 먼저 나간 이들은 혼자 오거나 그 수가 적은 이들이었다.

그들은 호수의 중앙으로 몸을 날려 도망치려 했지만 중앙을 중심으로 진을 형성한 구대문파와 오대세가에 밀려 가장자리로 쫓기다시피 걸음을 옮기다가 '한 손이 두 손을 당하지 못한다'는 말을 절실히 깨달으며 호수 밖으로 끌려 나가야 했다. 드디어 첫 탈락자가 나오기 시작하면서 경쟁은 가열되기 시작해 고만고만한 무리들이 붙기 시작하더니, 중앙의 구대문파와 오대세가를 제외한 다른 무리들이 서로를 호수 밖으로 끌어내기 위한 싸움이 벌어졌다.

이 싸움은 무관사들이 두 눈 시퍼렇게 뜨고 있고 구경꾼들이 많은지라 암기를 가지고 있다 해도 사용하지 못하며 가벼운 상해까지는 용납하지만 심한 상해를 가할 경우에는 자동으로 탈락된다. 마찬가지로 살해하면 죽은 자와 죽인 자가 동시에 탈락하고 그 문파끼리 전쟁이 일어났던 전례도 있었으나 고만고만한 기재끼리는 조금 다치더라도 개의치 않고 저항도 격렬했다.

반 시진쯤 지나자 남은 수는 대략 100여 명. 중앙에 진을 형성한 이들 중에는 아직 탈락자가 없고 호수 가장자리에 남은 이들은 무리들 중에서 강한 자들이었다.

"중앙의 저들을 끌어내자!"

가장자리에 있던 한 소년이 외치자 남은 자들의 마음도 통했는지 전부 중앙을 향해 돌진하기 시작했다.

"저 녀석, 검전에 응시했구나."

나일은 방금 소리친 이가 북선문의 마협지임을 알아보고는 관심을 그에게 집중했다.

마협지는 정중앙에서 다른 사람의 어깨를 밟고 오연히 하늘을 바라보고 서 있는 서화평에게 달려들었다. 서화평도 그 기운을 읽고는 처음으로 차가운 물에 발을 담그며 마협지에게 덮쳐들었다.

진을 이루고 있던 이들은 저들이 예상외로 한꺼번에 자신들을 밀어내려고 달려들자 일순간 당황했다. 그러나 곧 다시 전열을 정비해서 진을 굳히며 저항해 나갔지만 그들보다 많은 인원수에 의해 서서히 붕괴되어 지금 호수 안은 일 대 일의 대결 양상을 보이고 있었다. 힘 겨루기를 하듯 손바닥을 맞잡고 서로 쓰러뜨리려는 이들과 자신이 배운 무공을 구사하며 상대가 자신에게 오지 못하도록 닿지 않는 곳에서 팔을 휘두르는 이들, 끝내 목을 잡혀 호수 밖으로 밀려나는 이들……. 그 중에서 가장 압권은 마협지와 서화평의 싸움이었다.

서화평은 신법의 위력을 빌려 사방의 방위에서 마협지를 압박해 들어갔고 마협지는 그런 서화평의 다리를 잡으려는 듯 달려들었다. 그러다 결국 정면에서 부딪친 그들은 팔을 검 삼아 자신의 절기들을 내보이고 있었다.

특히 서화평은 곤륜파의 비전검법인 양의검법까지 펼쳐 마협지의 정신을 혼란스럽게 해 압박하면서도 초지일관(初志一貫), 정중동(靜中動)의 자세로 흔들림없이 방어하는 마협지에게 당황해하는 기색이 역력했다. 끝내는 자신의 자랑인 운룡대팔식을 물속에서 펼치다 내력이 모자람을 드러내며 물보라를 일으키고는 휘청거렸다. 그 순간을 놓치지 않고 마협지는 서화평의 몸을 들어 메쳐서는 호수 밖으로 내던지려 하였다.

"그만! 이 안의 응시자는 모두 합격이오!"

서화평이 던져지려는 찰나 무관사가 시험 종료를 알려 다행히도 서화평은 탈락하는 꼴불견을 연출하지는 않았으나 자존심에 큰 상처를 입고 말았다.

검전의 시험이 끝난 후 구대문파의 제자는 여덟 명이 탈락한 서른한 명이 호수 안에서 망연자실한 채 남아 있었고 경쟁에서 살아남은 군소방파의 제자들은 물속에서 기뻐하며 환호성을 질렀다.

"아깝다. 저놈… 탈락시킬 수 있었는데……."

나일의 말에 내심 서화평이 탈락하기를 바랐던 단청도 얼굴을 찌푸렸다.

"그러게 말이다. 저런 건방진 놈은 이곳에 너 하나면 족한데."

"왜 그래요? 제가 언제 건방진 짓 했다구요?"

"봐라, 지금도 사형을 잡아먹을듯이 보잖아."

단청의 말에 나일은 어이가 없는지, 아니면 상대해 봤자 피곤하기만 할 뿐 자신에게 돌아오는 이익이 없을 것이라는 것을 깨달은 건지 피식 웃어 보이고는 다음에 열리는 권전은 보지 않고 점심으로 먹으려 싸 온 도시락을 들고는 경치 좋은 곳을 찾았다.

땡땡땡!

오후가 시작될 무렵 도전의 시험을 알리는 종소리가 울리자 밥을 먹고 누워 있던 나일은 영웅호로 향했다.

영웅호에서 앞서 열린 권전의 경우에는 109명 응시자에 합격자 95명이라는 비교적 적은 경쟁률 덕분에 개방의 제자 5명과 소림의 제자 5명을 포함해 구대문파와 오대세가의 제자가 무려 38명이나 한 명도 탈락하지 않은 기염을 토했다. 가운데에서 진을 형성하여 그 중심에 있던 자는 운남 대리의 단리변이었는데 그는 손을 쓰려는 동작도 한 번 취하지 않고 그저 서 있기만 했는데도 아무도 그에게 덤벼드는 인물이 없어서 합격하는 기현상이 벌어지기도 했다. 아마도 고만고만한 군소방파의 인물들끼리 치고 박고 했으리라.

"도전의 응시자는 영웅호로 드시오!"

무관사의 말이 떨어지자 주위에 있던 기재들이 호수 안으로 모두 모여들었다.

앞서 두 차례의 시합에서는 무관사의 시합 개시 신호가 떨어지면 중앙으로 구대문파와 오대세가의 인물들이 그곳에 진을 형성했는데 도전의 경우에는 그 수가 극히 적었다. 그렇기 때문에 기재들은 구대문파와 오대세가의 차지였던 중앙의 유리한 위치를 시합 개시 전부터 차지하려고 서두르기 시작했다.

만약 중앙에 자리를 잡을 수 있다면 시험이 시작돼도 중앙까지 그 여파가 오기까지의 시간이 걸릴 테고 설혹 자신보다 강한 상대와 붙는다 해도 호수 밖으로 밀려 나가기 전까지의 시간을 벌 수 있으리라 계산을 하고 모여든 기재들로 인해서 호수 중앙은 시합 개시 전부터 치열한 몸싸움이 시작되고 있었다.

"도전의 응시자는 더 없습니까?"

무관사가 확인을 위해 한 번 더 목소리에 공력을 담아 외쳤다.

나일도 맨 처음에는 중앙으로 자리를 잡으려다 실력을 발휘하지 않아도 충분히 입관 시험에 합격할 자신이 있었기에 굳이 복잡한 곳으로 가지 않고 가장자리에서 외로이 홀로 서 있었다.

"젠장할, 이 추위에 이게 무슨 짓이야?"

연신 투덜대며 한 청년이 나일의 곁으로 왔다.

"안녕하시오? 날씨가 젠장맞게 춥네. 저는 금룡회(擒龍會)의 정성천이라 합니다."

청년이 날씨에 대해 투덜대면서 나일에게 자기소개를 하자 순간 나일은 이상한 생각이 들었다. '금룡회라면 상인 집단인데 왜 무관 시험에 응시한 것이지?'

그러면서도 입으로는 예의 바르게 자신을 소개했다.

"사천 대향표국의 나일이오."

"아, 알고 있소."

'내가 그렇게 유명한가? 그런 일을 벌인 적이 없는데……?'

자신을 알고 있다는 정성천의 말에 나일이 의아한 표정을 지었다.

"단도직입적으로 말해서 금룡회는 상인의 모임, 표국은 상인의 표물을 보호해 주는 곳이니 어떻소, 나랑 거래를 하시는 게?”

정성천은 처음부터 나일을 점찍고 있었던 듯 대놓고 거래를 제안했다.

“무슨 거래 말입니까?”

나일의 물음에 정성천은 싱긋 웃으며 목소리를 낮췄다.

“그러니까 형장은 표국의 사람이니 상인의 자식인 나를 보호해 주시는 것이오.”

나일은 호기심이 동해 정성천의 말에 동조하는 척 목소리를 낮췄다.

“어떻게 말이오? 힘을 합쳐 달라는 말이오?”

나일은 정성천이 자신이 고수라는 것을 간파하고 같은 편이 되어서 자신이 합격할 수 있게 도와달라는 뜻인 줄 알았는데 정성천의 입에서는 뜻밖의 말들이 나오는 것이었다.

“그러니까 솔직히 얘기하면 나는 중앙의 저들보다 무공 실력이 뛰어나지 않소. 대신에 내가 자신있는 이 머리로 삼관을 돌파하려고 하는데 그게 나 혼자는 불가능한 일이라 형장한테 도움을 구하는 것이오.”

“그러니까… 어떻게 말이오?”

답답해진 나일이 정성천에게 조금 목소리를 높여서 물었다.

“곧 시합이 시작되면 우리는 두 손을 맞추고 싸우는 시늉을 합시다.”

“그럼 지금부터 도전의 시험을 시작하겠습니다. 이번 도전은 응시자 120명에 96명의 합격자를 선출하는 시험입니다. 시합 개시!”

무관사의 말이 떨어지자 예상외로 그때까지 중앙을 차지하려던 인물들이 먼저 한 덩이가 되어서 싸움이 일어났다. 중앙의 자리를 선점하기 위해서 사람들이 한데 뭉쳐 있었기에 다른 사람이 자신을 공격하기 전에 서로 손을 쓴 것이다.

"형장, 빨리 손을 잡아요!"

정성천이 먼저 나일의 손을 맞잡으며 싸우는 모습을 만들었다.

"우리는 지금부터 싸우는 척하며 시간을 끄는 것입니다."

"엥, 뭐라구요?"

"우리는 싸우는 게 아니라 시합이 종료될 때까지 엎치락뒤치락 싸우는 척만 하면서 시간을 끄는 것이라고요."

그제야 정성천이 원하는 바를 이해한 나일이 물어왔다.

"좋소. 근데 내가 얻는 이득은?"

나일의 말에 정성천은 호쾌하게 웃어 보이며 말했다.

"형장의 이득은 솔직히 형장 실력으로는 감당하기 힘든 삼관을 통과하는 것이 첫 번째요, 두 번째는 오늘 북경에서 가장 화려하고 비싼 곳에서 풍족한 저녁을 책임지겠소. 어떻소, 이만하면?"

나일은 정성천이 자신을 무시한다는 느낌이 들었지만 이 정도 계책이면 자신의 힘을 드러내지 않아도 무난히 합격할 수 있다는 생각에 고개를 끄덕여 거래 성립의 뜻을 보였다.

"좋소."

중앙의 무리들은 지금 좁은 지역에서 쟁탈전을 벌이다 서로의 힘 겨루기로 바뀌었는데 제일 먼저 탈락한 이들은 의외로 구대문파와 오대세가에서 응시한 자들이었다.

지금껏 그들에게 막혀서 자신의 역량을 발휘하지 못했던 군소방파의 무리들은 도전에 응시한 구대문파와 오대세가 인물들의 숫자가 일곱 명밖에 되지 않자 그들을 호수 밖으로 밀어내기 위해 힘을 합했고,

끝내 그들은 한 명도 남지 못하고 밖으로 밀려나고 말았다.

그 후 호수에 남은 이들은 대부분 일 대 일로 붙기 시작했다. 그 이유는 무리를 모았던 구대문파와 오대세가와는 달리 군소방파의 인물들은 개개인의 실력이 다 엇비슷해 특출나게 뛰어나고 특출나게 처지는 인물이 없어 각자 자신의 실력으로 삼관을 통과하려는 생각들을 대부분 가지고 있기 때문이었다. 그래서 영웅삼관의 원래 목적에 맞게 시험은 계속 진행되었고, 한 시진쯤 흐르자 각 개인들 간의 승패가 결정되어서 밀려나는 자, 혹은 패배해서 스스로 물러나는 자 등이 나타났다. 그리고 여전히 나일과 정성천은 자신의 힘을 비축해 두면서 두 손을 맞잡고는 혼신의 힘을 다해 싸우는 연기를 펼쳐 보이고 있었다.

"형장, 어떻소, 나의 계책이?"

정성천은 줄줄이 끌려 나가는 기재들을 보며 물었다.

"이제 몇 명만 나가면 될 것 같구려."

"그렇소. 게다가 우리는 지금 힘이 남아도니 다른 이들을 충분히 밖으로 내몰 수 있지만… 끝까지 이러고 있습시다."

나일과 정성천은 말을 주고받으면서도 옆으로 구르며, 혹은 물속에 잠수하기도, 때로는 거친 숨을 몰아쉬는 척하며 시간이 빨리 흘러가기만을 바라고 있었다.

나일의 상대 역을 맡고 있는 정성천은 삐삐 마른 몸매에 계산에 능한 눈동자를 가지고 있었고, 톡 튀어나온 광대뼈와 두터운 입술은 마치 개구리를 연상시키는 듯했지만 연기력은 나무랄 데 없이 뛰어났다. 그래서 나일과 정성천이 펼치는 멋진 연기는 밖에서 관전하는 구경꾼들뿐만 아니라 안에서 육박전에 몰입하고 있는 응시자들에게도 통했다.

나일과 정성천이 붙어서 싸우는 치열한 모습을 보며 그들을 비켜 다른
곳으로 발길을 돌리게 한 것이다.

"시험 중지! 이곳에 남은 이들이 합격자요!"

마침내 무관사의 말이 떨어지자 나일과 정성천은 서로를 끌어안고
말았다. 지켜보던 사람들이야 '치열하게 싸우는 도중에 정들었구나'
하는 흐뭇한 웃음을 지을 뿐 속사정은 알지 못하는 수밖에…….

도전에 이어 벌어진 십전도 97명의 합격자를 남기고 치열했던 영웅
삼관이 막을 내렸다.

나일과 정성천, 그리고 꼽사리 단청은 그날 밤 정성천이 약속한 초
호화판 술자리를 대접받기 위해 영웅학관을 나와 북경의 한 으리으리
한 건물로 들어섰다.

"우와! 이렇게 호화로운 곳에서 술을 먹으려고 들어오다니, 사천 촌
놈 나일, 많이 컸다."

나일이 혼자서 이렇게 중얼거리자 이미 수많은 유희를 겪은 단청은
이리저리 눈을 돌리는 나일을 끌며 정성천을 따라 제일 비싼 최상층으
로 오르기 시작했다.

"형장, 이리 와 앉으시오."

정성천이 나일에게 상석을 권하며 말했다.

"좋소. 그런데 너무 무리하는 것 아니오?"

나일이 이런 곳이 처음인지라 두리번거리자 그 모습을 보며 정성천
은 여유있는 웃음을 지으며 시중들러 따라온 여인을 보며 말했다.

"최고급 음식에 최고급 술, 그리고 최고급 미녀를 대령하라."

"네, 주인님."

시비의 말에 나일과 단청은 감탄성을 터뜨릴 수밖에 없었다.

그가 금룡회의 사람이라는 것은 알았지만 영웅학관에 상당 금액을 기부하는 금룡회에도 추천서가 다섯 장가량 있는데 나일은 그가 금룡회에서도 추천서를 받지 못한 인물이니 대단치 않은 사람이라 생각했었다.

그런데 이 큰 주루의 주인이라니?

"정식으로 인사드리겠소. 금룡회의 회주(會主)를 아버지로 둔 정씨 가문의 일곱째 정성천이오."

정성천의 말에 나일도 정중히 포권을 취할 수밖에 없었다.

"대향표국의 국주 칠정도 나문의 이남(二男) 나일이오. 그리고 이분은 나의 깍두기 단청 사형이오. 그리고 사형도 이번에 영웅학관에 입관하오."

나일의 말이 끝나자 정성천은 입가에 미소를 지었다.

"형장 덕분에 무사히 도전에 입관하게 됐소. 이렇게 우리가 다 입관하게 됐으니 입관 동기끼리 편하게 말을 놓는 것은 어떻소?"

정성천의 말에 나일과 단청이 고개를 끄덕이자 대번에 정성천은 말을 놓았다.

"휴우, 아끼는 정말 나랑 마음 맞는 인물을 찾느라 고생했다네. 다행히 자네가 내 말에 동의해서 무사히 통과했지. 아무튼 오늘은 축하받아 마땅한 날, 실컷 마셔보자구."

금룡회는 정(正)씨, 유(油)씨, 김(金)씨, 전(全)씨, 형(衡)씨, 이렇게 5개 가문 상인들 모임으로 현재 회주는 정씨 가문의 가주 금보조화(金寶彫花) 정덕화가 맡고 있다. 그 규모가 전 대륙의 절반에 가까운 상권을 좌지우지할 정도로 거대한 상계 최대의 모임이다. 그리고 정성천은 그 금룡회 회주의 칠남이다. 금룡회는 대대로 상인 가문이기 때문에 그곳의 자식들도 대부분 상인의 길을 걸어왔고 앞으로도 계속 그럴 것이다.

영웅학관 설립 후 금룡회의 인물은 문관의 상전에 입관하는 것이 관례였다. 정성천은 아버지가 문관의 상전에 들 것을 바랐지만 무공에 더 관심을 가지고 있었고 무인으로 이름을 날리는 것을 어려서부터 꿈꿔왔다. 그래서 정성천은 아버지한테 자신은 무관에 들 것이라 말했다.

이에 불같이 화가 난 아버지 정덕화는 상전에 들지 않으면 추천서가 남아도 찢어버릴 것이라며 정성천에게 상전에 들 것을 종용했지만 정성천은 그런 아버지에게 반항하며 무관에 응시한 것이다. 그러나 일, 이관을 겨우 통과한 후 자신의 실력의 부족함을 깨닫고는 삼관에 대한 연구를 하다 자신과 같은 처지의 인물, 즉 실력은 떨어지지만 무슨 일이 있어도 입관하겠다는 의욕을 가진 인물들을 살펴보며 적어두었다.

그리고 도전의 삼관이 펼쳐지자 그 인물을 찾았는데 보통 사람보다 머리 하나는 큰 키와 호쾌한 미남의 모습, 그리고 사람들이 지명했던 탈락 예상 순위 1위의 나일을 금세 알아보고 접근한 것이었다.

"그랬구나."

나일은 자신이 반박귀진(反樸歸眞)의 고수라서 웬만큼 무공을 익힌, 아니, 천하에 많고 많은 사람들이 있다 해도 자신의 본실력을 한눈에 알아볼 수 있는 이가 지극히 적을 것이라 생각했었다. 그리고 자신의 실력을 알아볼 정도라면 그 사람도 엄청난 무공의 소유자일 것이라 생각했는데 정성천은 아니었다.

정성천이 자신의 실력을 알아본 것이 아니라 자신과 실력이 비슷하

면서 의욕이 강한 사람이라는 단순한 추측으로 접근한 것이라는 걸 알
았지만 이 비싼 음식과 술을 사는데 이미 지나간 그깟 것쯤은 넘어가
주리라 마음먹었다.

"그런데 단청은 무슨 전에 입관하냐?"

정성천은 입관 동기끼리 말을 트기로 했기에 단청을 향해 반말로 물
었다.

나일도 아직 단청이 무슨 전에 들었는지 궁금하던 터라 단청의 입을
주시했다.

"나는 문관의 오전(五殿)에 응시했어."

"그래, 문관에 응시했구나. 난 혹시나 해서… 나일의 사형이라 나일
보다 무공이 뛰어날 거라 생각하고 무관에 든 줄 알았거든."

단청과 정성천의 이야기를 들으며 나일은 '이제 떨어질 수 있겠구
나' 라는 생각에 펄쩍펄쩍 뛰며 기쁨을 만끽하고 싶은 감정을 억누르고
는 못내 서운한 표정으로 단청을 바라봤다.

"사형, 그럼 우리 같이 있지 못하겠군요?"

나일의 말에 내심을 짐작한 단청은 서두르는 기색 없이 나일의 가슴
에 비수를 꽂았다.

"서운해하지 마. 내가 알아보니까 영웅학관에서는 같은 학년은 문관
과 무관, 예관의 구분없이 같은 기숙사를 사용한다더군. 게다가 원한
다면 입관 후에 방을 바꿔서 생활할 수도 있으니까 같이 살 수 있을 거
야. 그렇지 않았다면 나도 도전으로 갔을걸?"

"에이, 그래도 사형은 문관이고 저는 무관인데."

이 말에 나일의 가슴에 비수를 꽂은 것은 정성천이었다.

"사형제 간의 우애가 지극하구나. 걱정 마. 방은 뜻 맞는 사람끼리

바꿔 사용할 수 있고 어차피 영웅학관은 각 전(殿)의 필수 과목을 제외한 나머지 과목은 공통으로 문관과 무관의 구애없이 듣고 싶은 과목을 수강할 수 있으니까. 시간표만 잘 맞춘다면 대부분 같은 수업을 들을 수 있을 거야.”

정성천의 말에 실낱같은 기대감을 가지던 나일은 좌절하지 않을 수 없었다.

정성천의 말은 적어도 영웅학관 졸업할 때까지 사형의 수발을 더 들어야 한다는 것이 아닌가?

‘젠장, 젠장’, 욕을 하지 않으려 해도 않을 수가 없었다.

반면에 단청은 신이 났다.

‘그럼 뭐 시킬 거 있으면 부르면 되겠네? 아니지, 하루 온종일 붙어 다니면서 수발을 받아볼까?’

나일이 깊은 시름에 휩싸여 있는데 시비들이 술상을 들고 들어오더니 각자의 옆에 앉았다.

“이게 얼마 만이야, 용존청(龍尊靑)이라니? 우와, 끝내주는데?”

단청이 술상에 올려진 술병을 들어 보이며 감탄을 넘어서 감동했다. 그리고는 술 예찬을 읊었다.

차주부시(借酒賦詩 : 술을 빌어 시를 짓다).

차주서회(借酒抒懷 : 술을 빌어 회포를 푼다).

차주소수(借酒消愁 : 술을 빌어 근심을 푼다).

이주조흥(以酒助興 : 술로써 흥취를 돋운다).

이주장행(以酒壯行 : 술로써 장도에 오르는 것을 성대히 하다).

"하하, 이 자리를 빛내기에 부족함이 없는 술이로군."

"알아보는군, 단청. 자네, 술에 대한 안목이 아주 뛰어나군. 술에 관해 정통한가 보구만?"

"정통하다마다, 주선(酒仙)이라 불린 적도 있는데. 그러니까 그때가……."

그렇지 않아도 단청의 마수에서 벗어날 수 없는 절망감에 몸부림치고 있던 나일은 단청이 궁극의 무기인 자기 자랑에 들어가려 하자 소리를 빽 질렀다.

"사형, 좀 조용히 하고 술이나 마셔요! 아니면 마시지 말고 그냥 떠들고 있든가!"

나일이 무언가 때문에 자신에게 안 좋은 감정을 품고 있다는 걸 느낀 단청은 똥이 더러워서 피한다라는 말을 떠올렸다.

'앞으로 두고 보자' 라고 내심 다짐하고는 손을 뻗어 용존청을 잡아가려던 나일의 손을 잡아서는 용존청을 빼앗았다. 일단은 주선(酒仙)이자 시선(詩仙)이라 불렸던 이태백으로 '유희' 를 보냈던 이야기를 들려주려던 계획을 취소했다. 그리고 용존청을 따라서 음미하며 혼자서 그때의 일들을 회상하며 기분을 냈다.

용존청(龍尊青).

중원의 각 지방마다 자랑하는 고유의 명주가 있다면 이 용존청은 중원 대륙이 자랑하는 술이다. 푸른 대나무통 속에 오십 년의 세월 동안 저 먼 동이의 인삼 액즙과 익힌 포도가 발효되기를 기다린 후에 얻어지는 술이 금존청(金尊青)이라면 그 금존청에 다시 산삼을 넣은 후에 설산의 눈으로 양을 불린 후 50년 정도 땅속에 더 묻어두게 되면 자연적으로 양이 줄어 삼 분지 이가량만 남게 되는데 이것을 용존청이라고 부른다.

이 용존청은 중원에서 가장 오랜 시간, 그리고 가장 비싼 재료로 만들어지는 술이기에 이 용존청을 만들다 망한 가게도 한두 군데가 아니었다.

그래서 그 오랜 시간을 견디어 용존청이 되는 금존청은 십 분지 일도 되지 않기에 애주가들 사이에서는 부르는 게 값이라는 말이 있을 정도였다. 그리고 우스갯소리로 설사 황제라 해도 용존청을 마시며 하룻밤을 보내려면 거지가 될 수밖에 없을 것이라는 말이 나올 정도였다.

잠시 단청이 옛 추억을 음미하는 사이 겁도 없이 나일은 단청의 손에서 술병을 집어 들고는 자신의 잔에 따랐다.

"캬, 이거 맛 죽이는데? 한 병 더 없냐?"

나일은 거푸 용존청을 술잔에 따라 비우며 정성천에게 더 없냐고 물었다.

'에구, 저 귀한 것을……. 맛을 음미해서 한 방울씩 마셔도 아까운 판에…….'

정성천은 속으로 비명을 질러대며 나일의 말에 난색을 표했다.

"이게 내가 아버지께 스무 살 생일 선물로 받은 유일한 용존청이다. 대신 다른 술을 내올게."

정성천이 곁에 있던 시비에게 눈짓을 해 보이자 시비는 다른 술을 내오기 위해 방을 나섰다.

"야, 이게 무슨 분주나 죽엽청인 줄 알아? 너, 이제 끝이야! 손 떼!"

보물의 가치를 아는 단청은 나일이 계속해서 단번에 용존청을 먹어대려 하자 버럭 소리를 질렀다.

"그깟 술 한 병 가지고 째째하게 왜 그래요, 사형은? 다른 술 내온다니까 그 술 실컷 먹으면 되잖아요."

나일의 반항에 단청은 주먹을 들어 보였다.

"요즘 안 맞았다 이거지? 좋은 말로 할 때 이 술병에서 손 떼라."

나일은 사형의 무서움을 알지만 그래도 오늘의 주인은 자신이고 단청도 자신 덕분에 이 술을 먹게 됐다는 의미로 입을 삐죽이며 시비가 가져온 금존청으로 술병을 바꿔 잡아갔다.

금존청도 용존청에 비해 손색이 있기는 하지만 천하 명주로 꼽히는 술이다.

용존청보다 씁쓸할 느낌이 조금 거칠게 느껴지고 마신 후에 올라오는 열기가 약간 곱지 못하다 뿐이기에 나일은 마파람에 게 눈 감추듯 금존청을 비워갔다. 그리고 단청도 그런 나일의 손길을 의식하며 용존청을 자신의 앞에다 두고는 금존청을 비워갔으며 정성천 역시 자신의 피 같은 비싼 술이 남의 속에만 들어가는 것을 좌시하지 않겠다는 듯 경쟁하듯 마셨다 그렇기 때문에 한참을 퍼마셔서 끝내는 시비가 가져온 금존청 열 병을 한 시진 만에 다 없애 버리고 말았다.

"지림아, 가서 금존청 좀 더 가져오너라."

혀가 꼬부라진 정성천이 시비에게 술을 더 가져오라고 시켰지만 시비 지림은 고개를 저었다.

'지금 먹어댄 술만 해도 웬만한 주루 두 개는 짓겠다.'

속으로 초호화판으로 술을 먹는 주인에 대해 고개를 절레절레 젓는 지림이었다.

"주인님, 이미 이 화월루의 금존청은 바닥났는데 다른 술을 가져올까요?"

"그래, 아무 술이나 최고급으로."

정성천의 말에 지림이 부리나케 가져온 술은 지금껏 그들이 마셨던 술과는 질적으로 너무 차이가 났기 때문에 그만 술맛이 식은 나일이 남아 있던 용존청을 보며 침을 삼켰고 이를 눈치 챈 단청이 용존청을 병째 들어서는 주둥이에 입을 댄 채로 그 아깝고 좋은 술을 단번에 마셔 버렸다.

"치사한 사형! 성천아, 그만 일어나야겠다. 술도 떨어지고… 오늘 진짜 잘 먹었다."

나일이 복장을 단정히 하며 자리를 일어서려 하자 정성천이 그런 나일에게 화를 냈다.

"내가 오늘 거하게 한턱 쏜다고 했잖아. 오늘은 나의 실력으로 영웅학관 무관 도전에 합격한 기쁜 날이라구. 술이 떨어졌어도 옆에 있는 미녀랑은 자고 가야지."

나일은 그 말을 듣자 순간 호기심이 동하기는 했지만 이내 고개를 가로저었다.

며칠 전 보았던 비화의 얼굴이 스쳐 지나갔기 때문이다.

'흔들리면 안 되지, 나일. 정신 차려. 너는 구비화랑 한평생을 함께 하기로 어렸을 때 맹세했잖아. 아니, 그래도… 한 번쯤은……. 아니야, 이제 앞으로 비화랑 같은 공간에서 생활할 텐데 지금 이런 일을 벌이다면 비화 앞에서 평생 죄책감이 들지 몰라.'

갈등의 시간 동안 곁에서 보기에도 나일의 생각이 변하는 것이 보일 정도였다.

"아니야. 이 정도로도 과분해. 그리고 우리 아버지도 내 합격을 축하해 주려고 기다리실 거야. 오늘은 너무 늦었으니 담에 또 마시자."

"야~ 나일, 이 기회 놓치면 다음은 없다."

정성천이 혀가 꼬부라진 음성으로 미녀와의 동침을 권했다.

단청도 나일을 보며 그러자는 눈빛을 보냈지만 이미 자신의 첫사랑 구비화를 본 나일은 마음을 확고하게 굳혔기에 간신히 참아냈다.

"됐네, 내일 모래 입관식 때 보자구."

나일이 자리에서 일어나자 깍두기 단청도 일어설 수밖에 없었다.

입관식 날.

삼월의 따뜻한 햇살 속에 숨어 있는 날카롭고 차가운 바람처럼 나일과 단청은 영웅학관 관주인 화산파 출신의 도현(倒懸) 도장의 입관 축하 연설을 자장가 삼아 인파 속에 파묻혀 졸고 있었다.

무려 천 명의 기재들이 설레임과 자랑스러운 표정으로 질서정연하게 앉아서 자신의 말을 경청하고 있는데 무관 도전에서 한 명, 그리고 문관 오전에서 한 명, 이렇게 두 명의 졸고 있는 기재를 발견한 도현 도장은 그들의 잠을 깨우기 위해 내공을 담아 헛기침을 했다.

그 정도 소리에 깰 리 만무한 두 명의 사형제. 비록 떨어져서 있다 해도 졸고 있는 모습이 어찌나 똑같은지…….

"헛헛, 이곳에서 여러분의 꿈을 이야기하십시오. 그리고 여러분의 능력을 보여주십시오."

도현 도장은 연설을 끝내자 금세 눈이 초롱초롱해진 그 두 명의 기재를 보며 약이 오른 듯 끝낼 것 같은 연설을 조금 더 하기로 마음먹으며 다시 소리를 질러댔다.

"여러분은 자유롭습니다! 그것은 여러분이 앞으로 무엇이나 할 수 있고 이미 무엇을 할지 알고 있다는 뜻입니다!"

말을 하면서도 아까 잠든 기재 둘에게 눈길을 주던 도현 도장은 자

신의 예상대로 말을 시작하자마자 습관처럼 눈을 감아버리는 그들을
발견하고는 혀를 차며 연설을 끝냈다. 그 순간에 다시 나일과 단청의
눈이 떠진 것은 물론이다.

제19장

친구를 만들다

신입관도들은 영웅학관의 동편인 죽림숙(竹林宿)이라는 곳에서 살게 되는 것이 학관의 규칙이었다. 방 배정은 문관, 무관, 예관의 관생이 뒤섞여서 사인(四人) 일 실(一室)의 방을 사용하는 것이 원칙이지만 도중에 마음 맞는 상대가 생기거나 입관 전부터 안면이 있는 사람들끼리 생활하기도 했고 함께 생활하는 사람들이 마음에 맞지 않으면 서로 방을 바꾸거나 하기도 했다. 그래서 문관은 문관끼리, 무관은 무관끼리 한 방을 사용하는 일도 비일비재(非一非再)하지만 어쨌거나 원칙적으로는 불가능했다.

또한 남학생에 비해 그 수가 적지만 여자들은 따로 한곳에 모여 생활했는데 그곳이 바로 영웅학관 유일의 금남의 구역인 이화숙(梨花宿)이었다.

나일은 죽림숙의 두 번째 건물인 죽림이숙(竹林二宿)의 사백구호를 배정받았고 단청은 죽림삼숙의 일백이호를 배정받았다.

일단은 단청을 떨궈냈다고 생각한 나일은 더욱 완벽히 단청의 마수에서 벗어나기 위해서 방 안에서 같이 생활하는 사람들에게 친근한 척하며 단청과 방을 바꾸지 말라고 포섭하기 위해서 부랴부랴 자신이 배정받은 방으로 들어갔다.

나일은 방에다 짐을 풀고 있는 두 사람과 이미 누워 있는 한 사람을 보며 어울리지 않는 반가운 손짓을 하면서 인사했다.

"안녕, 반갑다. 난 무관 도전의 나일이야."

나일의 말에 아무 반응 없이 그들은 나일을 물끄러미 쳐다보더니 다시 눈길을 거두며 자신들의 일을 계속하기 시작했다.

문관의 정전에 입관한 방위는 어색하게 인사하는 나일을 보며 웃음보가 터질 뻔한 것을 억지로 참았다. 그 큰 덩치에 쾌남형의 미남인 나일은 몸에 건달기까지 배어 있어 보는 것만으로도 부담스러운데 귀여운 손짓으로 인사를 하다니……. 정말 어울리지 않아서 웃음을 터뜨릴 뻔했지만 무관에 입관했다는 나일의 말에 웃었다가 맞으면 자신만 손해라는 생각에 겨우 웃음을 참는 중이었다.

이번에 예관에 입관하게 된 금(琴)의 명인 금현식의 애제자인 서태우는 나일이 그러든 말든 자신이 아끼는 금을 보관하기 좋은 장소를 찾느라 방 안 구석구석을 뒤지고 있었고, 무관 권전에 입관한 하남의 유명한 무술도장인 상가장 장주의 외아들 상천해는 나일은 안중에도 두지 않고 자빠져 자고 있었다.

나일은 자신이 먼저 인사를 했음에도 아무도 그에 반응하지 않고 모두 자기 일에만 열중하는 모습을 보며 슬그머니 노기가 치밀었다. 하지만 그들을 잘 구슬려서 똘똘 협력하여 방 정원수를 맞춰야 무사히 일 년 동안 단청의 마수에서 벗어날 것을 상기하며 다시 한 번 밝고 쾌활하게 인사했다.

"안녕! 반갑다. 많이 바쁜가 보구나? 난 나일이다. 일 년 동안 잘 지내보자."

그렇게 말했는데도 불구하고 여전히 냉담한 반응에 나일은 더 참지 못하고 목소리를 깔며 살기를 불러일으켰다.

"나일이라고 했는데 대답이 없네?"

몸에 살기를 띠며 말하자 가장 먼저 반응한 것은 누워 있던 상천해였다.

과연 무가의 자식답게 그 살기를 알아보고는 누워 있던 몸을 일으켰다. 그리고 난 후 나일을 향해 몸을 돌려서는 자신의 가전절기인 상가금나권의 도림일천(刀林一天)의 일초를 펼쳐 나갔다.

"조용히 좀 해라. 니만 사는 곳이냐?"

상천해는 손을 횡으로 뻗으며 나일의 어깨를 잡으려 들었다. 말이 끝나자마자 나일은 상천해가 휘두른 손을 잡아서 허리 밑에서 꺾어버렸다.

"난 나일이라고 하는데 넌 누구냐?"

상천해의 팔목을 비틀며 무릎을 치자 그대로 침대에 넘어진 상천해는 그제야 나일이 무관생이라는 것을 떠올렸고 자신은 그의 상대가 되지 않는다는 것을 깨달았다.

"난 상가장의 상천해다."

비록 나일에게 잡혀 있었지만 무가의 자식답게 자존심을 지켜 나가는 상천해의 모습에 나일은 피식 웃으며 팔을 풀어줬다.

"처음 물었을 때 대답했으면 서로 좋았잖아."

어떻게든 좋은 관계를 유지해야 하는 나일은 부드럽게 웃어 보이고 는 금을 들고 이리저리 돌아다니는 서태우에게 갔다.

"니 이름은 뭐냐?"

잠깐 서태우의 시선이 나일에게 멈췄다.

"서태우."

서태우는 물음에 짧게 대답하고는 나일은 안중에도 없다는 듯 다시 금(쪽)을 들고 방 안 구석구석으로 금을 보관할 장소를 물색하러 다녔 다.

'뭐, 이런 자식이 다 있어?

나일은 자신에게 조금의 관심도 보이지 않고 자신의 금에만 신경 쓰 는 서태우를 두고 방위에게 갔다.

"난 문관의 정전에 입관한 방위."

방위는 나일이 상천해에게 했던 행동들을 다 보았기에 두려움에 손 을 떨며 나일에게 먼저 악수를 청했다. 나일은 이제야 자신을 제대로 대하는 사람을 보자 악수를 하려다 방위가 내민 손이 떨리는 데다가 손바닥에서 식은땀까지 흐르는 것을 보고는 더욱 부드럽게 대해야겠다 고 마음먹었다

"앞으로 잘 지내자."

방위는 나일의 말을 되씹으며 이것이 과연 무슨 의미인지 곰곰이 생 각해 보았다.

그는 다른 사람들보다 허약하고 왜소해서 어려서부터 몸에 좋은 음 식을 많이 먹었지만 여전히 사람들과의 대인 관계가 좋지 못하고 무시 당하기 일수였던 터였다. 더 더욱 나일같이 근육질의 몸을 가진 무인 들을 두려워했기에 나일이 부드럽게 말한 '앞으로 잘 지내자' 를 '앞으

로 내 심부름 열심히 하고 까불지 마라' 로 해석하고는 겁을 집어먹으며 나일의 말에 대답했다.

"그래, 필요한 것 있으면 언제든지 말해."

그런 방위의 마음을 알아채지 못한 나일은 속으로 흐뭇한 표정을 지으며 착한 놈이니 앞으로 더 친하게 지내야겠다고 마음먹었다.

단청의 방은 무관의 관생으로 추천서를 가지고 입관한 화북의 하후세가의 둘째 하후혁과 또 다른 무관의 추천 입관생 점창(點蒼)의 제자 형지환, 그리고 예관 서전의 제자인 금정일이 함께 생활하게 되어 있었다.

하지만 단청은 그곳에는 가지도 않은 채 학관에서 나눠 주는 수강 책자를 받아가지고는 곧장 나일의 방으로 향했다.

"사형."

문을 벌컥 열고 들어오는 미남자를 보고 나일이 사형이라 부르자 금을 둘 장소를 찾지 못해 아직도 방 안을 두리번거리는 서태우를 제외한 나머지 인원의 눈동자가 단청을 향했다.

"사랑하는 사제야, 나 여기서 살란다."

단청은 우선 살기를 내뿜으며 자신과 눈이 제일 먼저 마주친 상천해를 노려보며 말했다.

"야, 나 보고 있는 놈, 좋은 말 할 때 죽림삼숙 일백이 호로 짐 싸서 가라!"

단청이 그렇게 말하자 상천해는 단청이 나일의 사형이니만큼 나일보다 무공이 더 뛰어날 것이라 생각하면서도 그 알량한 무인의 자존심이 남아 있어 자신도 단청을 마주 쏘아봤다.

“여기는 내 방이야. 니가 뭔데 가라 마라야!”

상천해의 말에 단청은 어이가 없었지만 맞아보면 자연히 자신의 방으로 떠날 것이라 여기며 말했다.

“야, 너, 이리 와봐.”

“사형, 참으세요. 그리고 이건 학관의 규칙이잖아요. 사형이 물러나세요.”

단청은 자신의 편을 들지 않고 말리는 척 상천해를 응원하는 나일을 꼬나봤다.

“니가 맞을래?”

“아니요. 제가 왜……? 팔은 안으로 굽는다고, 저 형편없는 약골을 편들겠어요? 너무 심하게 다루지는 말라는 뜻이죠.”

자신의 편을 들어줄 것처럼 굴던 나일이 금세 자신의 치부를 알려주며 단청 앞에서 꼬리를 내리자 상천해는 이 사형이라는 작자가 나일보다 더 강하리라 여기고는 말로써 타협점을 보려고 했다.

“일백이 호라 했소?”

“그래, 죽림삼숙 일백이 호.”

“잘됐소. 안 그래도 여기는 사층이라 오르내리기 불편하던 차였는데 이곳보다 낮으니 마음이 동하는구려. 곧 그리로 가겠소.”

상천해는 자존심을 적게 상하는 방법을 택하며 단청의 방으로 향했다.

내심 끝까지 상천해가 반항해 주기를 바랐던 나일은 그것이 무리라는 것을 깨닫고는 단청이 던져 준 짐을 풀면서 앞으로의 힘든 미래를 떠올렸다. 그리고는 몸을 부르르 떨었다.

일학년은 모두 다섯 가지 과목을 수강해야 한다. 그런데 그중에 각전마다 고유의 필수 과목이 있는데 이를 전공필수(專攻必修)라 한다. 일학년 동안에는 한 과목만이 전공 필수이고 나머지는 공통 필수거나 교양선택이었다. 나일은 바라지 않는 바였지만 단청의 강압으로 인해 단청과 모두 같은 수업을 듣게 되었다. 다행히 전공 필수 과목인 '도(刀)의 마음[心]' 이란 과목은 단청 없이 혼자서 수업을 들을 수 있기에 그것 하나만을 바라보며 우울한 가슴을 달랬다.

나일과 단청이 입관하여 처음 듣게 된 과목은 '도(刀)의 기초' 였다.

사실 나일이야 도전이니까 그렇다 쳐도 단청은 문관생이라 문관생 대부분이 문관의 교양 과목, 즉 '역사의 향기', ' 철학과 인간', ' 정치의 경제학' 과 같은 과목들을 선호하는데 단청은 나일을 위한답시고 나일이 들으려는 과목이 무슨 과목인지도 모른 채 같이 들어버린 것이다.

철컥! 쾅!

"여러분은 도(刀)를 아십니까?"

이 과목의 무관사인 하북팽가의 장로 팽만욱이 들어오자마자 자신의 도(刀)를 허리에서 꺼내어 교탁에 던지면서 꺼낸 물음이었다.

"예, 제가 압니다."

나일의 옆에 앉아 있던 단청은 팽만욱이 형식적으로 던진 물음에 즉각적으로 반응하며 손을 들어 올렸다. 그렇지 않아도 요즘 입이 너무 심심했었는데 자신의 유식을 과시할 수 있는 좋은 기회를 그냥 지나치겠는가?

"그래, 도(刀)란 무엇인가?"

지난 수년간 자신이 던진 이 물음에 이렇듯 용감하게 나선 자가 없었는데 하는 생각에 팽만욱은 단청을 보며 흐뭇해했다.

‘저런 게 바로 젊음이지. 용기있는 젊음.’

팽만욱의 눈길이 단청에게 향하자 ‘도의 기초’를 수강하는 모든 이들 또한 단청에게 눈길을 주었다.

단청은 자신의 어깨를 으쓱하며 자신이 도(刀)를 사용해서 무공을 익혔던 때를 떠올리면서 도에 관한 지식을 머리 속에서 하나하나 끄집어내기 시작했다.

“도(刀)는 도(道)입니다.”

이것을 서두로 단청의 입이 열렸다.

“도(刀)란 것은 백일창(百日槍), 천일도(千日刀), 만일검(萬日劍)이라 하여 검에 비해 그 효용이나 쓰임이 대수롭지 않게 취급되는 면이 있지만 인간의 생활에도 밀접한 관계를 가지고 있는 것이 바로 도(刀)입니다. 작게는 주머니칼에서부터 크게는 작두에 이르기까지 매우 많은 종류가 있고 크기에 따라 단도(短刀)와 긴 칼로 크게 나눌 수 있습니다. 용도에 따라서는 생활용 칼과 무기용 칼로 나누며 또 재료에 따라 돌이나 금속 또는 동물의 뼈로 만든 것 등으로 구분할 수 있습니다. 검(劍)으로 음식을 만드는 사람은 없지만 도(刀)로는 음식을 할 정도로 우리에게 친숙한 무기입니다. 길이는 사 척 오 촌이 평범한 이들이 사용하기에 적당하며… 인간의 몸속에 내공을 모아 도에 주입하면… 그리하여…….”

수업 시간이 한 시진인데 그 한 시진도 빠듯하게 도에 대한 설명을 해 나가는 단청의 입에서 모두의 눈길이 떨어질 줄 몰랐다.

‘처음엔 저 해박한 지식에 놀라지만 좀 지나면 질리고 말 거야.’

나일이 속으로 불평을 하든 말든 단청으로서는 아직도 할 얘기가 끝나지 않았음에도 수업의 끝을 알리는 종소리가 울렸다.

단청의 말에 심취해 있던 팽만욱은 그만 하라는 손짓을 보냈다.

"대단히 훌륭하군. 오늘은 수업 종이 울려서 더 듣지 못하는 것이 아쉽군. 그런데 추천서로 들어왔나? 도전 시험 때 보지 못한 얼굴인데……."

팽만욱의 말에 단청은 정중히 감사의 표시를 보이며 겸손해했다.

"더 할 얘기가 산더미만큼 많지만 이만 하도록 하죠. 저는 이번에 문관 오전에 입관한 단청입니다."

단청의 말에 모든 이들의 입에서 경악성이 토해졌다.

진지하고 깊이있는 도(刀)에 대한 관찰력과 통찰력은 나일을 제외한 수강생들이 모두 감탄을 금치 못했는데, 그래서 당연히 도전의 관생이라 여겼건만 문관생이라니…….

그러든 말든 단청은 얼어 있는 사람들 속에서 일어나 나일을 끌고 다른 수업을 받기 위해 자리를 옮겼다.

"사형, 좀 유식한 티 그만 내면 안 돼요? 내가 창피해서 옆에 못 있겠어요."

나일이 영웅학관의 교정을 걸으며 단청에게 불만을 토해냈다.

"왜, 보기 좋잖아?"

"사형은 한 번 입을 떼면 끝이 없잖아요."

"뭐야? 오늘 내 이미지 관리한다고 겨우 한 시진만 얘기했구만."

'수업이 한 시진이니까 그것밖에 안 주절거렸지 안 그랬으면 아직도 주절대고 있을걸?'

속으로 단청에 대한 끊임없는 불만을 토로한 나일의 머리 속에 영웅삼관 시험을 보기 전에 단청이 자신에게 했던 말이 떠올랐다.

"사형이 사람들의 주목을 받으면 귀찮아진다고 했잖아요. 자꾸 그러면 사람들의 주목을 받을 거 아니겠어요."

"그거야… 이 사형의 머리 속에는 너무 방대한 지식들이 들어 있어서 그것을 가끔 끄집어내 줘야 머리 속이 차분해지거든."

"그러지 좀 마요. 옆에 있는 내가 다 창피하단 말이에요. 그럼 난 수업에 들어가지 않을 거예요."

나일의 말에 단청은 '이제부터는 줄이마' 라며 나일을 달래어 그들의 두 번째 수업이 있는 '조각 실습' 과목장으로 향했다.

이 과목은 단청이 억지로 끼워 넣은 과목으로 나일에게 큰 도를 휘두르는 것보다 작은 도를 정밀히 휘두르는 연습이 더 중요하다며 꼬셨지만 실상은 예관의 여관생이 많이 수강한다는 정보를 정성천에게 듣고는 나일을 졸라 같이 듣게 된 것이다.

북궁주희는 자신이 조각한 인형을 주머니에서 꺼내어 손으로 만져보았다.

그가 기억 속에 희미하게 떠올랐다.

이미 죽어버린 그…….

그렇지만 자신도 그를 죽였다는 죄책감에 3년 가까운 시간 동안 아직도 그의 그림자에서 헤어나지 못하고 있었다.

단지 그의 혼적을 쫓아다니며 기다리는 것이었다.

언젠가는 무덤덤해지고 잊혀질 그날을.

북궁주희는 원래 무관의 권전에 추천서를 가지고 입관한 몇 안 되는 여자 무관생이었다. 하지만 입관 후 주화입마에 들어 눈을 잃어버려 차가운 여인이란 뜻의 실안빙녀(失眼氷女)라 불리며 한동안 무관생 신분을 유지했다. 그러나 내공은 보존되었어도 두 눈이 멀어 그 당시 자신의 무공 경지가 상대방이 기척을 숨기면 꼼짝없이 패배할 수밖에 없을 만큼 보잘것없다는 생각에 예관의 잡전으로 전관하게 되었다.

무(武)를 포기한 것이나 다름없이 되었지만 조각이란 것이 자신이 그동안 익힌 무공을 다른 방식으로 변화시켜 유용하게 쓸 수 있는 것이라 여기며 그것에만 매달렸다. 이제는 그 실력이 일취월장(日就月將)하여 학관 내에서도 조각을 가르치는 예관사 박진거를 제외하고는 그녀의 조각 실력을 능가할 사람이 없을 정도로 뛰어나 '부예관사' 라는 별칭을 얻을 정도였다.

'조각 실습' 과목의 실습실을 찾은 나일은 혼자서 목각 인형을 조각하고 있는 북궁주희를 보며 하마터면 비명을 지를 뻔했다.

스스로 절벽으로 뛰어들게 만들 정도로 기억 속에 도저히 어찌해 볼 수 없는 악녀로 남아 있는 북궁주희.

죽어서 재가 된다 해도 알아볼 수 있으리라 생각하던 그 북궁주희가 조각실에 앉아 조각에 열중하고 있었다.

'틀림없어.'

나일은 북궁주희가 자신을 알아보지 못하는 게 이상해서 살피다 눈을 감은 것을 알고는 북궁주희가 눈을 뜨기 전에 이곳을 빠져나가려 발길을 돌려 문으로 향하려다 단청에게 목덜미를 잡혔다.

"야, 어디 가? 여기가 조각 실습장 맞아."

아무것도 모르는 단청은 나일이 도망가려는 것을 보고 소리쳤다.

"화장실이 급해서."

나일은 목소리를 변조하며 단청에게서 빠져나가려 했지만 어느새 종이 울려 수업이 시작된 관계로 단청에게 잡힌 나일은 구석지고 북궁주희와 멀찌감치 떨어진 곳에서 예관사 박진거의 수업에 참여하게 되었다.

"…할 수 있을 겁니다. 그리고 앞의 이 친구는 아시는 분은 알겠지만 신입관도들이 있으니 다시 한 번 소개하지요. 내 수업을 도와주고 있고 내가 가장 아끼는 제자 북궁주희요. 비록 불의의 사고로 두 눈이 보이지 않지만 북해빙궁 궁주의 딸로 무공이 고강하니 허튼짓 하다가는 죽을 만큼 맞을 거요."

박진거가 많은 사람들에게 북궁주희를 소개하자 북궁주희도 고개를 숙여 보였다.

박진거의 말에 나일은 그제야 북궁주희를 자세히 볼 수 있었다.

'휴우, 두 눈이 안 보여 다행이다. 나를 알아봤으면 꽤나 골치 아팠을 텐데… 그나저나 무슨 일을 당한 거야?'

나일은 북궁주희와 마주치지 않았다는 기쁨에 우선 신께 감사드렸다.

물론 한편으로는 '고것참 샘통이다. 나를 죽이려 들더니 벌받았다'라고 궁시렁대는 것을 잊지 않으며.

"사형, 근데 저 여자 눈은 고칠 수 있어요?"

나일은 고개를 단청에게 돌리며 물었다.

"그건 왜? 저 여자한테 관심있나? 넌 구비화라는 소저 있다며? 그 좋은 미녀들과의 동침도 거부해 놓고서는……. 하긴 저 여자가 훨씬 이쁘긴 이쁘네."

단청이 보기에도 북궁주희의 외모는 여관생들이 많이 모인 이 조각 실습실에서도 단연 발군이었다.

"흥, 내가 저런 악독한 여자를 어떻게 알아요? 그나저나 고칠 방법은 있어요?"

북궁주희에게 당했던 기억을 떠올린 나일은 단청이 북궁주희의 외모를 칭찬하자 당장에 그 성품을 거론했다.

"저 여자가 악독한지 어떤지 니가 어떻게 알아? 이거 수상한데?"

대답할 생각은 않고 단청이 딴청을 부리며 나일을 추궁해 댔다.

"허튼소리 그만 해요. 마법으로 고칠 수 있죠?"

"뭐 마법이 만병통치약이냐? 마법은 주변의 기를 이용해서 인간의 몸속에 흩트러진 기를 바로잡아 주는 것이지. 이미 죽은 것이나 잘려 나간 신체를 살릴 수는 없다고. 혹 내 몸이라면 모를까 저런 상처는 신관만이 고칠 수 있어."

단청은 일단 마법으로는 주희의 상처를 치료할 수 없다고 말했다.

"신관이 뭐죠? 대단한 것인가 보네요?"

처음 들어보는 단어였기에 나일이 어떻게 생긴 물건인지를 물었다. 만년삼왕 같은 영약으로 오인한 것이다.

"내가 살던 미르메다에서 신을 모시는 신의 대리인, 즉 신을 진심으로 섬기는 인간이다."

구할 수 있는 물건(?)이 아니라 구할 수 없는 사람이라는 말에 나일이 아쉬운 표정을 지었다.

"그럼 이 세계에는 없겠네? 그럼 사형의 의술에 기대할 수밖에 없겠군요."

"너, 정말 이상하다? 저 여자한테 진짜 관심있냐?"

또다시 단청이 추궁하려 하자 나일이 심각하게 단청을 째려보았다. 단청은 그만 하겠다는 시늉을 해 보이며 나일이 궁금해하는 것에 대한 답을 들려주었다.

"알았어. 그만 하마. 째려보지 마. 음, 어디 보자… 쯔쯔… 저 여자

의 눈은 죽어 있어. 눈 주위가 검은 것을 보니까… 아마도 무공을 익히
다 주화입마에 들었거나 강한 빛을 오랫동안 쬐어 세포가 죽은 듯하다.
지금 상태는 눈에 붙어 있는 신경들이 다 죽어버린 것이지. 저런 것은
생명을 창조하는 신만이 고칠 수 있는 것이야. 지금의 내 의술 실력으
로는 어림없지. 신경 세포라는 것이 금침보다도 천만 배는 작고 미세
한 부분이라 신경을 살릴 수는 없어. 살리려면 하나의 금침을 천만 개
로 나눈 두께의 금침으로 신경을 건드려야 하지만 그런 게 있을 턱이
없으니 방법은 다른 사람의 눈을 옮겨다 이식하는 것뿐이다. 지금 내
의술이라면 충분히 가능하기는 하지. 근데 누가 눈을 주려 하겠냐?'
　단청이 말을 끝내자 나일은 북궁주희를 보며 속으로 혀를 끌끌 찼
다.
　'에구, 나쁜 짓만 하더니 불쌍하게 됐구나.'
　북궁주희는 수업 시작 전부터 조각하기 시작한 목각 인형을 예관사
박진거가 내민 손에 쥐어주었다.
　"주목!"
　모든 학생이 집중하자 박진거가 자신의 손을 활짝 펴 보였다.
　"자, 봐! 놀랍지, 이렇듯 살아 움직이는 듯한 모습이?"
　박진거는 북궁주희가 조각한 목각 인형을 들어 보이며 학생들에게
이 목각 인형이 살아 움직여 보이는 요소들을 짚어주었다.
　"…이렇게 두 가지의 요소가 있고 셋째로 눈가의 잔주름, 이것도 하
나의 생동감을 주는 요소야. 조그만 것에도 온 신경을 집중해야 해."
　"저거 너잖아."
　단청이 소리 죽여서 나일에게 박진거가 들고서 설명하는 목각 인형
을 가리켰다.

"어? 정말 나랑 비슷하네?"

나일도 동의하며 박진거가 설명하는 목각 인형을 자세히 살펴보기 시작했다.

"야, 너 저 여자랑 예전에 무슨 관계였는지 솔직히 불어."

나지막하게 주먹을 보이며 단청이 묻자 나일은 어쩔 수 없다는 표정을 지으며 자신과 북궁주희와의 사이에 벌어졌던 일들을 전음으로 대충 둘러댔다.

땡땡땡!

수업이 끝나는 것을 알려주는 종소리에 재빨리 나일이 일어서자 단청도 그런 나일을 따라 황급히 실습실을 빠져나왔다.

"이해가 안 가네. 니 말대로라면 저 여자는 너한테 철천지원수나 마찬가지라는 것인데… 왜 저런 목각 인형을 조각한 것이지?"

단청의 말에 공감한 듯 나일도 곰곰이 생각에 잠겼다가 수긍할 만한 이유를 찾았는지 단청을 향해 입을 열었다.

"그런 거 아닐까요? 고대 주술이나 멸망한 모산파나 혈교 같은 곳에서 성행했던 거 있잖아요. 원한이 있는 사람을 본따 짚이나 헝겊으로 인형을 만들어서 심장에 비수를 꽂아 넣으며 저주하는 것 같은……. 맞아요. 그 계집이 얼마나 악독한지… 휴우, 예전에 저 얼굴로 웃으면서 사람을 패곤 했는데 생각만 해도 끔찍하다구요. 마치 사형같이."

퍽퍽!

"그럼 내가 악독하단 말이야?"

단청의 말에 '그럼 자신이 악독하고 사람을 얼마나 괴롭히는지 모른단 말이에요' 라는 말이 목구멍까지 나왔다 들어간 나일이 실실 쪼갰다.

“아니죠. 사형은 저 잘되고 올바로 되라고 교육상 그런 것이고 그 여자와는 차원이 다르죠.”

그 말에 기분이 풀린 단청은 잠시 북궁주희가 나일의 모습을 조각한 이유를 생각하다가 이내 고개를 저으며 말했다.

“원한 같은 것은 아닌 것 같아. 이미 니가 죽은 줄 안다면서 그럴 리가 있냐? 원래 상대가 죽으면 그런 방법도 사용하지 않는다구. 내 생각엔 죽은 사람을 추모한다는 의미면 몰라도……. 맞다, 혹시 자신이 저지른 일을 뉘우치며 추모한다는 목적으로 만든 거 아닐까?”

단청의 말에 나일도 어쩌면 그럴지 모른다는 생각으로 고개를 끄덕여 보이고는 점심을 먹기 위해 식당으로 향했다.

영웅학관에는 관도의 수가 워낙 많은지라 식당과 휴게실이 곳곳에 있었는데 나일과 단청은 사람들이 붐비는 강의실 옆과 기숙사의 식당을 전전하다 식물원이 보이는 식당이 한산한 것을 보고는 그곳으로 들어갔다.

“저기… 아까 그 여자다.”

단청이 북궁주희를 발견하고는 다시 나가려는 나일의 목덜미를 잡아채며 은근한 어조로 말했다.

“사제야, 어차피 저 여자의 눈이 보이지 않으니 이 참에 원한이냐, 추모냐의 궁금증을 풀어보자. 내가 원래 호기심에 약하거든. 너는 가만히 있거라, 내가 다 알아서 할게.”

단청의 말에 나일도 곁에서 아무 말 없이 지켜보는 것 정도야 괜찮으리라 여기며 혼자 앉아 있는 북궁주희의 식탁으로 식사를 타가지고 가서 앉았다.

“합석해도 되겠소?”

이미 앉아놓고는 느끼하게 단청이 묻자 북궁주희가 고개를 끄덕여 보였다.

"이번에 입관한 신입관생인데 소저는 어느 관 소속이오?"

전형적인 여자 꼬시기의 대사를 뱉는 단청의 음성을 들으며 북궁주희는 어이가 없기도 하고 자신이 눈이 안 보여서 그러는 거란 생각에 슬그머니 노기도 치밀기 시작했다.

"흠흠… 말수가 적은 소저시구려."

단청의 말에도 가타부타 아무런 행동도 하지 않았던 북궁주희였지만 단청의 이어진 다음 말에는 소리를 버럭 질렀다.

"아까 수업 때 보니 인형이 남자 같은데 혹시 사모하는 사람이오?"

"조용히 하고 밥이나 처먹어라."

북궁주희는 싸늘하게 내뱉고는 아직 다 먹지 않은 소면을 들고는 그 식당이 익숙한 듯 식판을 버리는 곳으로 주저없이 걸어가서 식판을 일하는 아줌마에게 건네고 식당을 나가 버렸다.

"야, 과연 네 말대로 무서운 여자다."

단청의 말에 지금껏 숨도 크게 쉬지 못하고 입으로 먹는지 코로 먹는지 모르게 온 신경을 북궁주희에게 쓰고 있던 나일이 투덜댔다.

"밥 먹다 체할 뻔했잖아요, 정말."

나일의 말에도 아랑곳하지 않고 단청은 얼굴에 비장한 기색을 띠며 단정적인 어조로 나일에게 말했다.

"내가 보기에 저 여자는 너를 아마도 무척이나 싫어하는 듯하다. 아니야, 아니야. 여자의 강한 부정은 또한 강한 긍정이라는 말도 있는데… 몇 가지 실험이 더 필요한 듯하군. 하지만… 이건 확실해. 그 인형이 바로 너라는 것 말이다."

　나일과 단청은 그 문제로 내내 토닥거리며 밥을 먹고는 기숙사로 향했다.

　영웅학관은 개학한 한 달 동안은 수업이 오전에만 있고 오후에는 자유로이 자신이 하고 싶은 것들을 할 수 있는 시간을 주었다. 그러나 이곳의 분위기를 알고 있는 신입관생이나 고학년들은 학관 내의 도서관이나 영웅학관 곳곳에 세워진 서른 개의 연무장에서 자신의 발전을 위해 피땀 흘렸고, 그것은 강의가 아니다 뿐이지 자유 시간이 아닌 수업 시간이나 마찬가지였다. 그렇지만 신입관생 대부분은 자유 시간이라는 것은 수업이 아닌 휴식할 수 있는 시간으로 생각하고 있었기 때문에 자신의 짐을 정리하거나 앞으로의 계획을 세우기 위해 기숙사로 향했다. 나일은 자신과 단청의 밀린 빨래를 하기 위해서, 그리고 단청은 밀린 잠을 잔다는 이유로 기숙사로 향하면서 영웅학관에서의 첫날이 지나가고 있었다.

제20장

구비화의 회상

영웅학관에 온 둘째 날 아침.

일어나자마자 구비화는 이미 세뇌당한 자신의 손거울에 다시 한 번 자기 암시(自己暗示)를 걸어 보이는 끊임없는 중세를 과시했다.

일어나서는 평소보다도 더 치장에 신경 쓰는 듯 반 시진가량이면 마치던 화장도 늘 쓰던 볼연지 대신 오늘을 위해 준비한 서역(西域) 특산의 은은한 붉은빛을 내는 연지를 찍어 바르다 지우고 다시 찍어 발랐다. 입술 연지도 고려(高麗)에서 가져온 앵두보다 더 달콤하게 보이는 연지를 사용했으며 구하기 힘들어서 자주 쓰지 못했던 사향 가루도 온 몸에 넉넉하게 발랐다. 그럼에도 아직도 마음에 들지 않는 곳이 있는 지 지금 막 깨어나 화장을 서두르는 같은 방 동료인 검전의 연하선에 게 어색한 부분이 없는지를 꼬치꼬치 물어가며 치장에 정성을 다했다.

그리고 오늘의 첫번째 수업인 바둑을 가르치는 기학 수업(棋學修業)

을 듣기 위해 기학 강의실로 발걸음을 옮겨가면서도 소나무에게 자신이 이쁘냐고 묻고 혼자 대답하고, 발에 걸린 돌을 보며 돌도 '이쁜 건 알아차리고 내 앞을 가로막는다' 고 일침을 가하고, 다른 누군가 자신 쪽으로 걸어오면 자기에게 반해서 그런 거라 혼자 제멋대로 생각하며 강의실로 향했다.

'있다.'

구비화는 자신의 예상대로 연왕의 둘째 아들이자 영웅학관 삼 년 차이며 학관 내에서 무정왕룡(無情王龍)이라 불리는 주연발을 쳐다보았다.

주연발, 그를 알게 된 지 벌써 삼 년 가까이 되었다.

구비화가 영웅학관에 입관한 이유도 거의 십 중 팔은 무정왕룡 주윤발에게 있다 할 수 있다.

홍무제의 넷째 아들인 연왕의 둘째 아들이라는 든든한 배경과 잘생긴 용모, 그리고 여인들에게 냉랭하게 대하는 태도 등으로 인해 그는 남경(南京)에 있을 때부터 이미 무정공자라 불렸고 영웅학관에 와서는 영웅칠룡(英雄七龍) 중 하나인 무정왕룡이라 불리는 이가 바로 이 주연발이었다.

구비화는 아직도 주연발을 만났던 그날을 기억하고 있었다. 세가에 연왕 주태가 방문하여 가주인 그녀의 아버지 구화남과 그림에 대한 대화를 나누고 있을 때 그날도 그녀는 정원에서 꽃들에게 세뇌를 시키고 있었다.

"평안화(平安花)야, 여루화(餘樓花)야, 너희들도 내가 부럽니?"

아무런 대답 없이 있는 꽃들을 보면서도 잘도 주절대는 구비화였다.

"그렇지만 너무 부러워할 필요는 없어. 너희들도 너희 나름대로 나보다는 못하지만 아름다운 꽃들이야. 너희들도 이쁜 꽃이라는 자부심을 가져도 돼."

"지랄하네."

꽃들에게 자신의 병을 드러내고 있던 때에 들려오는 냉소적인 말은 구비화의 가슴을 후벼 파기에 충분했다.

옥이야 금이야 귀하게 커온 구비화가 자신의 집에서 벌어진 이 일을 참을 수 있겠는가?

"넌 뭐야?"

대뜸 반말을 하며 고개를 말소리가 들린 곳으로 돌린 비화는 자신을 바라보고 있는 미남자의 눈길을 받고 갑자기 부끄러운 감정이 들었다.

어딘지 모르게 차가운 분위기를 풍기지만 얼굴만큼은 이보다 더 잘 생길 수 없다고 여길 만큼 단아하고 몸에 걸친 청의는 기품이 흘렀다. 그렇지만 구비화는 공주병이 하루이틀 사이에 생긴 것이 아닌지라 금세 성질을 죽이지 않고 사내의 정면에 서서는 두 눈을 부릅떠 보였다.

"넌 나보다 예쁘고 아름다운 사람을 본 적이 있단 말이야?"

구비화의 말에 당황한 것은 오히려 주연발이었다.

'뭐 이렇게 심한 공주병이 다 있지?'

속으론 경악을 금치 못했지만 더욱 삐딱하고 차가운 말을 내뱉어 버리는 주연발이었다.

"너는 네가 이쁘다고 생각하냐?"

"세상에 나보다 이쁜 사람이 어딨냐?"

주연발의 말에 즉각 대답하며 구비화는 품속에서 작은 거울을 꺼내어 자신의 얼굴을 보고는 혼잣말을 했다.

"가끔은 거울 속에 빠지고 싶단 말이야."

"……."

일단은 어처구니없고, 황당하고, 그리고 놀라울 정도로 너무 심한 병이라는 생각이 들어 이 자리를 피하고 싶은 마음에 주윤발도 혼잣말을 하며 발길을 돌렸다.

"미쳤구나."

잠시 거울을 뚫어져라 보며 여러 가지 표정을 지어 보이던 구비화가 그 말을 들었는지 대뜸 손바닥을 주연발의 얼굴에 날렸다.

"내가 미쳤다구? 뭐 이런 자식이 다 있어?"

그러나 어려서부터 연왕부에서 문(文)과 무(武)를 익혀온 주연발에게 구비화의 손짓은 부질없는 행동이었다.

그리고 주연발은 이내 객관적으로 볼 때 최고의 미녀는 아니라도 이쁜 편에 속하는 구비화의 손을 잡은 채로 그녀의 얼굴에 적당한 힘을 실어 귀싸대기를 날렸다.

"이게 어디서 감히!"

찰싹!

구비화가 언제 이런 모욕을 당해봤는가?

아버지도 매를 들지 않고 키운 자식이 바로 자신인데 자신의 집에서 아버지도 아닌 다른 사람에게 태어나서 처음으로 귀싸대기를 맞자 그만 자리에 털썩 주저앉아 엉엉 울기 시작했다.

"엉엉… 아빠… 엉엉……."

순식간에 구비화를 때리기는 했지만, 상대방이 먼저 자신에게 폭력을 행사하려 해서 징벌의 의미로 살짝 때렸건만 구비화가 그 자리에 주저앉아 울어버리자 어찌해야 좋을지 난감해하며 주연발은 구비화의 울음을 멈추게 하려고 했다.

"뚝! 더 맞을 테냐? 니가 먼저 나를 때리려고 해서 그 징계로 살짝 때린 거 아냐?"

주연발의 말에 더욱 서러워진 구비화는 이제 아예 대성통곡(大聲痛哭)을 했다.

"엉엉!"

"조용히 해!"

주연발은 재빨리 구비화의 입을 막으며 한 가지 제안을 했다.

"쉿! 좋다. 그럼 너도 나를 때려. 그럼 되지?"

주연발의 말에 구비화는 자신의 입을 막은 손을 떼어내려고 발버둥을 쳤다.

급기야 구비화의 얼굴이 창백해지자 주연발은 그제야 자신의 손이 구비화의 입과 코를 모두 막아 그녀가 숨을 쉴 수 없다는 것을 깨달았다.

"푸우~ 푸우~"

거친 숨을 몰아쉬며 구비화는 다시 울음보를 터뜨리려다 다가온 주연발의 손을 보며 대성통곡하려는 자세를 멈추었다.

"나를 한 대 치고 대신 울지 마."

그제야 주연발의 말을 들은 구비화는 멍한 표정으로 자신도 모르게 말 잘 듣는 아이처럼 고개를 끄덕였다.

짜아아악!

기력을 모두 모아 친 구비화의 손길이 얼마나 매서웠는지 주연발은 자신도 모르게 맞은 왼쪽 뺨을 어루만졌다.

"휴우, 이제 우린 서로에게 빚이 없다."

"아니, 아직도 난 억울한데?"

"한 대 맞고 한 대 때렸잖아."

"넌 남자고 나는 여잔데 그게 어떻게 똑같아?"

"그럼 어떻게 하면 속이 시원한데?"

잠시 구비화는 무엇을 요구할까 고민했다.

"우선은 사과하고 이렇게 말해 줘."

"뭐라고?"

"당신이 세상에서 제. 일. 이쁩니다."

구비화의 제안은 가히 엽기적이었다.

"그건 도저히 못하겠다."

그렇게 세게 때리고도 아직 자신이 손해를 보고 있다 느끼고 감당할 수 없는 대사를 요구하는 비화의 말을 씹으며 주연발은 발길을 돌려 자신이 왔던 길로 되돌아갔다.

"야, 이 나쁜 자식아! 나처럼 이쁜 여자를 때리고 도망가냐?"

구비화는 주연발의 등 뒤로 소리쳤다.

짧은 만남이었지만 주연발의 모습은 구비화의 가슴 깊이 들어왔다.

저녁 식사 때에야 구비화는 그가 연왕의 둘째 아들인 주연발로 영웅학관에 들기 위해 아버지 연왕과 함께 세가를 찾았다는 사실을 알게 되었다. 그리고 그의 모습이 자신의 가슴에서 영원히 지워지지 않을 것 같다는 예감이 들었다.

기학 강의실에 들어온 이후부터 구비화의 눈길은 온통 무정왕룡 주연발의 모습에서 떠나지를 않았다. 그래서 나일이 자신을 발견하고 옆으로 다가오는 것도 모르고 있었다.

"구비화, 이 과목 듣니? 나도 이 과목 듣는데 일 년 동안 볼 수 있겠다. 반가워."

영웅학관의 교과목은 일 년 동안 이어진다. 3월에 시작해서 11월에 끝나는 동안 매주 이어지기 때문에 구비화의 얼굴을 매주 볼 수 있다는 생각에 나일은 기분 좋은 표정이 저절로 지어지고 있었다.

"어, 나일이구나? 반갑다. 합격했나 보구나?"

구비화는 주연발을 쳐다보다 갑자기 들려온 목소리에 고개를 돌려 나일을 보고는 건성으로 대답했다.

"물론. 그 정도 시험이야 나에게는 문제가 안 되지."

나일은 어깨에 힘을 주며 자신만만한 몸짓을 보였다.

"옆에 앉아도 될까?"

다시 주연발에게 고개를 돌리려는 찰나 들려온 나일의 목소리가 너무 느끼하게 느껴져 구비화는 나일을 째려보았다.

'흥! 이쁜 건 알아가지고. 그래 봤자 산적 조카인 주제에… 연왕 전하의 둘째 왕자 주연발님을 사랑하는 나를 어찌해 볼라구?'

구비화는 인상을 찌푸렸다.

"안 되겠는걸. 옆 자리에 앉을 사람이 있거든."

사실 강의실 자리야 아무나 앉을 수 있는 것이지만 나일은 일부러 가까워지고 싶은 마음에 예의상 구비화에게 물었던 것인데 냉정하게 말하는 구비화를 보며 아직은 '때가 아니다' 생각하고 조용히 물러나 뒤에 앉았다.

'설마 진짜로 그 약속을 잊은 건가? 영웅학관에 입관하면 나를 다르게 보겠다는 것.'

문득 슬퍼지려는 나일을 두고 구비화는 속으로 욕을 해댔다.

'저게 내 뒤에 앉네? 이 뛰어난 미모를 수업 시간 내내 훔쳐보려구? 좋다, 맘대로 훔쳐봐라. 대신 나한테 허튼수작 걸면 죽을 각오 하고.'

속으로 이런 말들을 하며 구비화는 주연발의 뒷모습에 고개를 고정시켰다.

'누군가 나를 보고 있다.'

살기, 그런 것은 아니다.

다만 나의 행동 하나하나를 관찰한다는 느낌인데…….

누굴까?

고개를 돌려 확인해 볼까?

주연발은 자신을 바라보고 있는 그 존재를 확인하려 고개를 뒤로 돌렸다.

'어? 저 소녀는 공주병 말기의 미친 소저?'

속으로 헛바람을 집어삼키며 경악해하는 주연발의 눈동자와 마주치자 주연발의 놀라는 표정을 하나하나 관찰한 구비화는 득의의 웃음과 함께 한쪽 눈을 찡긋했다.

'내 얼굴을 아직도 기억하고 있는 거야? 하긴 이 같은 미모는 흔치 않으니까 나를 보고 반했거나 아직도 나를 기억하기에 좋아서 저런 표정이 나왔을 거야.'

'어? 저 소녀는 아직도 미쳐 있구나. 헉! 한쪽 눈을 찡그리다니, 도대체 무슨 생각인 건지……. 아직도 그때 일을 기억하고 앙심을 품고 있다는 것인가? 사내가 여자와 다투는 것은 좋지 않은데……. 학관에서 지금껏 내가 쌓아온 모습도 있고… 여자가 한을 품으면 오뉴월에도 서리가 내린다던데 그때 일을 잊지 않고 여기까지 나를 쫓아온 건가? 우선은 웃어주자. 설마 웃는 얼굴에 침을 뱉겠는가?'

구비화의 추파에 주연발이 웃음을 짓자 구비화는 주위를 둘러보고는 수업 끝나고 여기서 만나자는 손짓을 보냈다.

'웃는 얼굴에 침 못 뱉는다 했건만 기어코 저 소녀는 나를 핍박하려는구나. 뭐야, 할 말이 있으니 따로 만나자는 뜻인가? 휴우, 영웅학관에서 쌓아 올린 나의 명성이 망가지겠구나. 어떡해서든지 최선을 다해 도망쳐야지.'

주연발의 생각도 모른 채 구비화는 거울을 꺼내 자신의 모습을 한참 바라보고는 기학을 가르치는 관사 홍형석이 들어오자 수업에 열중한 듯한 진지한 표정을 보였으나 속으론 딴생각에 빠져 있었다.

"가가, 나 잡아보아요."

"저 연약하고 선녀같이 아름다운 모습이 어찌 그리도 잘 달린단 말이오?"

"그래도 나 잡아봐요. 그럼 이렇게 이쁜 제가 뽀뽀라도 해줄지 누가 알겠어요?"

"그럼 나도 최선을 다해 잡겠소."

주연발이 자신을 잡기 위해 다가오자 구비화는 사뿐사뿐 달리며 큰 느티나무 아래로 들어갔다.

나무의 수명이 얼마나 오래됐는지 보통 나무 굵기의 백 배 정도는 되어 보이는 밑둥을 돌며 구비화는 연신 웃음을 지은 채 주연발에게 자신을 잡으라고 손짓했다.

주연발은 도저히 잡지 못하겠다는 표정을 지어 보인 후 환한 미소를 지어 보였다.

"세상에서 가장 아름다운 나의 여인, 난 오직 당신만을 위해 살겠소.

그러니 그만 멈춰 서는 게 어떻겠소?”

주연발의 말에 얼굴이 빨개진 구비화는 그 말을 못 들은 척 천천히 고개를 숙이며 되물었다.

“뭐라구요? 못 들었어요.”

주연발은 구비화가 달리기를 멈추고 자신을 향해 멈춰 있자 눈부신 미소를 뿌리며 두 팔을 벌려서 구비화에게 다가가며 말했다.

“황명(皇命)이라오. 당신은 이제 내 품에 안겨 한평생을 나와 함께 행복하게…….”

쉬잉~

구비화는 자신의 머리를 살짝 강타한 무언가에 의해 두 눈을 떴다.

“하하하!”

“크흐흐!”

“호호호!”

“헤헤헤!”

여기저기서 웃음을 터뜨리자 그제야 자신이 졸고 있었다는 사실을 인식하고는 예관사 홍형석을 쳐다봤다.

“수업 시작한 지 이제 반 각인데 벌써 졸다니 너무하다고 생각하지 않는가?”

예관사의 상징인 황의를 걸친 홍형석이 구비화를 꾸짖자 구비화는 어쩔 줄 모르는 표정을 지었다.

“이게 뭐야, 창피하게? 그것도 무정왕룡 주연발님이 보고 계신데…….”

이런 구비화의 생각을 읽은 것인가?

무정왕룡 주연발은 홍형석을 향해 손을 번쩍 들어 질문이 있음을 알려 사람들의 시선을 자신에게 향하게 했다.

"포석에서 우주류(宇宙流)를 취해서 얻는 이득은 무엇무엇입니까?"

주연발의 질문에 홍형석의 답변이 이어지자 사람들의 관심이 그쪽으로 쏠렸다.

구비화는 자신의 가슴을 쓸어 내렸다.

'휴우, 주 공자께서 나를 위해 일부러 질문을 던지시다니, 역시 오래 전부터 공자도 나를 사모하고 계셨던 것이 틀림없어.'

'에구, 이게 무슨 짓이냐, 저 소녀를 도와주려 하다니? 하긴 이렇게라도 해서 나한테 미안함을 느낀다면 나한테 심하고 모질게 대하지는 않겠지.'

구비화의 내심을 모른 채 주연발의 안색은 조금 펴졌다.

한편 구비화의 뒤 구석진 곳에 자리를 잡고 구비화를 훔쳐보다 잠이 든 나일과 지리와 사제를 이용한 엄폐물을 두고 교묘한 각도에서 잠이 든 단청은 수업 끝나는 종이 치자마자 책을 들고는 쏜살같이 뛰쳐나왔다.

습관처럼.

그리고 범상치 않은 구비화의 눈길을 알아챈 무정왕룡 주연발도 나일과 단청 못지않는 속도로 도망쳤다.

*　　　*　　　*

많은 사람들이 모여 있는 대청 안에 누군가 들어섰다.

그 순간 대청 안의 모든 인물들이 기립해서 그를 맞았다.

여우 중에서도 흰빛 나는 것. 그 여우 천 마리의 몸에서 가장 부드러운 부분 한 줌씩을 떼 만들어 춘추 전국 시대 맹상군이 가지고 있었다는 보물인 호백구(狐白裘)를 걸치고 황금색 가면을 쓴 복면인이 태사의에 앉자 주위의 공기는 더욱 긴장에 휩싸였다.

그 복면인이 장내를 둘러보며 입을 열었다.

"본좌가 감히 그분을 능가할 수는 없지만 이제 그분에게 지지 않을 자신이 있다. 이제 우리의 대륙 제패가 시작될 것이다."

낮지만 위엄이 가득하고 자신감이 담겨 있는 그 말에 장내에 있는 모든 이들이 일어나 그를 위해 준비한 구령들을 외쳤다.

"군림천하(君臨天下), 마교일통(魔敎一統), 유아독존(唯我獨尊)!!"

그 복면인이 고개를 끄떡이며 흡족한 표정으로 손을 치켜들자 모두 자리에 앉았다. 그리고 복면인의 옆에 있던 백건에 부채를 든 범상치 않는 기도를 가진 중년인이 일어나 복면인의 앞에서 부복했다.

"그들이 움직이기 시작했습니다."

"그들이 움직였다고? 그렇다면 그분은?"

"그분은 여전히 폐관에서 나오지 않으실 생각인 듯합니다."

"그렇단 말이지? 그럼 누가 움직였는가?"

"화악대만이 은밀히 움직였다고 합니다. 그리고 그들은 무엇인가를 찾는 듯했답니다."

복면인은 시종 담담한 목소리를 내다 한순간 침묵했다.

"그것이 무엇인가? 곤명검(鯤命劍)은 아니겠지?"

조금 흥분한 어조의 물음에 중년인은 고개를 저었다.

"그것은 아닌 듯합니다. 그들은 다만 북경으로 가는 길목을 막은 채 사람을 찾는 듯했답니다."

"그래?"

복면인은 다시 담담히 태사의에 몸을 깊숙이 숨겼다.

"그리고……."

"그리고 또 내가 폐관에 든 후 무슨 일이 있었는가?"

"곤명검이 얼마 전 울었습니다."

"그런 일이 있었단 말이냐?"

"그러하옵니다. 약 이 개월 전부터 울기 시작했습니다. 그리고 아직도 그 울음이 미세하게나마 남아 있습니다."

'곤명검 속에는 상상도 할 수 없는 힘이 숨어 있다고 하는데 그것이 사실이란 말인가?'

복면인은 생각에 잠겨 있다가 천천히 다시 말을 이었다.

"이것은 가볍게 치부될 수 없는 문제야. 우리 교의 역사서에 의하면 초대 교주이신 천마님께서 그곳에 무엇인가를 봉인하셨다고 했는데……. 곤명검을 가지고 오게. 그리고 사제에게 이제 우리 교의 오천 년 숙원을 이루도록 움직이라고 전하게."

"존명(尊命)!"

복면인이 손을 다시 높이 치켜 올리고 일어서자 장내에 있는 모든 인원이 일어나서는 한 목소리로 외쳤다.

"만세, 만세, 만만세, 마교무적(魔敎無敵)!"

대륙의 황제만이 앉을 수 있다는 용의 문양이 들어간 의자에 앉은 육십 대의 건장한 노인이 누군가와 이야기를 하고 있었다.

"사형이 드디어 폐관을 끝마치셨다고?"

"그렇사옵니다. 이제 저희도 움직여야 할 때이옵니다."

"그럼 움직여야지. 황제의 자리는 나에게 어울릴 자리였어."

노인은 눈을 지그시 감으며 회상에 잠긴 듯 한참을 움직이지 않더니 한순간 눈에서 정광을 발하며 말했다.

"그 아이가 여자인 것은 확실한가?"

"궁 안 몇몇 간자(間者)들에게서 여자인 것을 확인하는 움직일 수 없는 증거를 확보했습니다."

"그래, 우리에게 좋은 징조군. 좋아, 이제 멀지 않았군. 그래, 앞으로 3년, 그 안에 내가 이 대륙의 주인이 될 것이네."

노인은 다시 눈을 감으며 깊은 상념에 빠져들었다.

*   *   *

당민삼은 방에서 혼자서 그림을 그리고 있었다.

세필에 젖은 먹물로 하나하나 세심하게 공을 들여 그려가는 하나의 사람.

아직 완성되지 않아서 그런지 모호하게 보이는 그림 속의 인물에 가냘픈 목 선을 집어넣고 있었다. 그때 방문이 열리는 소리를 들은 당민삼은 재빨리 자신이 그리던 그림을 접어 숨기고는 암기의 명가인 당가의 자손답게 빠른 손동작으로 난초를 그리던 다른 화선지를 펼치고는 재빨리 노루의 털로 만든 장액필(獐腋筆)을 들었다.

"당민삼이, 뭐 하는가?"

당민삼의 같은 방 동료인 이동혁은 방에 들어와서 붓을 들고 난초를 치는 당민삼에게 싱글벙글대며 물었다.

"보면 모르는가? 지금 난을 치고 있는 중이네. 그런데 자네는 무슨 좋은 일이라도 있는가?”

얼른 이동혁의 관심을 다른 곳으로 돌리려고 당민삼이 질문했다.

“암, 좋은 일이 있지. 그렇구 말구. 유가장의 선애 소저가 내 고백을 받아주었다네.”

이동혁은 입이 찢어져라 웃어 젖히며 당민삼의 속을 긁었다.

“그나저나 자네는 언제쯤 사랑을 시작할 텐가?”

그 말에 당민삼은 붓을 놓고는 이동혁을 쳐다보면서 아무 말 없이 웃어 보였다.

“자네 정도라면 수많은 여인들이 줄줄이 따를 텐데… 아니, 자네를 흠모하는 여인들의 숫자가 부지기수(不知其數)이지 않은가?”

이동혁의 말에 다시 살짝 미소를 지어 보인 당민삼이 고개를 숙이며 속삭였다.

“계속해 보게.”

“얼굴이야 학관 내에서도 손가락에 꼽히는 데다 자네는 바른 성품과 뛰어난 무공 실력까지 갖추고 있지 않은가?”

“그렇지. 그래서 내 별명이 천안군룡(天眼君龍)이지 않은가?”

이동혁의 말에 당민삼은 맞장구치며 은근히 자기 자신을 치켜세웠다.

“거기다 오대세가 중 사천의 호랑이라는 당문의 자식이고 대인 관계 역시 원만하지 않은가?”

“그래, 자네는 역시 나를 잘 파악하는군.”

당민삼은 이동혁의 말이 흡족하다는 표정을 지어 보였다.

“그런데…….”

이동혁의 말이 이어지지 않자 궁금한 당민삼이 고개를 치켜들었다.

“그런데… 무엇 말인가?”

이동혁은 그런 당민삼을 뚫어져라 쳐다보며 확신이 담긴 어조로 말했다.

“자네는 변했다네. 예전 같으면 내가 이렇게 치켜세우면 겸손한 태도를 보였는데 지금은 악에 물들었다고 해야 하나, 세속에 물들었다고 해야 하나? 아무튼 그렇게 변했다네.”

“나쁜 뜻인가?”

안색이 변하며 굳은 어조로 묻는 당민삼을 보며 이동혁은 너털웃음을 터뜨렸다.

“하하하, 아직 순수함이 남아 있었군, 겨우 이 정도에 안색이 변하다니. 나는 지금이 적당하다고 생각한다네. 지금의 자네는 내가 거리감을 갖고 대하기에는 너무나 친근하다네. 오히려 예전보다 지금이 훨씬 보기 좋다네.”

이동혁이 기분 좋게 웃음을 터뜨리자 당민삼도 마주 보며 웃어 젖혔다.

“하하하!”

이동혁이 나간 후에 당민삼은 자신의 품에 접어두었던 화선지를 꺼내어 그림을 완성하기 위해서 세필로 붓을 바꿔 들고는 힘주어 서서히 조심스럽게 붓을 놀렸다.

마침내 붓을 벼루에 내려놓은 당민삼은 자신이 그린 화선지의 인물을 보며 말했다.

“이언지 소저, 이번에 기필코 영웅무제에서 우승한 후 당신에게 고백하겠소. 나만의 소저가 되어달라고.”

당민삼이 이언지를 만난 것은 정확히 일 년 전이었다.

이동혁의 쌍둥이 누나로서 문관의 정전에 입관한 이언지가 같이 입관한 동생 이동혁과 식사를 하거나 공부할 때가 많았기에 이동혁과 한 방을 쓰게 됐던 당민삼은 자연스레 그들과 친해질 수 있었다.

친한 다음에는 끌리게 되고 결국에는 사랑이라 했던가? 어느 틈엔가 당민삼은 이언지를 좋아하게 되었다.

이언지는 영웅학관에서 꼽는 영웅오미인(英雄五美人)에 당당히 들어가는 여인으로서 수많은 남자 관도들을 뿌리치고 늘 혼자서 공부에만 파고드는 책벌레이기도 했다.

늘 손에서 책이 떨어지지 않는다 해서 서미인(書美人)으로 불리기도 하는데 입관한 지 육 개월 만에 붙여진 별명이었다. 당민삼도 입관한 후에 첫 영웅무제에서 준결승전에 올랐지만 당시에는 영웅칠룡에 들지 못한 기재였기에 어쩐지 그녀 앞에만 서면 작아지는 듯한 느낌이 들었다.

그때마다 고백하려는 마음이 사그라드는 것은 어쩔 수 없었다.

한 번은 이동혁이 당민삼과 이언지, 그리고 이언지와 한 방을 쓰는 유가장의 유선애 소저와 함께 저녁 식사를 하면서 왜 많은 남자들의 구애를 거절하느냐고 물었다.

그녀의 대답은 간단했다.

"마음에 드는 사람이 없어서."

"누나는 그럼 어떤 남자가 이상형인데?"

"어… 우선은 밝고… 여유있고… 강한 남자가 좋아."

그때까지 정인군자의 길을 걷던 당민삼의 성격은 하루아침에 바뀌지기 시작했다.

아니, 이언지의 이상형에 가깝게 되려고 노력했다.

여유있고 밝은 것은 자신과는 조금 먼 성격이었지만 그렇게 변하려 했고 강해지려고 밤낮을 가리지 않고 수련했다. 그렇게 자신을 변화시켜서 마침내 영웅칠룡의 한자리를 일학년의 신분으로 차지할 수 있게 되었다. 그 자리를 이렇게 빨리 차지할 수 있었던 것은 이언지의 공이 절대적이라고 여기는 당민삼이었다.

그런데…

이동혁이 어느 날 들고 온 소식에 의하면 그녀가 누군가를 좋아하는 듯하다고 한다.

청천벽력(靑天霹靂)! 당민삼은 생애에 그렇게 절망스러운 말을 들어 본 적이 없는 듯했다.

'누굴까? 그 행운의 사나이가 누구란 말인가?

수십 번 고민하고 번민하며 가슴 아파한 당민삼이었다.

'그래, 그녀의 행복을 멀리서 빌어주자.'

당민삼은 그렇게 마음을 먹고 이동혁이 이언지와 약속이 있는 날이나 우연히라도 학관 내에서 이언지와 마주치게 되면 급히 길을 피하거나 급한 볼일이 있다는 핑계로 그녀를 피하며 자신의 아픈 상처를 치료해 나갔다. 그러던 중 방학이 되자 대다수의 관도들이 학관 내에 남아 자신의 공부를 정진하는데도 일찌감치 짐을 싸서 집에서 방학을 보낸 후 기숙사로 돌아왔다.

그리고 다시 새 학기가 시작되던 날 시무룩한 표정으로 자신을 반기는 이동혁에게 무슨 걱정거리가 있느냐고 묻자 이동혁은 이언지가 짝사랑에 실패한 듯하다고 말했다. 순간 기쁨과 아픔이 교차되는 감정을 느끼며 당민삼은 다시 한 번 계기를 만들어 이언지에게 고백하려 마음먹었고, 그 계기가 바로 이 영웅무제이다.

영웅무제(英雄武祭).

영웅무제는 영웅학관 무관에 든 관생들의 대표인 관생무관장(冠生武館長)을 뽑는 독특한 비무대회이다. 무(武)라는 것이 그 자신의 모든 것을 드러내는 것이라 여기는 무관생들만의 사고방식 때문에 이 영웅무제의 우승자는 다음 해에 열리는 영웅무제의 결승전이 끝날 때까지 관생무관장으로서 무관 내의 모든 행사와 영웅학관이 마교나 그 외의 세력에 위협을 받게 되는 등의 유사시 무관생들의 대표자로서 모든 무관생을 이끌게 된다.

단 이 영웅무제의 참가 자격은 영웅학관의 모든 이들이지만 우승자가 차지하는 관생무관장의 자리는 이 년차 이상의 무관생만이 될 수 있다.

사실 끝에 붙인 조건은 쓸모없는 것이라 여기겠지만 이유가 있었다.

이십 년 전에 영웅학관에 벌어진 영웅무제에서 그해에 입관한 소림(少林)의 천명이라는 관생이 모든 이들을 물리치고 우승했다. 하나 자신은 영웅학관에 대해 아직 잘 모르고 관생무관장의 자리가 어울리는 이가 아니라고 하고는 그 자리를 자기 대신 자신의 사형인 그 당시 소림의 사대금강 중 하나인 천오가 적임이라며 그에게 비무를 제의했다. 그리고 삼 초 공격하고는 검을 내려 스스로 패배를 자인했다. 그 후로 일 년차의 후배는 우승하더라도 자신의 가문이나 문파의 사형에게 그 공을 돌리는 것이 관례라 여겼다.

또 십오 년 전, 사천제일 기재라 불린 문관 정전의 나천은 졸업하기 전에 학관에서 익힌 무공으로 결승전까지 올라가 무관생들의 자존심을 구겼다. 무관생들에게는 다행히도 우승하지는 못했지만 혹시라도 그

런 사태가 벌어졌다 해도 무관의 일을 문관생에게 맡길 수는 없다는
데 중지를 모아 이런 특별 조항을 만든 것이었다.

　그래서 우승자라 해도 그가 꼭 관생무관장이 되는 것은 아니고 우승
자가 존경하는 다른 이에게 그 자리를 주기 위해 비무를 청하고 관생
무관장의 조건을 가진 이에게 패배를 자인하는 것이 관례였다.

＊　　　＊　　　＊

　명의 황태자 주성치는 황궁태사 노림과 담소를 나누던 중 동창 대영
반 정염이 찾아왔다는 전갈에 들라 일렀다.

　"전하, 정염이옵니다."

　"이리 드시오."

　정염은 태자의 방에 들어서자 무릎을 꿇었다.

　"천세, 천세, 천천세!"

　"자, 어서 일어나시오."

　"예, 감사합니다."

　"그래, 그의 움직임은 어떠한가?"

　주성치의 말에 정염은 찌푸린 표정을 짓다가 이내 안색을 회복하며
말했다.

　"그는 영웅학관에 들었는데 간신히 입관했다고 합니다."

　"아니, 그의 실력이라면, 그리고 성격대로라면 자신의 실력을 과시
했을 텐데?"

　주성치는 자신이 익히 알고 있는 나일을 떠올리곤 이를 악물며 정염
에게 물었다.

"그는 간신히 합격했다고 합니다. 아마도 자신을 드러내지 않을 생각인 듯합니다."

정염의 말에 노림이 의문을 표했다.

"그가 무엇 때문에 자신을 드러내지 않는단 말이오?"

노림의 말에 정염도 답하지 못하고 그저 모종의 이유가 있을 거라는 애매모호한 대답만을 내놓았다.

"어찌 보면 그것이 우리에게 더 좋을 수가 있습니다."

노림과 주성치가 무슨 소리냐는 듯 고개를 쳐들었다.

"연왕 그자가 이제 움직일 것입니다. 그자는 황위를 찬탈하려고 벌써 세를 규합한 지 오래되었지만 드러내 놓고 도발은 하지 않았습니다. 하나 그자가 황위 찬탈에 직접적으로 달려드는 것은 시간문제입니다. 아시다시피 그자는 휘하에 구름처럼 많은 무림인을 포섭해 놓았고 또한 많은 병사들을 모으고 있기도 합니다. 병사들의 수야 막중지세를 이룬다 해도 병사들보다 몇십 배 능력이 뛰어난 무림인들의 수에서 비교할 수가 없지요. 이제 우리도 무림에서 연왕에 대항할 수 있는 세력을 키워야 합니다. 그리고 그가 우리의 비밀 무기가 되는 것이지요."

동창 대영반 정염의 말에 황궁태사 노림이 말했다.

"꼭 그렇게까지 해야 하는 것이오? 그자는 선황(先皇)의 명에 의해 연왕에 봉해진 선황의 동생이자 현(現) 황제 폐하의 숙부요. 아무리 세가 크다 하여도 뚜렷한 대의명분이 없다면 병사들, 그리고 장수들에게 충성을 받아낼 수 없소. 그리고 황궁과 무림 사이는 서로 간섭하지 않고 도움을 줄 수 없소. 황위를 계승하면서 벌어진 분규에 무림을 끌어들이는 것은 황권이 무림의 견제를 받을 우려가 있소. 우리는 이 상태의 황권을 수호해 나가야 하오."

노림은 노림 스스로도 그렇지 않다는 걸 알지만 무림 세력이 황권 수호에 도움을 준다면 그만큼의 대가를 바랄 것이라는 생각으로 반대의 의견을 피력한 것이었다.

그리고 정염은 그런 노림을 보며 안타깝다는 듯이 혀를 찼다.

"황궁태사께서는 무림의 힘을 간과하시는 듯합니다. 무림의 일개 문파였던 백련교도들을 이끌고 이 대명을 태조께서 건국하셨습니다. 비록 불간섭의 불문율에 의해 그들이 끼어들지 않는다 해도 권력에 욕심이 있는 무림인들은 연왕의 곁에 붙을 것이고 나머지는 수수방관할 것입니다. 우리도 세력을 일으켜서 연왕의 무림인들이 움직이지 못하게 견제하도록 한다면 그것만으로도 충분합니다. 그리고… 그자의 대의명분은……."

갑작스레 정염이 말을 잇지 못하자 노림이 궁금한 듯 정염의 입을 쳐다보았다.

이윽고 정염은 하기 싫은 말을 억지로 하는 어린아이의 표정을 지어 보였다. 그리고 이 일은 어차피 여기 있는 인물들이 모두 알아야 할 사실이라 생각하고는 마침내 입을 열었다.

"황태자 전하, 그자는 전하께서 명을 이어 나갈 수 없는 여인의 몸이기에 황태자 전하께서 황위를 잇는다면 명은 주씨 왕조가 끝나고 다른 성이 황제가 될 것이라는 불측한 언동을 흘리며 뭇 장수들을 선동하고 있습니다."

정염의 말이 끝나자 노림과 주성치는 눈동자가 풀린 채 소리쳤다.

"그자가… 어떻게… 그 사실을……?"

겨우 충격을 이기며 노림이 정염에게 묻자 정염은 송구스러운 표정을 지었다.

"동창에서 심어둔 연왕부의 간자에 의하면 태자 전하의 태자궁에 연왕이 심어둔 첩자가 한 달에 한 번 있는 전하의 월후(月候)을 확인했다고 하옵니다."

정염의 말에 주성치의 얼굴은 부끄러움과 분노에 의해 빨갛게 물들어갔다.

"그놈을… 잡아요……. 어떤… 수를 쓰든지 간에."

주성치는 말을 더듬었다.

자신이 여인이라는 사실을 증명하는 달거리를 확인했다는 것은 자신의 최측근이라는 이야기이다. 누구란 말인가?

정염도 어쩔 줄 모르는 표정으로 난감해할 때 굳은 표정으로 있던 노림이 주성치를 보며 입을 열었다.

"전하, 그들의 명분이 그것이라면 저희 쪽에서는 오히려 반간계를 이용하는 것이 어떨는지……?"

"말해 보시오."

붉어진 안색을 가라앉히며 주성치가 말했다.

"그들의 명분이 전하께서 여인의 몸이라는 것이라면 전하가 아닌 다른 사람의 흔적으로 그들을 속이는 것입니다. 그리고 전하께서는 여인을 처소에 들이셔서 그들에게 혼란을 주는 것이옵니다."

"학사의 말은 나보고 남자처럼 여인을 탐하란 말이오?"

주성치의 질책의 말에 노림은 조심스럽게 고개를 끄덕였다.

"소문은 퍼지기 전에 막는 것이 중요합니다. 우선은 제 손녀인 노혜영을 이곳에 들이겠습니다. 손녀에게는 당부할 터이니 우연을 가장해 태자궁에 들이신다면… 그리하게 된다면 그들의 명분은 조만간 사라질 것입니다."

노림의 말에 딱딱하게 굳어 있던 주성치의 고개가 끄덕여졌다.

"좋소. 학사의 충심은 명(明)이 이 땅에 있는 한 영원토록 기억될 것이요. 그리고 정염."

"하명하십시오, 전하."

"일단 그에 대한 것은 계속 관찰하시오."

"존명(尊命)!"

제21장
나일, 알거지가 되다

"이놈 보게? 그게 왜 내 잘못이야?"

"그럼 사형이 잘했단 말입니까?"

나일의 말에 꿀 먹은 벙어리처럼 말을 못하던 단청이 다시 세게 나오기 시작했다.

"그건 운.이 나빴단 말이야! 너무 오.랜.만.에 하다 보니……."

단청은 '운과 오랜만' 이라는 단어를 강조했다.

"아무리 그래도 사제의 돈을 빌려서 도박하는 법이 어디 있습니까?"

"이놈아, 우리가 남이냐? 우린 사형제지간이잖아?"

단청이 얼렁뚱땅 넘어가려 했지만 나일은 쉽게 걸려들지 않았다.

"가까운 사이일수록 돈 관계는 철저해야 합니다."

나일이 갑자기 정인군자라도 된 것일까? 그것은 아니었다. 아마도 자신의 돈을 도박장에서 다 쓴 것에 대한 불만을 토로하는 데 우연치 않게 옳은 소리가 나올 것일 뿐이다.

"홍, 그깟 돈 가지고 쪼잔하게……. 내 레어에 가면 깔린 게 황금이야."

단청은 자신이 돈이 많다는 것을 과시하며 나일을 밀어붙였다.

"그럼 당장 이 돈주머니를 채워주십시오."

"큭……."

단청으로서는 지금 당장 뾰족하게 돈 나올 구멍이 없자 고개를 숙이며 나일의 두 손을 잡았다.

"딱 백 냥만 더 빌려줘. 다시 그 돈을 따올게. 제발……."

"어림 반 푼어치도 없는 소리 마세요. 돈을 다시 채워주시든가 아님 집에 가서 황금을 들고 나오시든가……."

나일은 당연히 단호하게 거부했다.

"내가 그걸 어떻게 모았는데… 아니, 내 레어의 황금은 장식을 해놓은 거라 조금이라도 빠지면 조화가 깨진단 말이야."

단청은 어줍잖은 변명을 하며 자신의 돈은 아끼고 남의 돈은 어떻게 쓰든 상관없다는 태도였다.

"그럼 내 돈은 땅속에서 파낸 겁니까?"

끝까지 나일이 말을 듣지 않자 자신이 잘못했다는 것은 알지만 단청은 울화통이 터지기 일보 직전이 되었다. 자신은 나일의 사형이지 않은가?

나일의 돈은 곧 자신의 돈이고 자신의 돈은 당연히 자신 것이다. 그러니 이쯤 하면 적당히 자신의 비위를 맞춰줘야 하는 것 아닌가?

"그놈 참, 끝까지 말대꾸하네. 오늘 모처럼 사형으로서 교육을 해볼까?"

갑자기 돌변한 단청의 말에 딴청을 부리며 나일은 반항의 몸짓을 해 보였다.

"왜 사형이 잘못하고도 나를 핍박하는 겁니까?"

"시끄러! 이건 핍박이 아니라 교육이야!"

단청이 진짜로 손을 뻗어 교육하려 하자 나일은 재빨리 돈주머니 속에서 전표 한 장을 꺼내 단청에게 내밀었다.

"잘못했어요, 사형. 여기 백 냥이요."

단청이 손만 내밀어도 한없이 작아지는 나일이었다.

물론 나일도 본래부터 단청이 화내면 쩔쩔매며 우선 빌고 용서를 구했던 것은 아니다.

그 이유에는 아주 가슴 아픈 사연이 숨겨져 있다.

예전에 사부가 화났다는 것을 알고도 어릴 적 천성이 남았던 건지 겁을 상실한 건지 빌지 않고 가만있은 적이 있었다.

그때 엄청 맞았다. 아니, 죽다 살아났다는 것이 옳은 표현일 것이다.

나름대로 자신의 무공에 어느 정도 자신감을 갖고 있었는데, 그래서 그걸 믿고 주먹을 살짝 피했는데 그것을 본 사부가 음산하게 말했다.

"피했냐? 죽고 싶냐?"

"아니요. 몸이 그냥 저절로 반응한 거예요. 제 의지가 아니었어요."

사실 반항이랄 것까지도 없었다.

겁에 질린 나일의 얼굴에 대고 황생은 지옥의 마귀 같은 얼굴로 으르렁대었다.

"그깟 무공 좀 할 줄 안다고 반항했다 이거지?"

"반항이라니요? 절대 아닙니다. 제 소견으로는 운동 신경이 무의식적으로 반응한 거예요."

"아니야, 잘했어. 어디 마음대로 한번 반항해 봐."

황생의 음성에는 짙은 살기가 배어 있었다.

"반항 아니라니까요!"

나일은 연신 손사래를 치며 자신의 결백(?)을 주장했지만 사부는 이것을 모처럼의 기회로 생각한 듯했다.

"그게 반항이야. 한번 열심히 살아봐. 자, 그럼 간다."

"반항 절대 안 할게요."

황생의 도포 자락을 붙잡고 애절하게 매달려 보았지만······.

"잘해봐."

"안 한다니까요."

"해봐."

"안 해요."

"하라니까!"

"싫어요!"

"살고 싶으면 하는 게 좋을걸?"

그 말을 끝으로 나일을 구타하는 손길과 발길질은 지금까지 겪었던, 항상 사부가 중얼거렸던 '사랑의 구타'가 정말로 '사랑의 구타였구나' 하는 생각이 저절로 들 정도로 차원이 다른 아픔을 선사했다.

견디다 못해, 아니, 이대로 가만히 있다가는 정말 죽을 수도 있겠다는 생각에 살기 위해 나일은 몸부림쳐 보았다. 그렇지만 쓸데없는 행동임을 아는 데는 그리 오래 걸리지 않았다. 다행인 것은 자신의 몸이 생각보다 단단하고 황생도 나일이 죽을까 봐 전력을 다하지는 못한 것이었다.

겨우 숨을 쉬며 세상을 살아 나갈 수 있는 정도가 된 쓰러진 나일을 보며 황생은 약간 미안한 표정으로 제자의 머리를 쓰다듬었다.

"사랑하는 제자야."

얼마나 맞았는지 저절로 황생의 손길에 나일은 움츠러들며 기가 팍 꺾인 목소리로 대답했다.

"예, 존경하는 사부님."

"반항하면 이렇게 되는 거란다."

그 말에 대답할 말을 찾지 못해 눈만 깜박이며 잠시 침묵을 유지하는 나일을 보며 황생이 다시 한 번 눈을 부라리고는 목소리를 가라앉혀 말했다.

"또 반항하는 거냐?"

"아닙니다. 제가 어찌 감히……."

그렇게 맞았으면 혼절이라도 해야 하건만 이놈의 구타는 얼마나 교묘한지 지독한 통증은 생생하건만 정신만은 또렷한 것에 원망을 품으며 나일은 완강히 절대 반항하지 않는다는 뜻을 황생에게 전달했다.

"저 하늘 위에 모든 것을 주관하는 분이 계시다는 걸 알고 있느냐?"

"네."

"그분이 바로 나의 아버지이고 인간들에게 신(神)이라 불리는 분이지. 너도 알고 있지?"

"예, 알고 있습니다."

무얼 하려고 이렇게 뜸을 들이는 것인가?

지금 상태에서 더 맞으면 정말로 죽거나 미치거나 둘 중 하나를 선택해야 할 것만 같아서 나일은 사부의 말 하나하나에 집중했다.

"땅에는 파리, 모기 같은 것들이 있지? 그런 것들을 뭐라고 부르느냐?"

"벌레라고 합니다."

평소와 다르게 졸지도 않고 게다가 대답이 바로바로 나오는 나일의 모습이 기특한지 황생은 나일의 머리를 계속 쓰다듬어 주었다.

"벌레가 신을 이길 수 있느냐?"

나일은 '이게 무슨 소리지' 하는 표정을 지을 뻔해서 하마터면 자신이 또 얻어터질 뻔했다는 것을 깨닫고는 '절대로 실수하지 말자' , 그리고 '실수하면 진짜로 죽을지도 모른다' 라고 수없이 되뇌이며 조심스럽게 대답했다.

"절대로, 결코 불가능합니다."

"그렇지. 인간이라면 몰라도 벌레가 이길 수는 없지. 그렇지 않느냐?"

나일은 어떤 대답을 해야 하나 고민하며 망설이다 황생의 손이 올라오는 것을 보고는 두 가지 중의 하나, 즉 '인간도 신한테는 안 된다' 와 '인간이라면 언젠가는 신과 한 판 붙어볼 수 있다' 는 것 중에 전자를 선택해서 대답하려 했다.

"인간이라도 안 된……."

조심스럽게 느릿느릿 대답하던 터라 나일은 자신을 향해 단청이 들어 올린 손바닥을 느끼며 위험을 감지했다. 그래서 반짝이는 잔머리로 말을 바꾸었다.

"…다는 생각은 위험합니다. 인간이라면 언젠가는 이길 수도 있지 않을까요?”

황생은 그런 나일을 흐뭇한 표정으로 쳐다보면서도 들어 올린 손을 내리지 않고 도리어 나일의 뒷통수에 꽂았다.

“바로 그거야. 신은 인간에게 과학이라는 것도 허용했단 말이다. 한계를 규정 짓지 마라. 그것이 신이 인간에게 내린 단 하나의 선물이다. 바로 ‘인간이여, 너희들은 계속 발전할 것이다’ 라면서. 근데 지금 니가 반항하는 것은 인간도 아닌 못된 벌레가 신하고 한 판 붙어보자는 거야.”

양 주먹을 휘두르는 황생에게 완전히 육신을 맡기던 나일은 어느 순간 정신이 아스라이 멀어져 가는 것을 느꼈다. 그 후로 황생이 일단 화가 났다 싶으면 우선은 빌고 보게 된 나일이었다.

금요일 저녁.

북경성 내의 도박장. 일명 가지루(加持樓)라 불리는 이 도박장에 단청과 나일이 끼어들었다. 단청은 어젯밤 잃은 돈을 만회하기 위해, 그리고 나일은 자신의 돈을 허무하게 잃지 않도록 보호, 관찰하기 위해서.

늦은 밤이라 그런지 장내의 탁자에는 음식물과 술병이 뒹굴고 있었고 돈이 수북이 쌓인 탁자도 보였다.

단청은 나일의 손을 잡아끌며 우선은 구석진 탁자에 앉았다.

“사형, 그런데 인시(寅時)가 되면 그 판만 하고는 들어가야 합니다. 정보에 의하면 죽림이숙의 사감 적안마검(赤眼魔劍) 하동구는 새벽잠이 없기로 유명하답니다. 그리고 그는 금요일마다 새벽 순시를 돈다고 하니 그전에 돌아가야 합니다.”

나일은 이곳에 오기 전 기숙사 동료인 방위에게 주워들었던 이야기들을 주절거렸다.

"알았다, 거참. 근데 언제부터 자기가 바른 생활 했다고 이 소리 저소리야?"

나일의 모습이 신기한지 단청이 한마디 했다.

"됐습니다. 아무튼 저는 무조건 그 시각에 돌아갈 것입니다."

자신을 무시하는 단청의 말에 나일의 목소리가 자신도 모르게 높아졌다.

"조용히 좀 해. 아직 적안마검 하동구의 코빼기도 못 봤단 말이야. 그런데 무슨 새벽에 순시?"

단청은 나일이 무슨 꿍꿍이가 있어서 그러는 것이라 생각하는지 가당치 않다는 말투로 이야기했다.

"정말이라니까요. 소문에 그 사감이 우리 죽림이숙의 사감이고 일주일에 한 번, 금요일 새벽마다 순시를 돈다고 합니다. 오늘이 금요일이니 재수없게 걸리면 어쩝니까?"

"에구, 소심쟁이. 알았다. 우선은 어제 잃은 것 좀 복구하고."

단청은 백 냥짜리 전표를 은자로 바꾸어 도박판으로 끼어들었다.

"이번에도 쌍화점일세."

붉은 눈의 색목인은 앞에 놓인 금과 은을 주워서 자신 앞으로 모으더니 다시 주사위를 들어 만지작거리고는 주사위 통을 집었다.

"이번엔 어디에 거시겠습니까?"

색목인의 말에 사람들은 극과 극으로 갈리었다.

쌍화점과 천일점으로.

'이런 바보들이 있나? 대소(大小)라면 쌍화점과 천일점이 나올 확률

은 무척 적은데 다른 곳에 걸지 왜 그런 곳에……'

나일의 생각이 끝나기도 전에 열린 주사위는 중앙점을 가리키고 있었다.

"이런 젠장할, 이번에도 틀렸잖아?"

"분명 무슨 이유가 있을 텐데 도대체 알 수가 없네."

"한 번 더 돌려보게."

사람들의 떠드는 소리가 왁자지껄하며 다음 판을 고대하자 붉은 눈의 색목인은 다시 한 번 주사위 통을 탁자에 내려놓았다.

"이번엔 어디에 거시겠습니까? 물론 쌍화, 천일, 중앙, 세 곳 중 한 곳입니다. 다만 한곳은 제가 먹도록 비워주십시요."

색목인의 자신있는 말투에 사람들은 분분히 그 여유를 깨부수기 위해 은자를 걸었다. 도박을 하는 이유가 돈을 따기 위해서이기도 했지만 다른 사람의 돈을 땄을 때의 쾌감도 무시할 수 없다.

"이번에도 중앙을 비워둔 것인가?"

그렇지만 색목인이 열어 보인 주사위 통에는 중앙점이 표시된 주사위가 도박꾼들을 반기고 있었다.

"이런 제길, 미치겠구만."

"벌써 몇 번째야?"

여기저기서 탄성의 목소리가 나오자 슬그머니 단청과 나일도 끼어들어 색목인이 주사위 던지는 솜씨를 구경했다.

색목인은 네 번에 한 번 돈을 잃었지만 쌍화점(雙花點 : 六六), 천일점(天一點 : 一一), 중앙점(中央點 : 三四) 중에 하나를 만드는 솜씨는 가히 도신(賭神)의 경지였다.

단청은 어젯밤에 돈을 잃게 만들었던 색목인을 유심히 관찰했다.

　어젯밤 자신이 가지고 있던 돈 이백 냥과 나일의 주머니에서 꺼낸 삼백 냥의 돈으로 세 시진 동안 무려 오천사백 냥을 만들었던 자신이다. 그런데 겨우 두 시진 만에 저 붉은 머리의 색목인에게 몽땅 털려 버렸다. 너무도 분했지만 '내일도 도박장은 열립니다' 라는 말에 나일을 꼬드겨 백 냥을 얻어내서 다시 도전하려는 것이다.

　'저 자식의 비밀을 알아내야 한다.'

　단청은 눈을 동그랗게 뜨고는 색목인의 주변을 둘러보았다.

　색목인이 서 있는 탁자 앞에는 삼각 깃발이 꽂혀 있었다. 그 삼각형의 깃발 속에는 세 가지 글이 적혀 있었다.

　1. 본인의 주사위는 쌍화점, 중앙점, 천일점, 이 세 가지만 나올 것이니 그 세 가지 중 하나를 선택하시오.

　2. 주사위, 주사위 통, 그리고 본인의 소매, 이 세 가지 중 이상한 곳이 있다고 생각하시는 분은 언제든지 확인하실 수 있소. 단 본인에게 돈을 잃은 사람에 한하오.

　3. 인생은 죽느냐, 사느냐, 그리고 어떻게 죽느냐? 이 세 가지로 나뉘니 잘 선택해서 살아가시오.

　단청은 어젯밤에도 자신의 모든 지식을 통틀었건만 저 색목인의 수법을 파악할 수가 없었다.

　무공을 사용해서 주사위 통 속의 주사위를 흔든다 해도 주사위가 멈춘 후에 돈을 걸기 때문에 그가 자신의 생각을 읽고 주사위의 숫자를 조작할 수는 없다고 생각했다. 그 생각은 그가 주사위 통을 열 때 수작을 부리지 않는 것으로 알 수가 있는 것인데… 그렇다면 도대체 어떤 수법으로 사람들의 돈을 긁는 것일까?

단청은 머리를 흔들며 은덩어리를 쌍화점에 걸어둔 은덩이가 묻혀 있는 곳에 던져 넣었다.

"이런, 이번에도 틀리셨군요."

한 무더기의 은자를 거두며 색목인이 소리치자 바싹 약이 오른 듯한 사람들이 색목인의 손을 주시하며 계속할 것을 재촉했다.

"빨리 하란 말이야!"

"지금 잃은 게 얼만데… 시간없어!"

사람들의 소란에 색목인은 다시 주사위를 주사위 통에 집어넣었다.

한 시진의 시간이 흐른 후.

"사형, 얼마 남았어요?"

단청은 자신의 손에 있는 다섯 냥짜리 은덩이를 보였다.

"이게 다야."

의외로 단청의 목소리는 담담했다.

"뭐라구요? 아… 내 돈 구십오 냥."

나일은 자신의 백 냥짜리 전표가 고작 다섯 냥짜리 은원보 하나로 변하자 안타까운 마음을 금치 못하며 단청에게서 그 은원보라도 빼앗으려고 달려들었다. 그렇지만 이미 도박에 미친 단청에게서 그 은원보를 뺏는 건 어려운 일이었다.

"어차피 도박은 운수 소관이야."

"아무리 그래도 그렇지, 그 짧은 시간에 벌써 백 냥을 다 잃었단 말이에요?"

나일은 이해할 수가 없었다.

단청이 누구인가? 바로 사부 황생의 화신이다.

자신에게 도박의 비기를 가르쳐 주면서도 '도박은 패가망신의 지름 길'이라고 말하던, 게으르기는 했지만 누구에게도 속을 위인은 아니었다.

스스로 자아도취해서 도신(賭神)의 경지에 이르렀다고 떠벌리던 장본인이 이렇게 처참하게 패배하다니.

"그럴 수도 있지."

"그냥 포기하고 다른 탁자로 가자구요. 가만 보니까 사형은 너무 이 탁자에만 집착하는 것 같아요."

멀리서 한동안 지켜보던 나일이 단청을 위해 처방을 내렸다. 아니, 자신의 돈을 위해 처방을 내렸다.

"흥, 두고 보라고. 지금부터 내가 기적을 일으킬 테다."

그리고는 만류하는 나일의 손을 뿌리치며 마지막 남은 은원보를 쌍화점 쪽에 건 수북한 은자 속에 집어넣었다.

"이런 제길, 다 잃었잖아!"

기적은 일어나지 않았다.

한 시진 동안 그랬던 것처럼 단청은 이번에도 돈을 잃은 것이다.

결국 단청은 다시 한 번 나일에게 손을 벌릴 수밖에 없었다.

"나의 사랑스럽고 사형을 하늘처럼 떠받드는 사제야, 딱 백 냥만 더."

스스럼없이 손을 내미는 단청을 보며 나일은 백 냥이면 죽엽청이 오십 병이라는 사실을 떠올리며 결사적으로 반항의 몸짓을 보였다. 하지만 한 손으로 주먹을 쥐어 보이며 자신의 주머니에서 전표를 꺼내어 금원보와 은원보로 바꾸는 단청을 더 이상 거역할 수 없었다.

나일은 다시 한 시진가량 은원보를 거는 족족 잃고 마는 단청을 봐야만 했다.

'사형이 혹시 마법을 쓰고 있는 것이 아닐까?' 하는 상상도 했다. 아니, 그렇지 않다면 어떻게 이렇게 질 수가 있는 것일까?

인시(寅時)가 다가올 무렵에는 단청이 나일에게 빌린 액수가 엄청나게 불어나 있었다.

잃은 것을 만회하기 위해서 거는 액수가 점점 커진 것이다. 그만큼 잃은 액수도 커져 갈 뿐이었다.

어느새 나일의 돈주머니에 만 냥짜리 전표 하나만 남겨두고 단청은 모든 전표를 금, 은원보로 바꾸는 마법과 다시 그것을 색목인에게 갖다 바치는 보다 응용된 마법을 개발했다.

"쿵~"

"사형, 제발 이성을 차리세요, 부디."

"내놔."

"안 돼요! 정말 이것만은 안 돼요!"

나일은 절규하였다.

"그깟 푼돈 내가 다 갚을게. 내 레어의 황금 십 분지 일을 줄게."

'십 분지 일이라……'

단청의 말에 나일은 순간 그게 얼마나 될지를 상상했다.

아무리 적게 잡아도 수조만 냥은 될 것이다.

침이 꼴깍 넘어갔다.

다른 한편으로 생각해 보면 단청이 그것을 곱게 줄 리 없다는 생각도 들었다.

그동안 함께 살아온 세월이 있는데 자신이 아는 단청은 온갖 술수를 부려서 결국엔 땡전 한 푼도 자신에게 넘겨주지 않을 것이다. 레어에서 나올 때도 맨손으로 내보내지 않았는가?

'암, 그렇고 말고. 절대 줄 리 없어.'

나일은 마음의 결정을 내렸다.

"정말 그래도 안 돼요. 이게 없으면 사형과 내가 마실 술값도 없단 말이에요."

나일의 애걸복걸, 간절한 만류에도 단청은 쌍심지를 돋우며 말했다.

지금의 단청은 마누라도 잡히고 도박할 기세였다.

"이제 저 녀석의 수법을 알았어. 더 이상 지지 않을 자신이 있단 말이야."

"그래도 안 돼요. 만약 잃으면……."

"맞고 줄래, 그냥 줄래?"

사형의 무서움을 익히 알고 있는 나일이지만 이번만은 정말 목숨을 건 듯 완강히 저항했다.

"사형, 곧 인시가 되면 적안마검 하동구가 취침 순시를 한단 말이에요."

"됐다. 그럼 영웅학관을 그만두면 될 거 아냐. 그리고 겨우 한 번 빠진 건데 그걸로 무슨 큰일이 일어나겠냐?"

말을 하면서도 단청은 나일의 품을 뒤져 끝끝내 만 냥짜리 전표를 꺼내었다.

그때 인시(寅時)임을 알리는 종소리가 울렸다.

"그동안 즐거웠습니다. 가지루의 주인 도적마(賭赤魔) 독고후는 오늘부터 당분간, 아마도 11월까지는 주사위를 들지 못할 듯합니다. 제게 사정이 생겨서 직접 주사위를 잡고 여러분과 한 판 멋지게 붙지는 못하

겠지만 가지루 손님들은 저 없는 동안이라도 실력을 일취월장(日就月
將)하시어 다음번에는 호탕하고 멋진 솜씨를 보여주시기 바랍니다. 그
럼 여러분, 다시 뵙는 날을 위한 마지막 솜씨를 부리겠습니다. 이번의
마지막 판은 아주 단순합니다. 죽느냐, 사느냐, 단 하나의 선택! 저는
천일과 쌍화, 이 두 점 중의 하나를 만들 터이니 여러분도 이 두 가지
중 단 하나를 선택해 주십시오."

단청은 나일에게 전음을 날렸다.

"이제야 깨달은 것이지만 이것은 아주 단순한 속임수였어. 그가 일
개 물주가 아니라 이 도박장의 주인이라면 당연히 수많은 도박꾼을 알
테고 이 도박판에 모인 사람 중에 십 분지 일만 그의 수하라면 이 이상
한 승리는 당연한 거지. 저 색목인 녀석은 자신의 무공을 도박에 사용
해서 주사위를 교묘히 자신이 원하는 점수로 조작한 후 자신의 부하에
게 전음을 보내든가 아니면 신호를 보내 자신이 만든 점수 말고 다른
두 점수에 돈을 걸게 만드는 거야. 그것도 보통 사람들의 두 배 돈을.
그러면 당연히 다른 사람들은 그 두 곳에 돈을 걸게 될 것이고 수작에
넘어가는 것이지. 각기 다른 사람들이 번갈아 걸게 되는 것이니만큼
사람들은 이상하지만 그 점을 눈치 채지 못하는 것이다. 이것이 바로
열 명의 사람들이 수백의 군중을 선동하는 군중 심리를 이용한 것이
야."

단청의 전음이 끊기자 나일도 그 말에 수긍한다는 듯 고개를 끄덕여
보이며 단청에게 전음을 날렸다.

"그러면 이번 판은 제일 먼저 돈을 걸거나 한 번에 많이 거는 쪽의
다른 곳으로 조작되었겠군요."

"아마도 그럴 테지. 아니야, 아니야. 이번 판은 장담하기가 힘들군.

마지막 판에서는 실컷 잃어주는 게 관례거든. 딴 자의 아량이니 먼저
건 쪽이 맞을 수도 있어."

"사형, 저렇게 큰돈을 누가 물어주겠어요. 분명 반대 편일 거예요.
반대 편에 걸죠. 한 이백 냥쯤."

나일의 전음에 단청은 고개를 끄덕여 보이며 곰곰이 생각하고는 사
람들이 돈을 걸기 시작한 쌍화점의 반대 편에 천 냥짜리 전표 아홉 장
과 금원보, 은원보를 올렸다.

"사형, 미쳤어요?"

너무 급작스럽게 벌인 단청의 행동에 나일은 경악을 금치 못하며 전
음으로 보내야 할 말을 입 밖에 내버리고 말았다.

"잠깐만요, 잠깐만! 이 판은 무효요. 나의 사형이 잠시 장난을 친 것
이라구요. 사형, 어서 빨리 구천팔백 냥을 빼라구!"

놀라서 부르짖는 나일의 말에 단청은 제법 무게있고 멋있는 동작을
취하며 나일의 두 눈을 지그시 바라봤다.

"나만 믿어."

"사형!"

조금쯤 믿음이 가는 모습이었기에 나일도 흥분을 가라앉혔다.

"구천 냥은 빼요, 제발."

"나만 믿으라니까."

"내가 인심 썼다. 반만 남겨줘요."

"내가 배로 불려준다니까."

사형제들 간의 치열한 신경전을 보다 못한 독고후가 단청을 향해 말
했다.

"당신이 이곳에 걸면 나는 무얼 먹는단 말이오? 죽기 아니면 살기

아니겠소. 당신 혼자 쌍화로 자리를 옮기시오.”

“안 될 말씀. 천일이 확실한데 다른 분들의 은자를 이곳에 옮겨주시오.”

거액의 돈을 건 단청의 말에 몇몇 주변 사람들의 손이 단청이 건 쪽으로 옮겨가기 시작했다. 급기야 대부분이 슬그머니 자리를 옮겨갔다.

“당신 실수하는 것이오. 천일에 거는 것이 좋을 것이오.”

독고후는 단청을 노려보며 나직하게 말했다. 그 말은 단청의 가슴에 갈등을 일으켰다.

‘빌어먹을, 세상에서 가장 유식한 존재인 나 드래곤 헬스카이가 농락당한단 말인가? 마법으로 이 주사위 통을 뚫고 볼까? 아니야, 아니야. 이것은 단지 단청의 유희 중 하나일 뿐이야. 단청의 운수 소관에 맡기는 것이지.’

독고후의 말에 슬그머니 한 사람이 은자를 다시 쌍화점 쪽으로 옮겨가니 단청의 돈을 제외한 모든 돈이 다시 쌍화점으로 옮겨갔다.

“공자, 다시 한 번 충고하지. 나는 이 판을 마지막 판으로 여기고 있네. 자네도 알지 않은가? 도박에 개평이라는 불문율(不文律)이 있는 것을. 그러니 자네도 그 돈의 전부는 안 되고 천 냥 정도만 쌍화점에 걸게.”

나일은 슬그머니 손을 내밀어 단청의 돈을 다른 쪽으로 옮기려 들었다.

따악!

“안 돼! 지더라도 그깟 천 냥 딸 바에는 오히려 잃고 만다!”

나일은 단청의 이상하고 오묘한 기질이 발휘되는 순간이라 여기며 눈을 들어 반항했다.

"사형, 이 돈이 어떤 돈인데……."

"거기다 두어라, 맞고 싶지 않으면."

결국 단청의 눈에서 나오는 살기 어린 눈빛에 나일은 자신의 돈을 놔두었다.

이쯤 되자 독고후는 할 수 없다는 표정으로 주사위 통 속을 개봉했다.

"쌍화점이다!"

"아싸!"

"야, 많이 걸길 잘했다!"

"역시 도적마 독고후는 인정있고 의리가 있다니까!"

여기저기서 들뜬 모습들이 보였다. 그래 봤자 자신들이 잃은 것에 비하면 십 분지 일에 불과할 텐데. 그럼에도 모여든 도박꾼들은 작은 승리를 기뻐했고. 나일의 얼굴은 이미 세상을 다 산 듯 시무룩해졌다.

"휴우, 그러게 내 말을 듣지 그랬나?"

독고후의 말투는 비웃는 듯한 소리가 아님에도 불구하고 겨우 도박꾼에게 자존심이 뭉개져 버렸다는 자격지심으로 단청은 씁쓸히 웃어 보였다.

"어쩔 수 없죠. 오래간만에 맛보는 절망감이군요."

단청은 정말 자신의 인생(人生), 아니, 용생(龍生)에 있어서 이런 절망 비슷한 감정을 맛본 것이 너무 오래전 일이라 더욱 허탈한 듯했다.

"자, 이 돈 가져가게."

독고후가 덥석 집어준 돈은 물경 구천 냥어치의 전표 다발이었다.

"괜찮소이다. 언젠가 다시 멋지게 한 판 합시다. 기다리고 있겠소. 그때까지 거지나 되지 마시오."

단청의 거절에도 계속 돈을 내민 독고후의 손을 보며 나일은 단청에게 어서 돈을 받으라는 재촉의 간절한 눈빛을 보냈다.

"이놈아, 얼마 되지도 않는 돈에 자존심까지 버리란 말이냐?"

"자존심이 중요하긴 하지만 사형, 우리의 생활비는 어쩌란 말입니까?"

나일은 말을 하면서도 연신 독고후의 손에 든 전표를 훔쳐봤다.

"꿀꺽."

저것만 있어도, 저만큼이라도, 아니, 구천 냥이면 얼마나 큰돈인데…….

나일은 독고후의 손이 그냥 다시 되돌아가려는 기미를 느끼고는 재빨리 손을 뻗어 돈을 낚아챘다.

"헤헤."

나일의 웃음소리에 단청이 버럭 소리를 질렀다.

"안 된다면 안 된다! 이미 그것은 우리의 수중에서 벗어났고 다른 사람의 소유인데 그것을 다시 우리의 손에 넣는다면 강도나 다름없지 않느냐?"

"사형, 뭘 모르시는군요. 제 꿈이 산적인데, 그렇다면 제 꿈을 실현시키는 건데 그게 어때서요?"

단청은 뻔뻔하게 말하는 나일의 손에 들린 전표를 낚아채려 했다.

"안 될 말씀, 그럴 수 없습니다."

나일은 무공을 펼치며 이미 단청의 행동을 예상하고 있던 듯 전표를 가지고 도망치려 했지만 한 수 위의 단청인지라 일 합 만에 전표의 끝

자리를 잡히고 말았다.

찌이익~ 찌이~

전표가 조금씩 찢어지는 소리를 들으면서 단청과 나일의 눈동자가 마주쳤다.

"사형!"

단청이 애타는 나일의 눈동자를 모른 척하며 손끝에 힘을 주자 거의 전표의 반이 찢겨 나갔고 단청의 단호한 모습을 보며 나일은 울며 풋 고추 먹기로 손을 놓을 수밖에 없었다.

나일과 단청이 다투는 사이에 벌써 독고후의 은자 더미는 사라졌고 장내는 또다시 다른 전주에 의해 다른 판이 벌어지고 있었다.

단청은 전표를 들고는 독고후에게 돌려주기 위해 그의 뒤를 쫓았다.

독고후는 이미 가지루를 벗어난 상태였다.

그의 무공도 절정고수, 아니, 초절정의 경지에 이른 듯 독고후의 뒤를 쫓는 것은 몹시 어려운 일이었다. 아직 누구도 깨지 않은 북경성 내였기에 멀리서 들리는 가볍고 빠른 신법의 뒤를 따라 막연히 그 소리의 주인이 독고후일 것이라고 생각하며 뒤를 쫓았다. 그리고 반 각이 조금 못 된 후에 작은 길을 넘고 남에 집 지붕을 뛰어넘은 후에야 그 인물을 따라잡을 수 있었다.

나일은 단청과 함께 돈을 돌려주려고 독고후를 쫓을 때부터 어떻게 하면 다시 그 돈을 자신의 돈주머니 속으로 회수할 수 있을까 궁리하다가 가장 단순한 방법을 선택하기로 했다.

'이렇게 쉽게 돈을 포기할 수는 없어. 그 돈이 어떤 돈인데. 독고후의 거처를 알아놓고 내일 밤 그를 덮쳐서 돈을 되찾는 거야.'

나일의 입에 사악한 미소가 지어질 때 단청과 나일은 독고후를 뒤쫓아온 곳이 영웅학관이라는 사실을 깨달았다.

"아니, 독고후가 왜 개구멍으로 영웅학관에 들어가는 것이지?"

의아한 마음을 품으면서도 단청과 나일 역시 그를 쫓아 들어갔다.

"사형, 저놈도 혹시 영웅학관 관생이 아닐까요?"

"말도 안 돼. 겉보기에 적어도 오십은 다 되어 보이는데."

단청과 나일은 전음을 주고받으며 독고후의 행동을 지켜보았다.

'죽림이숙'이라 이름 지어진 현판의 건물 안으로 독고후가 들어가 버리자 나일과 단청의 뇌리에는 동시에 불길한 느낌이 스쳤다.

"사형, 혹시 그가……."

나일은 단청에게 전음을 다 잇지 못하고 서둘러 자신의 방으로 올라 가려 했다.

단청도 불길하기는 했지만 자신의 목적을 위해 독고후를 찾아 1층 기숙사 통로로 들어갔다.

후덕닥!

계단 위로 몸을 날리는 찰나 나일의 뒷모습을 발견한 독고후가 고함 을 질렀다.

"너는 누구냐?"

독고후의 말에 나일도 궁금한 것은 마찬가지인지라 되물었다.

"그러는 당신은 왜 여기로 온 거요?"

"그렇군. 그리고 보니 너는 가지루에서 돈을 잃은 자의 일행이구 나."

때마침 독고후를 찾으러 갔던 단청이 나타나 독고후에게 돈을 내밀 었다.

"옛수, 받으시오."

“왜 이걸 주는 거요? 이건 내가 돌려준 개평인데?”

“무슨 개평을 이렇게 많이 줍니까? 다음에 한 판 더 놀 기회나 주십시오.”

엉거주춤 단청이 내민 반쯤 찢어진 전표를 받아 든 독고후에게 나일이 손을 내밀었다.

“여보시오, 그 돈은 내 돈이니 이리 내놓으시오.”

나일은 훔치려던 생각을 버리고 뻔뻔하게 돈을 요구했다. 뜻하지 않은 곳에서 독고후를 만난 것도 그렇고 독고후도 돈에 크게 연연해하지 않는 것처럼 보였기 때문이다.

“그렇게는 안 되지!”

나일이 전표를 낚아채려 하자 독고후는 몸을 움츠려 재빨리 돈을 가슴 속으로 넣었다. 그리고 나일이 제이의 행동을 취하려 할 때 단청의 못마땅한 목소리가 나일의 귀로 전음을 통해 들려왔다.

세상에서 돈이 제일 중요하다 이거지!

그제야 나일이 움직임을 멈추자 독고후가 본원적인 문제를 꺼냈다.

“그런데 여기까지 따라오다니, 성의가 가상하군.”

“그야 물론 돈이 중요하니까. 그런데 이곳은 우리가 사는 기숙사인데 당신은 이곳에 무슨 일이오?”

“뭐야? 이거 곤란한데? 난 이곳 죽림이숙 사감이오.”

독고후는 고개를 갸우뚱거리며 심각하게 고민하기 시작했다.

“농담 마시오. 그럼 당신이 적안마검 하동구 무관사란 말이오?”

나일의 그 말에 독고후는 고개를 끄덕였다.

“그래, 강호에서는 내가 그렇게 불리고 있긴 한데 내 본모습을 아는 사람과 영웅학관 내에서 마주칠 줄이야!”

이렇게 되면 서로가 불편한 것이다. 하동구는 자신의 정체를 들키는 것이고 나일 등은 관칙 위반으로 걸리는 것이니…….

"그럴 리가 없소. 내가 듣기로는 적안마검 하동구의 눈동자는 붉은 색이라는데… 헉! 붉은색이네?"

나일이 헛바람을 일으키자 독고후가 쓰게 웃었다.

"휴우, 우린 서로에게 비밀이 있게 된 것 같군. 분명 내가 도적마 독고후란 사실이 학관 내에 알려지면 무관사의 자리를 내놓을 수밖에 없고, 자네들도 그 가지루에 들락거렸다는 것을 다른 이가 알게 되면 유기 정학은 맡아놓은 당상인데… 어떤가?"

"……."

"이쯤에서 우리 서로 모른 척 지나가면 어떻겠는가?"

독고후의 말에 나일은 고개를 끄덕이려다 다시 고개를 저었다.

"모른 척 만나지 않은 것처럼 할 수는 있지만 내 돈은 우선 내놓으시오."

나일의 말에 단청이 나일을 제지했다.

"그 돈은 잃어버렸다고 생각해라."

"사형은 그 돈이 얼만 줄이나 알아요? 사형이 잃은 돈이 정확히 일만 이천사백 냥이란 말이에요."

"잃어버린 것으로 생각하라니까!"

단청이 퉁명스럽게 대꾸하며 나일에게 등을 돌렸다.

나일은 그래도 여전히 씩씩거리며 완강하게 반항했다.

이 모습을 본 독고후가 고개를 절레절레 흔들며 난감해했다.

"이보게, 나는 주고 싶은데 저 친구는 받지 말라니, 이러면 어떻겠는가? 이 돈을 내기에 거는 것일세."

"무슨 내기요?"

오히려 반색을 한 것은 단청이었다.

단청도 이 돈을 돌려주는 게 좋을 리는 없다. 그리고 이 돈이 어떤 돈인 줄도 안다. 아마 이 돈이 없으면 지금껏 누려던 호사는 물 건너가는 것이다.

나일에게 욕을 먹으면서까지 이렇게 하는 이유는 단지 자신이 도박에서 졌기 때문이다. 그런데 내기라니?

"이번엔 무조건 이기마."

단청의 눈이 나일과 마주쳤다.

나일도 단청의 눈빛이 얼마나 벼르고 있는 눈인지 알 수 있었다. 저 눈빛은 마치 자신을 때리고 싶은데 구실이 없어서 참고 있을 때의 눈빛과 유사하지 않은가?

"이번에 영웅대제가 있지. 거기서 8강 안에 들게나. 그러면 이 돈을 도로 주겠네. 어떤가?"

독고후의 말에 나일도 반색하였다.

"근데 그것 가지고는 안 되죠. 이왕 하는 것 4강에 오르면 내 사형이 잃은 돈, 정확히 일만 이천사백 냥을 모두 주시오."

나일의 말에 독고후가 고개를 끄덕거리자 단청이 나일의 말에 다시 추가 조항을 덧붙였다.

"결승에 오르면 내가 잃은 돈의 배를 주시오. 어떻소?"

"좋아, 사나이의 기개가 그쯤은 돼야지. 거기서 만에 하나라도 자네 둘 다 결승에 오르거나 한 명이 우승이라도 한다면 자네들이 죽림이숙에서 생활하는 동안 어떠한 관칙 위반도 용납해 주겠네. 도박의 초보자가 한 냥으로 백만 냥을 지닌 도신을 알거지로 만드는 그런 불가능을 극복한다면 말일세."

나일 등이 자신만만하게 말하자 독고후는 배알이 뒤틀려 더욱 큰소리를 쳤다.

영웅대제가 어디 애들 놀이 대회인가? 비꼬아 얘기하는 독고후의 말에도 단청과 나일은 의미심장한 눈빛을 보이며 웃고 있었다.

"그런데 자네들은 어느 관인가?"

"무관의 도전입니다."

"문관의 오전입니다."

독고후의 물음에 나일이 먼저 대답하고 이어 단청이 대답했다.

"그럼 문관대전, 무관대전으로 나누어 출전하겠군. 예상외야."

독고후는 단청을 손가락으로 가리키며 말했다.

"나는 자네도 역시 무관대전에 출전할 줄 알았네. 나를 뒤쫓아온 솜씨는 웬만한 무관 3년차보다 뛰어나니. 아무튼 잘해보게."

독고후는 그 말을 마치고는 더부룩한 머리를 단정하게 한 후 침실 쪽으로 향했다. 취침 검열을 하기 위해서.

"사형."

은근한 목소리로 나일이 단청을 부르자 그의 몸이 움찔 떨더니 고개를 돌렸다.

"왜?"

"이번에는 내 모든 실력을 발휘해도 되죠?"

나일의 말에 단청은 생각에 잠긴 듯하다가 고개를 저었다.

"안 돼. 그렇게 되면 다른 사람들에게 꿈과 희망을 뺏고 커다란 절망감을 안겨주게 되는 것이야. 그러니 적당히 해라, 적당히."

단청의 말에 나일은 시무룩한 표정을 지어 보였다.

"사형, 아무튼 저 사감 얘기대로 시합이 열리게 되면 내가 좋아하는 사람이 볼지도 모른단 말이에요."

"그러면 더 더욱 간신히 이겨야지. 수준 차이가 많이 난다면 강자가 약자를 핍박하는 것밖에 안 되지만 간신히 사투 끝에 이긴다면 여자가 보기에도 자신의 힘을 모두 펼쳐서 이긴 것처럼 보일 테니까."

단청의 말에 나일도 수긍의 표정을 지어 보였다.

"근데 문관의 대전은 어떤 것으로 겨루죠?"

나일의 물음에 단청도 모른다는 표정이었다.

"나 역시 너와 똑같이 자고 똑같이 신경 안 쓰는데 알 턱이 있겠냐?"

"휴우~"

한숨을 쉬며 나일은 자신의 방문을 열었다.

"사형, 잠이나 잡시다."

태양이 이제 막 떠오르는 시각, 나일과 단청은 이제야 자신들의 침상에 몸을 뉘었다.

제22장

복면산선의 등장

북경성 밖 영축사(零縮寺)라는 절에는 심풍지(甚風池)라는 연못이 있는데 동전 넣고 소원을 빌면 연못에 살고 있는 신령이 소원 비는 사람의 성품을 보고 소원을 들어준다는 전설이 도는 유명한 연못이었다.

구비화는 철미인(鐵美人) 연하선과 함께 소원을 빌러 오전 수업이 끝나자마자 영축사를 찾았다.

아담한 경내에는 많은 인파가 찾아서인지 절 밖 삼십 장 전부터 이곳을 찾는 사람들을 위해 상인들이 천막을 치고 물건을 팔고 있었고 구비화와 연하선도 모처럼의 나들이라 그런지 들뜬 마음으로 가게 곳곳을 둘러보며 영축사로 향하고 있었다.

구비화는 곶감과 사탕을 번갈아 꽂아놓은 어린이들이 즐겨 먹는 음식인 빙당호로를 파는 천막에 서서 빙당호로를 사 먹을까 말까 고민하고 있었다.

‘먹고는 싶지만 내 미모에 저런 것을 들고 먹는다면 사람들이 이슬만 먹고 사는 줄 아는 나를 보며 실망하지 않을까’ 하는 것이 주된 고민이었다.

그런데 저 망할 놈의 꼬마가 그 틈을 노려 새치기해 버리는 것이었다.

“꼬마야, 내가 먼저 빙당호로를 사려고 기다렸는데 지금 너의 행동은 기다린 사람을 무시하는 새치기란다.”

이 말에 열 살쯤 먹은 듯한 꼬마는 구비화를 보며 어처구니없다는 표정을 지었다.

“소저의 행동은 물건을 살 의지가 없는 모습이었소. 그 때문에 많은 사람들이 피해를 보았고 빙당호로를 파는 사람에게는 영업 방해가 되었소. 나는 소저가 사지 않을 줄 알았소.”

꼬맹이의 말은 어린 모습과는 달리 논리정연했고 입고 있는 옷도 귀티가 흐르는 게 귀한 집 자제 같아 보였지만 자신이 세상에서 가장 이쁜 줄 아는 구비화에게 그런 논리적인 설명은 전혀 먹혀들지 않았다.

고작 생각하는 것이 ‘꼬맹이도 남자라고 보는 눈은 있어가지고 나의 미모를 보고 의젓하고 멋진 어른 흉내를 내보려는구나’ 일 뿐이었다.

“꼬마야, 아무리 꼬마라도 남자라면 잘못했으면 사과할 줄 아는 것도 멋있는 거야. 그렇게 생각하지 않니? 물론 이 예쁜 누나는 그런 사람을 좋아한단다.”

도저히 자신의 논리가 먹혀들지 않자 꼬마는 순간 말을 잃었지만 이내 동전 한 푼을 꺼내 빙당호로를 파는 상인에게 건넨 후 더 이상 상대하지 않으려는 듯 걸음을 옮기다가 구비화에게 고개를 돌리고는 별안간 고함을 질렀다.

"불행히도 이 몸은 남자가 아니고 아직 꼬마니까 사과를 하지 않아도 되고, 더더구나 소저는 예쁘지도 않아 내 마음에도 들지 않으니 사과는 절대 할 수 없소."

그리고는 재빨리 영축사의 절 문으로 달려갔다.

"뭐야? 저 꼬맹이가?"

구비화는 주먹 쥔 손이 떨려오는 걸 억지로 참아냈다.

"살 거요, 안 살 거요?"

빙당호로를 파는 상인이 아직 화가 풀리지 않은 구비화에게 퉁명스레 묻자 구비화는 돈주머니에서 은덩이 한 개를 꺼내었다.

"이 돈대로 다 주시오."

"소저, 잠시만 기다리십시오."

상인은 은덩이를 깨물어보고는 말투를 바꾸며 빙당호로 오십개를 다섯개의 봉지에 나누어 담아 구비화에게 건네주었다.

"빙당호로를 뭐 그렇게 많이 샀냐?"

영웅학관 내에서 영웅오미인 중의 일 인으로 철미인라 불리는 강인한 모습에 아름다운 미모를 지닌 연하선이 물었다. 그녀는 어렸을 때 집안이 동해 해적단에게 멸문당하고 아미파의 장로 대현 사태에게 사사받아 영웅학관에 무로서 입관한 몇 안 되는 여자 무관생이었다.

"어, 언니, 웬 꼬마 때문에 신경질이 나서……."

"얘도 참, 그렇다고 이 단 걸 이렇게 많이 사니?"

"언니 많이 먹으라고."

구비화는 애교를 떨며 자신과 같은 방 동료인 연하선에게 다섯 봉지의 빙당호로를 건넸다.

심풍지 주위에는 드문드문 사람들이 둘러싸여 동전을 던지며 소원을 빌고 있었다.

그 앞에는 팻말이 꽂여 있었는데 구비화가 심풍지 앞에 꽂혀 있는 팻말을 보며 읽어 내려갔다.

때로는 거칠게, 그리고 언제나 고요하게, 본성은 그런 것일 테지만 연못 역시 땅에 있어 어디로도 갈 수 없네. 누군가 내 마음속 이야기를 듣는다면 서로, 동으로 마음대로 바람 따라 전해줄 텐데……

"멋진데? 소원을 빌면 바람을 타고 전해준다는 얘기네?"
철미인 연하선은 두 눈을 감고 다시 한 번 그 글들을 음미했다. 그리고 구비화는 그런 연하선을 보며 다시 글들을 읽어 내려갔다.

경고
소원을 들어주는 이 연못 안에서 돈을 꺼내가는 자는 명법 12조 4항에 의거하여 무단 침입 및 절도죄가 성립되며 연못 물은 더러우니 수영을 금합니다.

영축사 주지 원하 백.

글을 읽어 내려가면서 구비화와 연하선의 얼굴이 동시에 찌푸려졌지만 이왕 여기까지 온 것 소원을 빌고 가야겠다는 생각으로 각자 동전을 꺼내어 심풍지 안으로 던졌다.
'무정왕룡 주연발님과 제가 행복하게 살 수 있게 도와주시고요……'

구비화는 다시 동전을 꺼내어 던지며 소원을 빌었다.

'제 이 빼어나고 아름다운, 그래서 남들이 질투하는 미모가 평생토록 지속되게 해주시구요……'

다시 한 번 동전을 꺼내어 던지며 구비화는 계속해서 소원을 빌었다.

'뭇 남성들이 저를 보면 가슴이 콩닥거리는 것은 이해하지만 추근거림은 이제 지쳤습니다. 제 미모를 보고 아예 추근거리지 않을 수는 없으니 조금 자제하도록 남성들 전체를 도와주십시오.'

속으로는 이상한 소리들을 남발했지만 겉으로는 진지한 표정으로 소원을 비는 구비화의 모습을 보며 철미인 연하선도 눈을 감았다.

여느 때와 같이 또래 남자 아이들과 해변가의 종유석굴을 탐사하며 하루를 보내고 집으로 돌아왔다. 아니, 돌아오는 도중에 연하선과 아이들은 마을에서 나는 짙은 적막과 희미한 피 냄새를 맡았다.

불길한 마음에 저마다 각자의 집으로 뛰쳐 들어갔다.

"엄마, 아빠, 딸 왔어요!"

일부러 큰 소리를 내어 불러봤지만 집 안에서는 아무런 소리가 들리지 않았다.

"엄마, 아빠!"

고함을 지르며 연하선은 집 뒤쪽으로 뛰어갔다. 그녀는 그곳에서 피투성이가 된 아버지와 그런 아버지를 넋을 잃고 쳐다보는 어머니, 그리고 노비구니를 발견할 수 있었다.

"하선이 왔느냐?"

"엄마, 아빠가 왜?"

놀라고 무서운 마음에 울음을 터뜨리며 엄마에게 달려드는 연하선을 보며 노비구니가 안타까운 탄성을 터뜨렸다.

"하선아, 해적이… 해적이……. 하선아, 절대로 칼을 들지 말거라. 아버지를 위해 복수한다고 칼을 들고 살 바에는 차라리 비구니가 되거라!"

처절하게 고함을 지르며 연하선의 엄마는 가슴에 품어둔 은장도를 목에 찔러 넣었다.

"이런!"

"엄마!"

노비구니와 연하선은 놀라서 그녀에게 달려들었지만 이미 숨을 거둔 상태였고 연하선은 그 자리에서 혼절해 버렸다. 아직 어린 그녀에게 그 모습은 견딜 수 없는 충격이었다.

다음날 눈을 떠보니 어제 본 노비구니가 그녀를 돌보고 있었다.

"깨어났느냐?"

"예, 간밤에 너무 끔찍한 꿈을 꾸었어요. 근데 엄마, 아빠는요? 설마 꿈이… 죠?"

연하선이 어제의 끔찍한 장면들을 떠올리며 노비구니에게 묻자 노비구니는 고개를 저으며 입을 열었다.

"어제 네가 본 것은 꿈이 아니란다."

어제 아침, 동해의 해적 흑룡채가 마을을 습격해 왔다. 연하선의 아버지는 평소에 싸움깨나 하는 어부였고 칼 솜씨 또한 꽤 괜찮은지라 마을을 털러 온 해적들과 한판 붙기 위해 마을 남자를 불러 모았다. 간신히 이길 수 있게 되었지만 결국 도망친 해적들이 백여 명의 인원을 더 이끌고 오자 중과부적(衆寡不敵)으로 대부분의 마을 남자들이 죽었다.

그렇게 마을 전체가 약탈당하게 되었던 것이다.

이때 백령도라는 섬에 은거하고 있던 남해 신니를 만나고 아미산으로 발걸음을 돌린 노비구니가 마침 이곳을 지나게 되었다. 노비구니는 해적의 두목을 붙잡고 그들을 제지하였다. 그렇지만 이미 연하선의 아버지의 말을 좇아 해적과 싸우던 마을 남자들이 다 죽자 그들의 부인과 딸, 누나들이 연하선의 어머니에게 돌을 던지며 그들이 죽은 것이 해적들과 싸울 것을 주장한 연하선의 아버지 때문이라고 원망했다. 이를 노비구니가 겨우 말려 그녀의 아버지를 묻는 도중에 그녀의 어머니마저 더 살아갈 이유가 없다며 자결하게 된 것이라는 것이다.

"불쌍한 것, 나를 따르겠느냐? 어차피 이곳에서 더는 살기 힘들 테니 나를 따라 아미산으로 들어가자꾸나, 애야."

연하선은 노비구니의 손을 잡고 아미산으로 오르게 되었다.

그렇게 십 년을 아미산에서 검을 배워 재작년에 영웅학관에 들었지만 아직도 손에서 검을 놓은 적이 없을 정도로 어머니의 유언을 아랑곳하지 않고 언젠가 동해의 해적을 몰살시키겠다는 일념으로 끊임없이 무공을 정진해 온 연하선이었다.

'저의 소원은 하루빨리 아버지의 원수를 갚을 수 있는 실력에 도달하는 것입니다.'

소원을 비는 연하선의 뺨 위로 이슬 같은 눈물이 흘러내렸다.

"언니, 왜 울어?"

철딱서니없기로는 전 중원을 통틀어 세 손가락 안에 들어가는 구비화였지만 눈물을 흘리는 연하선의 모습이 너무나도 애처로워 자신조차도 알 수 없는 막연한 동정심에 손수건을 꺼내어 건네주었다.

나일은 북경성 내에서 복면 하나와 감산도를 사가지고는 영축사 가는 길목에서 조금 벗어난 수풀 속에서 복면을 착용해 보았다.

"딱 맞는데? 촉감도 아주 좋아. 거기다 이 감산도까지. 이왕 정성천에게 한 달에 오 부 이자로 빌린 돈으로 샀으니까 밥값은 벌어야지. 거기다 덤으로… 흐흐흐…….'

나일은 단청이 돈을 도박으로 다 날리자 당장 문화 생활, 즉 술 마시고 맛있는 음식 사 먹는 일을 즐길 수가 없게 되자 정성천에게 스무 냥을 빌려 소품들을 준비했다. 그리고 한 건 거하게 터뜨릴 요량으로 한적하고 제법 돈 있는 사람들이 들락거리는 영축사 가는 길목에서 손님(?)을 기다리는 중이었다.

물론 단청 몰래.

단청은 못되고 얍삽하고 야박하게 구는 사형이다. 하지만 자신을 제외한 다른 이들에게는 잘해주는 이중 성격(?)을 보이는 바 산적질하러 간다고 하면 분명 자신을 괴롭힐 건수를 잡았다고 악착같이 도시락 싸 가지고 다니면서 괴롭힐 것이 뻔했다. 그래서 단청이 식사하러 식당으로 내려간 사이 일사천리로 여기까지 오게 된 것이다.

"자, 간만에 하는 사업이라 이번엔 나를 아는 사람을 만나도 뺑소니 칠 수 있게 복면까지 사 왔고 사업하기에 어울리는 칼도 준비했으니… 하하하!"

불현듯 당민삼의 배신으로 아버지의 표물을 털려 했던 자신을 떠올렸다.

그때 이 복면만 쓰고 있었어도 자신이 아닌 척 뺑소니라도 쳤을 텐데…….

괜히 맨얼굴로 행사했다가 쪽팔리게.

나일은 나무 위에 올라가 사람이 나타나기를 기다렸다.

'한 시진 안에 나타나야 하는데? 안 그러면… 너무 시간을 오래 끌면 분명 사형이 눈치 채고는 눈에 불을 켜고 나를 찾아다닐 텐데…….'

자신이 방에 오래 없거나 문밖에서 장시간 사라지면 자질구레한 잡일 시킬 사람이 없는 관계로 화가 난 단청이 자신을 마구마구 괴롭힐 상상을 하며 나일은 치를 떨었다.

'희대의 천재', '신동', '최연소 입관도' 등등 수많은 수식어를 들으며 영웅학관에 입관했던 노진은 영축사에 할아버지의 절친한 친구인 원하 대사를 만나러 갔다가 웬 미친 여자를 만나서 곤욕을 치렀다. 그래서 기분이 상해 원하 대사에게도 짧은 인사만을 남긴 채 자신의 집으로 향해 가는 길이었다.

영웅학관의 모든 이는 기숙사에서 살지만 집이 가까운 이는 굳이 그럴 필요가 없었다. 그래서 집에서 통학하는 이들의 수도 꽤 된다. 노진도 집에서 통학하는 상태였다.

"꼬맹이, 너, 아까 뭐라고 그랬어?"

반쯤 산길을 내려왔는데 좀 전 빙당호로 가게에서 본 미친 여자가 자신을 보고 소리치며 달려오는 게 보였다.

'아, 미친 여자다. 잡히면 죽겠다. 얼른 도망치자.'

노진은 당연히 죽을 힘을 다해 관도를 벗어나 산길로 피했다. 그리고 그런 노진을 보며 구비화도 수풀을 넘어서 쫓기 시작했고, 철미인 연하선도 구비화와 어깨를 나란히 하고 영문도 모른 채 노진을 뒤쫓았다.

"지금이다! 노진을 납치해라!"

노진이 인적 드문 산길로 향하자 파란 가면을 쓴 인영 다섯이 나타나 노진을 낚아채려 했다. 그리고 어느 틈엔가 유건을 쓴 사내 둘이 나타나 그들의 손길을 막았다.

"너희는 누구냐? 연왕의 개들인가?"

노진을 구원했던 사내 중 하나가 그들의 검을 가로막으며 묻자 파란 가면을 쓴 사내 중 하나가 웃음을 터뜨렸다.

"우리는 앞으로 이 땅의 주인이 되실 분의 종이다. 그나저나 너희들이 유림이숙(儒林二宿)이라는 서생 나부랭이들이냐?"

"흥! 개들이 사람 목소리를 흉내 내다니, 개다운 죽음을 당하고 싶은가 보지?"

"개다운 죽음? 하하, 꼴에 서생이라고 은유적 표현을 쓰다니, 그냥 개죽음이라고 하면 될 것을. 하하하!"

파란 가면을 쓴 무리 중 하나가 자기들을 욕하는 것도 모른 채 바보처럼 큰 소리로 웃어댔다.

"삼호, 조용히 해! 지금 우리가 모욕당하고 있는 거란 말이야!"

옆에 있던 청면인이 알려주자 그제야 삼호의 웃음이 그쳤다.

노진을 뒤쫓아온 구비화와 철미인 연하선은 이렇게 싸움이 벌어지려는 찰나에 그 장소에 도착했다. 숨을 헐떡이며 구비화가 노진에게 손가락질했다.

"야, 꼬맹이, 이리 와. 너, 헉헉, 이 아름다움을 모욕해?"

구비화의 고함에도 아랑곳없이 유림이숙과 파란 가면의 사내들이 대치하자 이상함을 느낀 철미인 연하선도 검집에서 검을 빼 들었다.

"바보 소저, 지금 그 사소한 것에 목숨을 걸겠소? 여차하면 다 죽을

판인데?”

주위를 둘러보며 노진이 말했다.

“뭐라고? 이 꼬맹이가!”

지치고 힘든 데다 분함까지 겹치자 숨을 들이쉬며 구비화는 주위를 둘러봤다.

“헉, 뭐야? 왜 싸우려는 거지?”

“이제야 알았소? 살고 싶으면 뒤돌아서 왔던 길로 되돌아가는 게 좋을 거요. 아직까지 저들은 관도에서 대놓고 사람을 죽이지는 못하니까.”

노진은 구비화에게 그렇게 말하고는 잽싸게 뒤로 뛰어가기 시작했다.

“오호, 노진을 잡아라! 나머지는 저 두 놈을 죽이고 저년들을 죽여 입을 막아라!”

파란 가면을 쓴 사내 중 두목인 듯한 사람이 말하자 유림이숙은 전광석화처럼 부채를 들어 아무도 못 빠져나가게 파란 가면의 사내들을 막기 시작했고, 놀란 구비화는 막무가내로 노진을 향해 달리기 시작했다.

“어서들 빠져나가시오! 우리는 겨우 일각 정도만 이들을 막을 수 있소!”

부채를 든 서생 중 하나가 연하선을 향해 외쳤지만 연하선은 검을 들어 파란 가면의 사내들을 찔러 들어갔다.

챙! 차칵! 추르르!

연하선의 도움에도 불구하고 파란 가면의 사내 중 하나가 그 싸움에서 빠져나와 노진과 구비화를 쫓기 시작했다.

"왔구나, 왔어. 딱 반 시진 만에 오는 돈덩어리들이구나."

나일은 기쁜 마음으로 감산도를 들고는 오늘 밤 먹을 술 생각을 했다.

그런데 이런 나쁜 놈이 있나? 기껏 기다린 자신을 제치고 파란 가면의 사내가 자신의 손님에게 먼저 행사를 하려는 것이 아닌가?

무하신공 무하파보(無瑕波步).

나일은 파도보다도 더 빠른 경공을 펼친 후 파란 가면의 사내가 여인의 등으로 찔러가는 칼을 쳐낸 후 고함을 질렀다.

"야, 이놈아! 너는 늦게 온 주제에 내 손님을 가로챌……."

미처 말을 다 잇지 못하고 나일은 구비화의 얼굴을 봐버렸다.

"이놈이 감히 사람을 죽이려 해!"

하마터면 구비화가 칼에 찔릴 뻔했다는 이유로 화가 난 나일은 파란 가면의 사내를 죽일 듯이 발로 차려다 진짜로 죽을까 봐 적절히 힘을 안배해 찼다. 그러자 오 장여가량 날아간 후 피를 토한 사내는 나일을 보며 이를 갈고는 자신이 왔던 곳으로 도주하기 시작했다.

그 광경을 목격한 노진과 구비화는 땅바닥에 주저앉았다.

털썩털썩.

한숨 돌리고 난 후 노진은 한적한 산에 웬 복면을 쓴 사람인가 싶어 물었다.

"은공은 누구십니까?"

노진의 물음에 하마터면 '이 나으리로 말할 것 같으면 이 길목을 접수하고 있는 산적님이시다. 통행세를 내고 가' 라고 말할 뻔한 것을 억지로 참고 나일은 음성을 변조했다.

구비화의 앞이지 않은가?

"구름따라 바람따라 떠돌아다니는 강호의 협객(俠客)이란다."

나일의 말에 노진은 믿을 수 없다는 표정을 지으며 되물었다.

"누구시라고요?"

"바람따라… 협객!"

나일은 다시 한 번 뻔뻔하게 자신의 정체를 날조했다.

노진은 그 좋은 머리로 자신의 앞에서 복면 쓰고 감산도를 손에 든 사내가 사람들의 돈을 턴다는 산적이라고 생각했다. 아니, 머리가 좋지 않은 사람이라도 지금 저 사내의 모습을 보고 떠오르는 직업은 산적밖에 없을 것이다. 그렇지만 우선은 생명을 구함받았기에 예의상 물은 것이었는데 어울리지 않게 협객이라고 대답하니 곤혹스러웠다.

'복면산적인 것 같은데 협객이라고 하니… 그래, 협객이라고 주장하니 그런 척 해주자. 그리고 도움을 받아야겠다. 그런데 어딘지 모르게 이상한데?'

노진은 그렇게 마음먹고는 나일에게 물었다.

"그렇다면 혹시 명호가 복면산선(覆面山仙)?"

"음, 그래, 맞아. 그게 나야."

나일은 이 '복면산선' 이라는 이름을 처음 들었지만 꼬맹이의 비위를 맞춰서 이 가시방석 같은 자리를 한시바삐 탈출하고 싶은 마음에 고개를 끄덕였다. 그리고는 멋있게 능공허보를 펼치며 사라지려 했다. 구비화가 산적을 무척이나 싫어하는데 정체가 밝혀지면 구해줘서 고맙다고 한 번은 하겠지만 그 다음부터는 자신을 멀리하려 할 것이라는 것에 생각이 미친 것이다.

"그럼 이만."

노진은 복면인이 더듬거리며 무언가 안절부절못하는 기색이 보이자 맨 처음엔 사업상의 대화를 하다가 갑자기 미친 소저를 순간적으로 알아보고는 그 미친 소저에게 칼을 댄 파란 가면의 사내를 발로 차던 것을 생각했다. 그래서 미친 소저와 친분이 있는 인물이라 짐작하고는 그가 자신을 드러내려 하지 않으려 한다는 것에까지 추측이 미쳤다. 되는대로 '복면산선'이라는 허구의 인물을 급조해서 부른 것인데 그 인물임을 인정하며 자리를 피하려 하자 그는 자신의 생각이 맞다고 생각했다. 그렇다면 해를 끼칠 인물은 아니다. 그래서 급박한 목소리로 복면인을 불렀다.

"복면산선, 저쪽에 누나의 일행이 괴한들에게……."

일부러 구비화의 일행임을 강조하며 괴한들과 싸우고 있을 유림이숙을 구하기 위해 말을 흐리자 나일이 능공허보를 보이다 노진이 가리킨 곳으로 어기충소(御氣沖霄)의 신법으로 하늘을 날아서는 마치 빛살처럼 내려가기 시작했다.

이미 청의가면인들은 사라진 후였다.

노진을 쫓아갔던 오호가 피를 토하며 돌아와서 새로운 적이 나타났음을 알리자 청의가면인들은 그를 이끌고 도망쳤다. 그리고 철미인 연하선의 도움으로 백중지세(伯仲之勢)를 연출하던 유림이숙은 연하선에게 감사를 표하고 있었다.

"여기 혹시 구비화 소저의 일행이 있소?"

나일이 그들을 보며 하늘에서 소리치자 연하선은 엄청난 무공의 복면인을 보고는 넋이 나간 듯 고개를 끄덕였다.

제대로 찾아온 듯하자 나일이 땅으로 내려왔다.

"괴한들은?"

나일의 물음에 유림이숙 중 하나가 두 손을 맞잡았다.

"이미 도망친 후입니다."

"그랬군. 그럼 이만."

그 말을 끝으로 나일은 다시 능공허보의 경신술로 하늘을 날아서 사라졌다.

"정말 대단한 고수야! 세상에, 능공허보라니!"

"믿기지 않는군. 요즘 이야기로만 들리는 천하삼대고수 중 하나가 아닐까?"

"가히 그 정도의 신위야. 어쩌면 정말 그들 중의 하나일 수도 있겠는걸?"

사라진 나일의 신법에 유연왕이 둘째 아들 무정고림이숙은 혀를 내둘렀다.

"이상해. '분명 구비화 소저의 일행이 있소?' 라고 했어. 그렇다면 너를 아는 사람이란 얘긴데… 누군지 모르겠니?"

"누구?"

연하선의 물음에 구비화도 고개를 갸우뚱거리며 고개를 저었다.

"언니 말대로 그 정도로 대단한 무공을 가진 사람은 내 곁에 없는데… 혹시?"

"누군데? 말해 봐."

연하선의 물음에 구비화는 무정왕룡 주연발을 떠올렸다.

'그분이라면 대단한 실력을 갖췄을 텐데……. 그럼 왜 복면을 했지?

알았다. 자신을 드러내지 않으려고……. 맞아, 그럴 수도 있어. 왕가의 자식이라 나 같은 일개 평민을 위해 직접 나섰다는 것이 알려지면 안 되니까 그런 것일 거야.'

속으로 무조건 주연발을 대단한 사람이라고 부풀려 생각하며 이 생각 저 생각으로 구비화는 밤을 지새었다.

"에이, 제기랄, 한 푼도 못 건졌어."

감산도와 복면을 침대 밑에 숨겨놓고 단청의 속옷을 빨면서 나일은 궁시렁대기 시작했다.

"아, 내 화주, 분주, 죽엽청, 금존청, 끝내주는 용존청아~"

나일의 넋두리가 차츰 사그라질 때 나일을 찾아 영웅학관 곳곳을 돌아다니던 단청이 돌아오더니 머리를 쥐어박았다.

"왜 때려요?"

그제야 나일이 빨고 있는 것이 자신의 속옷이라는 것을 확인하고는 흡족한 마음에 부드럽게 말하려는데 나일은 자신의 이런 마음도 모르고 매를 벌고 있었다.

"어디 갔다 왔어, 사랑스런 사제야?"

"잔디밭에서 잠깐 자다 왔어요."

"이놈이! 어디서 함부로 자다 와? 잠은 집에서 자야 하는 법이다."

"우씨, 우리 집은 사천 강진인데 그럼 거기서 통학하라는 거예요?"

궁시렁궁시렁거릴 때마다 조금씩 강도가 세지던 단청의 주먹질이 급기야 나일을 일 장 가까이 날려 보낼 정도가 되었다.

"한 번만 더 궁시렁대 봐라."

나일이 잠잠히 빨래에 집중하자 그제야 단청이 나일을 때린 부분,

즉 나일의 뒤통수를 어루만져 주었다.

"참, 영웅대제가 뭔지 아냐?"

"그거야 뭐 무관은 무공 대결이겠죠. 그리고 문관은 몰라요. 관심도 없고."

나일의 말에 단청은 나일의 뒤통수를 어루만지던 손바닥을 주먹으로 변화시켜 다시 한 번 뒤통수를 강타했다.

"왜요?"

쫄은 듯한 나일의 모습을 보며 단청이 준엄하고 비장하게 말했다.

"나는 말이야, 세상에서 제일 유식한 존재야. 그래서 내가 가르쳐 주려는 정보를 무시하고 내 말을 끊는 것을 세상에서 가장 싫어해. 알지?"

"알죠."

"그런데 왜 내가 싫어하는 것을 해?"

따악!

그리고는 잊지 않고 나일에게 문, 무관대제에 대해 알려주기 시작했다.

물론 자신도 나일을 찾아다니며 방금 귀동냥으로 주워들은 말들이다.

영웅대제(英雄大祭)는 무관의 영웅무제와 문관의 영웅문제를 합쳐서 부르는 것이다.

그중에 영웅무제는 영웅학관 개관 기념일에 열리는 영웅연의 백미로서 5월 1일에 결승전이 열린다. 이날은 영웅학관이 축제를 벌이는데 이 결승전으로 축제를 종료한다. 물론 따로 열리는 뒤풀이를 제외하고 말이다. 무관대제의 목표는 '비무로서 나 자신을 알고 스스로의 실력을 가늠한다' 라는 명분으로 거의 모든 무관생들이 참여하는데 자신의 무기를 들고 상대가 패배를 인정하겠끔 만들면 승리하게 된다.

영웅대제의 다른 하나인 영웅문제의 종목은 바둑이다.

물론 문관생들이라면 시문이나 역사, 인물, 논문 등의 다양한 주제를 놓고 승부를 겨룰 수 있지만 명확한 승부가 되기는 힘들다. 그래서 승패를 명확히 할 수 있는 바둑을 영웅문제의 종목으로 채택한 것이다. 바둑이라는 것은 선비들이 자신의 깨우침을 겨루는 놀이로 오래전부터 행해져 왔고 작금에는 이 바둑의 고수에게 조정에서 관직을 줄 정도로 문을 익히는 자라면 필히 알아두어야 하는 학문의 하나로 인식되어지고 있다.

그래서 바둑이라는 것이 문관생들에게 승부를 겨룰 수 있는 가장 인기있는 학문이기에 비록 예관 잡전의 한 과목이지만 문관생들이 바둑 속에 자신이 배운 것들을 담아 겨룬다.

또한 예관생들은 축제를 빛내기 위해 자신들의 그림이나 글씨, 또는 음악으로 축제의 흥을 돋우는데 예관생들이 서너 명, 혹은 다섯 명 정도가 조를 이뤄 영웅연이 끝나기 전까지 영웅학관 관생들 각자에게 주어진 영웅학관 관주의 직인이 찍힌 개인의 투표 용지를 많이 모으는 것으로 승부를 가린다.

문, 무관대전의 4강 진출자와 예관의 승리조에게는 영웅중이 수여되기 때문에 경쟁이 치열하고 영웅학관 자체가 특별한 기재들의 모임이기에 문, 무관대전의 우승자나 예관의 인기조에 소속된 인물 중 하나가 각자의 관을 대표하는 문, 무, 예관 관생관장이 되어 1년 동안 그들의 관을 이끄는 대표자가 된다. 이것은 입관한 관생들이 각자가 자신이 가장 뛰어나다고 생각하며 관생관장이 되려고 많은 수의, 아니, 거의 대부분이 관생관장 선거에 응시하려고 해서 고육지책(苦肉之策)으로 내건 영웅학관의 배려 중 하나였다.

'가장 뛰어난 이가 모든 이들의 우두머리가 된다' 가 바로 영웅학관의 표어이다.

그리고 그 영웅연의 백미인 문, 무관대전의 출전 신청 첫날이 오늘이라는 단청의 말에 나일은 빨고 있던 단청의 옷을 마저 다 빨고는 단청과 함께 신청을 접수하는 곳으로 향했다.

신청 접수하는 첫날임에도 불구하고 그 줄의 끝이 보이지 않자 나일과 단청은 다음날 일찍 접수하기로 하고 되돌아오는데 기숙사 방 안에서 들려오는, 정말 처음 들어보는 가락의 금음을 듣고는 서로를 마주 보았다.

생경한 가락은 짧고 변화가 무쌍했다.

안에서 그 가락에 맞춰 노래하는 목소리는 보통의 금음을 이용한 노랫가락보다 몇 배는 빠른 어조로 혼자서 중얼중얼거리고 있는 듯했다. 마치 비 맞는 중처럼.

난 버림받았어. 한마디로 얘기하자면 보기 좋게 차인 것 같아.

빌어먹을, 내 가슴속엔 아직도 네가 살아 있어.

정말 난 바보였어. 몰랐었어. 나를 사랑한다 생각했어.

내 마음도 널 사랑했기에 내가 가진 전부를 줘버렸어.

넌 왔다 갔다, 이런 날벼락이, 이 세상에 혼자 남은 듯한,

하늘이 무너져 내리고 있어. 그리고 자꾸 깊은 곳으로 떨어져.

"이게 뭐예요, 사형?"

나일의 말에 단청은 자신도 모르겠다는 듯 두 손을 들어 보이며 살며시 방문을 열어 무슨 일인가 들여다보았다.

방 안에 있는 서태우는 단아하게 앉아서 금을 무릎에 올려놓고 부드럽게 타면서 노래를 넣어 부르는 통상의 방법이 아닌 바닥에 서서 금을 옆에다 끼고 빠르게 손목 전체로 금을 타면서 머리를 흔들어대며 혼자서 중얼중얼거리고 있었다.

단청을 밀어내고 그 광경을 본 나일이 두 눈을 부릅뜨며 단청에게 물었다.

"무슨 주술을 외우는 것 같기도 한데… 사형, 혹시 밀교에서 전해지는 주술 중 하나가 아닐까요?"

나일의 말에 단청도 곰곰이 생각하는 듯하더니 이내 자신이 긴 생을 살아오면서도 저런 광경은 난생처음이라며 직접 물어보자고 했다.

"밀교의 주술과는 무언가 근본적으로 달라 보여. 밀교의 주술은 어두운 곳에서 누군가를 저주하는 데서 발생했기에 공포스러운 기운이 피어나지만 저 서태우의 행동은 어쩐지 재밌고 사람의 마음을 경쾌하게 해주거든. 어쨌든 한번 들어가 보자구."

단청이 소리 내어 문을 열어젖히자 한참 동안 자신의 가락에 심취해 있던 서태우가 행동을 멈추며 무덤덤하게 금을 침상으로 던졌다.

"왔어? 그래, 신청은 했냐?"

서태우의 물음에 나일이 손을 들어 손바닥과 손바닥을 벌려 보였다.

"줄이 이렇게 길어서……. 근데 방금까지 뭐 했냐?"

나일의 말에 단청까지 가세했다.

"그래, 너의 정체를 밝혀라."

그러자 서태우는 겸연쩍은 몸짓을 해 보였다.

"뭘 말야?"

"방금 그 가락과 그 행동."

나일의 말에 그제야 자신이 한 행동을 모두 보았다는 것을 알게 된 서태우의 안색이 굳어졌다.

"다 봤단 말이지?"

서태우는 되물으며 단청과 나일의 목을 각각 한 손으로 움켜쥐고 살인멸구(殺人滅口)를 하고 싶었지만 그것은 상상일 뿐 현실의 자신은 기껏해 봐야 정팔품의 황궁 악사가 되는 것이 고작인 예관 악전의 관생일 뿐이었다.

서태우는 굳혔던 안색을 풀었다.

그러자 당황한 것은 오히려 단청과 나일이었다.

생활한 지 겨우 일주일밖에 안 됐지만 서태우의 성격이 자신의 일만 아는, 다른 사람과의 대인 관계는 별로 중요시하지 않는 외곬의 인물인데 그런 서태우가 안색을 풀며 느끼하게 웃다니…….

"내가 방금 한 가락과 춤은 '희파과락(喜婆鍋樂)'이라는 음서에 적혀 있던 것들이야."

"희파과락?"

나일의 물음에 서태우는 자신이 이 곡을 접하게 된 이야기를 들려주었다.

서태우는 어렸을 때 부모를 여의었다.

그래서 부모님의 유품인 금을 가지고 자신의 누나와 함께 이 인조로 주루를 돌아다니며 노래를 팔러 다녔단다. 자신은 금을 튕기고 누나는 노래를 부르며 꽃을 팔고 …….

그러다 산동성의 한 주루에서 지금 자신의 스승인 설운락의 손에 이끌려 스승의 집이 있는 남경으로 가게 되었다.

몇 년 후 어느 날, 스승의 서고를 정리하다가 반쪽짜리 악보를 발견했는데 그것이 '희파과락'이었다는 것이다.

생경한 가락에 처음 보는 글자들이 있었다. 그 글자가 색목인들 중에서도 아주 먼 곳에서 온 파란 눈을 가진 색목인들이 쓰는 영어라는 글자임을 알고는 영어를 익혀서 그 글자의 뜻을 알게 되었는데 무척이나 가사가 직설적이고 중독적인지라 그 곡에 빠진 지 벌써 3년이 다 되었단다. 이 희파과락은 사람의 감성을 풍부하게 하는 음악이라기보다는 가락에 자신의 의지를 담아 그것을 전달하는 매개로써의 음악이라는 사실 정도만 알아냈고 아직 이 곡을 완전히 깨닫지는 못한 상태였다. 자기가 이 곡을 익히고 있다는 사실은 자신의 스승 설운락조차 모르는 것이니까 못 본 척해달라는 주문을 덧붙이는 것도 잊지 않으며 서태우는 말을 마쳤다.

"이거 괜찮은데? 내 생애 처음 들어보는 노래야. 심장 박동 수에 맞춰서 토해내는 가사도 마음에 들고."

"맞아요. 거기다 왠지 모르게 나까지 몸을 흔들고 싶은 감정을 느꼈다니까."

나일은 단청의 말에 동조하며 서태우를 쳐다봤다.

"한 번만 더 보여줘라."

나일의 말에 서태우는 이상하다는 듯 고개를 저었다.

"이건 분명 생소한 가락인데 이 가락에 그런 묘가 실려 있단 말이야?"

"그건 잘 모르겠구 한 번 더 들어보고 싶단 말이야. 부탁해."

단청이 재촉하며 재차 부탁하자 서태우는 침상에 던져 둔 금을 검을 차듯 옆구리에 끼고는 화려하고 경쾌한 가락을 튕겨댔다.

띠리릭, 띠, 띠리릭, 띠띠릭······.

그 음률에 맞춰 서태우가 고개를 크게 숙였다 폈다 하자 나일과 단청도 따라서 그 동작을 하다가 어느새 빠른 몸짓으로 권무를 추기 시작했다.

용과 호랑이가 결투하는 듯 박진감 넘치게 서로를 공격하다 어느 순간엔 하늘에서 내려온 선녀인 것처럼 우아한 손짓을 보였고, 다음 순간에는 다시 고개를 숙였다 폈다 하며 음률에 맞춰 조금은 과장된 몸짓까지 보이며, 서태우가 금음을 내려놓을 때까지 그 둘은 가락에 맞춰 격력한 몸짓을 펼쳐 보였다.

"대단해, 대단해."

서태우가 박수치며 그들의 춤을 칭찬하자 아직까지 남아 있던 가락의 여흥을 삭이며 나일과 단청도 서태우를 향해 엄지손가락을 치켜세웠다.

"너야말로 대단해."

서태우는 진정으로 나일과 단청의 모습에 감동했다. 다른 사람들에게도 자신의 금음과 이들의 음악에 맞춰 추는 춤을 보여주고 싶다는 생각이 파도처럼 밀려들었다.

서태우는 무언가 한참을 망설이더니 결심을 굳혔는지 나일과 단청을 향해 쭈뼛거리며 다가왔다. 그리고는 그 둘에게 무릎을 꿇어 보였다.

"다, 다음 달에 열리는 영웅연에 나랑 같은 조를 해줘."

나일은 급히 서태우를 일으켜 세우며 단청을 바라보았다.

"그러고 싶은데 우린 예관생이 아니잖아."

"휴우, 그건 그렇지만 내 음악에 맞춰 그렇게까지 흥겹게 춤을 추는 두 사람이 너무나 멋있어서……."

아쉬움이 듬뿍 배인 서태우의 말에 나일이 무릎을 쳤다.

"이러면 어때? 우리는 그저 복면을 쓰고 네 뒤에서 춤만 추는 거야."

내심 그것까지 생각하며 무릎을 꿇었던 서태우는 반색하였다.

"정말 그렇게 해줄 거야?"

"좋아. 대신 그 곡조를 우리한테 가르쳐 줘."

이 말은 물론 세상에서 가장 유식한 존재이며 호기심을 풀지 못하면 미치고 만다는 나일의 사형 단청의 말이었다.

"좋아. 고마워."

단청과 나일, 서태우는 서로를 마주 보며 웃음을 터뜨렸다.

단청은 무관 도전의 전공 수업인 '과연 도(刀)란 무엇인가' 시간이 끝날 때쯤 하여 나일이 강의를 듣고 있는 강의실로 향했다.

"그렇기에 무사에게 있어서의 도(刀)라는 것은 생명 그 자체라는 말이다."

아직 수업이 끝나지 않았는지 나일이 있는 강의실에서는 얼굴에 왼쪽 이마부터 턱까지 대각선으로 흉악한 상처를 간직한 중년인이 강의하고 있었다.

첫 전공 수업의 첫째 시간이라 그런지 강의를 듣는 도전 관생들의 얼굴은 진지함으로 가득 찼지만 맨 뒤에서 꾸벅꾸벅 졸고 있는 나일의 모습은 그런 진지한 관생들의 모습에 가려 무관사 섬서패검 홍진석의 눈에는 들어오지 않는 모양이다.

이윽고 종이 울리자 감았던 눈을 번쩍 뜨며 나일은 늘 그렇듯 제일 먼저 강의실을 빠져나왔고 그런 나일의 뒷덜미를 단청이 낚아챘다.

"쯧쯧, 너는 어떻게 예나 지금이나 교육을 받기만 하면 조는 거냐?"

"그거야 오래전에 누군가가 자기 자랑 하느라 삼 박 사 일을 꼬박 새우고는 해서 이제는 누가 앉혀놓고 얘기만 해도 저절로 졸게 된다구요."

단청의 말에 반격의 말을 가하던 나일은 단청이 내려치는 주먹을 잡아채며 비굴한 웃음을 보였다.

"헤헤, 사형, 그게 꼭 나쁘다는 게 아니라 너무 저한테 가르침이 컸기에 여기서 배우는 게 시답잖다는 얘기예요."

나일의 치켜세우기에도 아랑곳 않고 단청은 다시 나일의 머리를 향해서 주먹을 내려쳤다.

퍼억!

"우씨."

퍽퍽! 퍽퍽퍽!

나일이 단청을 째려보자 단청은 다시 한 번 나일의 머리에 가르침을 베풀었다.

퍼어어억!

"그만 좀 때려요!"

나일과 단청이 티격태격, 아니, 일방적으로 단청이 나일에게 가르침을 베풀 때 그 장면을 본 정성천이 반갑게 그들을 불렀다.

"어이, 나일! 단청!"

서로의 손을 엉거주춤 잡고 있던 그들이 돌아보자 정성천은 친근한 표정으로 그들에게 다가왔다.

"아직도 우애가 좋구먼?"

"아, 맞다. 너도 도전에 입관했다고 했지?"

그제야 자신들을 부른 게 돈 많기로 유명한 금룡회의 회주를 아버지로 둔 화월루의 주인 정성천임을 알아본 단청이 반색을 했다.

"그래, 오랜만이네. 가게는 여전히 영업 잘되지?"

"그건 잘 모르겠네. 나야 그곳을 소유했다 뿐이지 경영은 그곳의 총관이 하니까 말이야."

"그건 그렇겠지."

갑자기 머리 속에서 용존청의 그윽하고 깊은 맛이 떠오른 단청은 정성천의 어깨를 털어주며 친근함을 표시한 후 느끼하게 정성천의 얼굴을 쳐다봤다.

"용존청이 가게에 새로 들어왔는가?"

뜬금없이 용존청에 대해 묻는 단청의 의도를 상인의 자식답게 읽은 정성천은 고개를 가로저었다.

"아직 안 들어왔지. 들어왔다고 해도 그건 천 냥짜리 술일세, 자그마치 천 냥. 그러니 천 냥을 내게 주면 한번 구해보도록 노력함세."

정성천의 교묘한 말에 친한 척하며 용존청을 다시 한 번 공짜로 얻어먹으려 한 단청은 입맛을 다시며 물러섰다.

"자네도 이번 수업을 들었는가?"

단청에게 막혀 한마디도 하지 못했던 나일이 묻자 정성천은 고개를 끄덕였다.

"난 자네 옆에 앉아 있었다네. 좀 늦게 강의실에 들어왔는데 자네가 졸고 있기에 아는 척도 못하고……. 자네, 수업 내내 졸더군. 그리고 수업 종이 울리자 어떻게 그렇게 빨리 나가는지. 인간이지만 동물적 감각을 가지고 있구나 하는 생각이 들 정도로 전광석화와 같은 반사 신경으로 나가길래 나도 잽싸게 나온 거라네."

장황하고 조금 과장스러운 몸짓까지 보태어 말하는 정성천이었다.

"근데 나한테 무슨 볼일이 있는가?"

"볼일은 무슨 볼일, 친구끼리… 하하! 참, 자네 이번에 무관대전이 열리는데 그 사실은 알고 있겠지?"

"나도 이 학관 학생인데 당연히 알고 있지."

"그래? 좋아, 그렇다면 이번에도 단도직입적으로 얘기하지."

"그래, 얘기하게."

나일이 무슨 일이냐는 듯 빤히 자신의 얼굴을 쳐다보자 정성천은 건물 내의 복도를 분주히 돌아다니는 관생들을 의식한 듯했다.

"우선 우리 차라도 마시면서 얘기하세."

나일과 단청, 정성천이 들어온 곳은 학관 내의 '다방'이라는 간판을 건 차 전문 휴게실이었다.

"여기서 제일 비싼 거요."

단청이 제일 먼저 주문하자,

"제일 양 많고 맛있는 차요."

두 번째가 나일이었고,

"용정차로 한 잔 주시오."

이마에 손을 짚으며 고개를 절레절레 흔들면서 돈을 꺼내어 말한 것은 정성천이었다.

결과적으로 그들은 용정차 세 잔이 나와서 사이좋게 나눠서 손바닥 위에 찻잔을 올려놓았다.

"그러니까 자네 말은 정보를 조달해 달라는 이야기군. 특히 당민삼에 관해서."

나일은 정성천의 말에 고개를 끄덕이며 말했다.

"그렇네. 자네는 내게서 이십 냥이라는 거금을 빌려가지 않았는가?"

교묘하게 빌린 돈이 있으니 협조하라는 식으로 몰아세우는 정성천을 보면서도 나일은 고개를 까딱까딱 저었다.

"무엇이 마음에 들지 않는가?"

"우선 왜 자네는 돈을 관리하며 편하게 앉아 있고 나는 정보를 구하기 위해서 돌아다녀야 하나?"

"……."

"그리고 또 수익 배분은 모두가 공평하게 했으면 하네."

열변을 토해내는 나일의 모습에 감동받았는가?

정성천은 한숨을 들이마셨다.

"좋아. 우선 이 상품은 내가 만든 것이니까 주루에 비유하자면 나는 경영을 하는 총관이 되는 것이고 자네는 손님을 끌어들이는 호객꾼이라고 생각하면 되네. 그리고 자네가 물고 온 정보의 경중에 따라 정보를 판매한다면 그 수익의 반은 자네에게 돌리겠네. 또……."

정성천은 말을 채 잇지 못하다가 이것까지 말해야 원만한 관계가 유지되겠다는 생각으로 목소리에 은근히 힘을 주었다.

"우리의 주 수입은 사실 이 정보를 가지고 영웅대전이 벌어질 동안 그 비무의 승패를 맞춰서 돈을 불리는 것일세. 불법 도박판이 영웅연 동안에만 다섯 군데 이상 있다는 얘기일세. 정보만 확실하다면 다섯 군데에서 돈을 딸 수도 있다는 이야기지."

정성천의 말에 수긍하는 듯하던 나일이 무언가 의문이 생긴 듯 물었다.

"그럼 다섯 군데 다 걸겠다는 얘긴가?"

"아니네. 대략 규모가 큰 두세 곳 정도. 그중에서 금룡회에 속한 자식들이 주축인 황금단과 황금단보다도 더 규모가 크다는 소문인 곳이 있는데 그 두 곳에 걸 생각이네."

"뭐라고?"

아무리 자신이 아버지의 말을 따르지 않고 무관도전에 입관했지만 태어난 태생은 금룡회의 일원이지 않은가?

나일과 단청은 금룡회의 자식이 주축이 금룡회인 황금단을 털 것이라는 정성천의 말에 의문을 표시했다.

"뭔가 오해가 있구만. 내가 무관도전에 입관해 무사의 길을 걷게 되었다 해도 내 피 속에는 상인의 기질이 남아 있더군. 그래서 그 상인의 기질을 아버지에게 보여주고 싶을 뿐이네. 문관의 상전에 들지 않아도 여전히 상인의 기질은 가지고 있다는 것을 말일세."

그제야 나일과 단청이 이해했다는 표시를 하자 곧 이어 단청이 물었다.

"그런데 그곳을 거덜 내려면 많은 돈이 필요한 텐데?"

단청의 말에 정성천도 고뇌의 표정을 하면서 결국 자신이 자금을 만들기 위해 생각해 뒀던 방법을 이야기했다.

"그 부분은 단청 자네의 도움이 필요한데……."

"나? 나 돈 없는데?"

자신을 가리키며 놀라 묻는 단청에게 정성천은 자신이 생각했던 방법을 이야기했다.

"단청 자네가 집안의 가보인 시가 만 냥의 '황옥벽'이 나일의 아버지가 운영하는 대향표국으로부터 온다고 소문 내는 것일세. 그리고 그 소문을 담보로 돈을 금룡회에서 빌리는 것일세. 그렇다면 최소한 한 달 반이라는 시간이 걸리기 때문에 영웅연이 끝날 때까지 우리는 빌린 돈으로 돈을 불린 후 다시 빌린 돈을 금룡회에게 갚는 것이지. 물론 나도 화월루를 담보로 빌리고 싶지만 금룡회의 자산으로 알려진 화월루를 누가 담보로 받아들이겠나. 그래서 '황옥벽'을 미끼로 금룡회에서 돈을 받아내고 그 돈으로 영웅학관 내에서 금룡회 자식들의 모임인 황금단의 돈을 다 먹어버린다는 게 나의 생각일세."

"과연 소문만으로 돈을 빌릴 수 있을까?"

단청의 물음에 정성천은 가슴을 탕탕 쳤다.

"내가 바로 금룡회주의 아들 정성천이야. 내가 보증을 서면 이것보다 더 허황한 짓거리에도 금룡회에서 전장을 맡고 있는 전봉선 총관이 돈을 내놓을 수밖에 없을 거라고."

나름대로 모든 것을 검토하고 금룡회의 총관인 전봉선의 약점을 쥐고 있었기에 정성천은 자신이 나선다면 이 문제는 별 무리 없이 진행될 것이라 여겼다.

"가장 중요한 것은 정보라고, 올바른 정보. 우리가 팔아넘길 수도 있고 또한 우리가 사용할 수 있는 정보. 알았지?"

정성천은 다시 한 번 강조하며 나일과 단청의 표정을 살피더니 차맛을 음미했다.

"근데 왜 하필 나를 선택한 것인가?"

"자네가 당민삼의 죽마고우(竹馬故友)라면서?"

“그래서 내가 돈 몇 푼에 친구를 배신할 놈으로 보인단 말인가?”

생각보다 나일의 표정은 굳어 있었다.

“내 용존청도 쏘지.”

“잠깐, 사형이랑 상의 좀 하겠네.”

말을 마친 후 나일은 단청을 끌고 잠시 다방을 나왔다.

“사랑하는 사제야, 한 번만 하자.”

“사형, 이 사나이 나일, 아무리 못된 짓을 한다 해도 친구를 배신하는 짓은 못합니다.”

“용존청인데?”

단청의 말에 나일도 고심하는 표정을 지었다.

“저도 그것 때문에 거절을 못한 것입니다.”

“야, 한 번만 하자. 사실 우리 돈도 없어서 용존청은커녕 죽엽청도 못 먹고 있잖아.”

애처로운 눈으로 단청이 나일을 쳐다보았다.

“그게 내 잘못입니까? 사형이 도박판에서 돈을 다 날려서 그렇지.”

“뭐라고?”

아무리 자신이 잘못했다 해도 나일에게서 이런 말을 듣고 참을 단청이 아니다.

눈을 치켜뜬, 그리고 주먹을 올려 든 단청의 귀에 나일이 소곤거렸다.

“이러면 어떨까요?”

“어떻게?”

“당민삼의 정보만 빼고 다른 놈들의 정보를 팔아넘기는 겁니다.”

“너, 학관 내에 당민삼 말고 아는 사람이 또 있나?”

“없죠.”

“정성천이 기대하는 것은 오로지 당민삼의 정보뿐인 것 같은데?”

“사나이 나일, 죽어도 그런 짓은 못합니다.”

단청은 차마 이런 짓까지는 시킬 수 없었다. 사형으로서 지킬 건 지켜야겠다는 생각이 들었다.

“휴우, 그래, 잘났다. 내가 니 뜻을 전하고 오마.”

잡힐 듯한 용존청이 날아가 버리자 단청은 힘없이 다방 안으로 들어갔다.

제23장

두목을 이용하라

황궁의 아침은 그곳에서 아침을 맞아본 자만이 얼마나 장엄하고 웅대한지를 느낄 수 있다. 문무백관들이 모두 모여 황제가 집무를 보는 태화전 앞에 양쪽으로 갈라서서 도열하여 외치는 '만세삼창'은 지켜본 자들이라면 평생 기억 속에서 잊혀지지 않을 추억으로 첫 손가락에 꼽힐 것이다.

"뭐야? 벌써 아침인 거야?"

대명의 황태자 주성치는 자신의 시비인 예림이 건네주는 소곤룡포를 갖춰 입었다.

"아버님은 밤새 안녕하시느냐?"

"황제 폐하께서는 여전히 몸이 좋지 않아 몸을 가눌 수 없어 주무시고 계신답니다."

예림의 말에 이미 알고 있는 사실이지만 다시 한 번 시름에 잠긴 얼굴로 주성치는 커튼을 열었다.

"그래, 알았다."

"황태자 전하, 식사하셔야죠."

"입맛이 없구나. 아침상을 물러라."

"옥체를 생각하소서, 황태자 전하. 조금이라도 드시지요."

"그만 물리거라!"

주성치가 말끝을 올리며 목소리를 높이자 예림은 더 이상 식사를 권하기도 송구스러웠는지라 두 손을 가슴께에 모은 채 뒷걸음질로 침실을 나서려다 아침에 본 동창 대영반 정염을 떠올리고는 발걸음을 멈췄다.

"황태자 전하, 동창 대영반 정염이 접견을 요청했습니다."

아침부터 무슨 바람이 불어 자신을 찾았는지 궁금한 주성치는 서가로 발걸음을 옮겨서 정염을 맞이할 준비를 했다.

서가에 앉아 '삼국지연의'를 꺼내어 볼까 하다 문을 열고 들어온 정염과 노림을 보며 주성치는 의자를 권했다.

"그래, 무슨 일로 이 아침부터 찾아온 것이오?"

궁금증이 담긴 주성치의 말에 정염은 고개를 깊이 숙여 읍한 후 말문을 열었다.

"황태자 전하, 그쪽의 움직임이 심상치 않습니다."

"그거야 원래부터 그렇지 않았습니까?"

퉁명스런 주성치의 말에 정염과 같이 들어온 황궁태사 노림이 공손히 읍하여 말했다.

"이번에 영웅학관 영웅연에 황태자 전하를 초청하는 영웅학관 관주 도현 도장의 서찰이 어제 도착했습니다."

"뭐라고요?"

벌떡 일어서며 발작하려던 주성치는 다시 의자에 앉아 책을 넘기는 척하며 물었다.

"왜 안 하던 초청을 한단 말인가?"

"그것이……."

노림이 말을 잇지 못하자 자금신검 정염이 노림의 말을 이어갔다.

"아마도 영웅학관 수뇌부에도 전하께서 여인의 몸이라는 소문이 돌아서 지금처럼 황궁의 정쟁이 복잡할 때 영웅학관, 즉 무림이 붙어야 할 쪽을 선택하려는 것일 테지요."

"그래, 그럼 대책이 있나요, 황궁태사?"

노림은 지금껏 자신이 생각했던 바를 꺼내놓았다.

"우선은 초청에 응하는 것이 좋을 듯합니다. 그리고 분명히 그들은 어떤 식으로든 우리 측을 도발할 테니 꼭 필요한 순간만 잠시 위엄을 보이고 다시 돌아오시는 것이 좋겠습니다. 게다가 전하께서 그곳에 계시는 동안에는 저희 편 인물에게 보호받는 상태가 돼야겠지요."

"그래, 그 정도는 문제없겠군. 그에 대한 대비만 철저히 하면 되겠고."

"그게 저……."

또다시 말을 잇지 못하는 모습이 역력한 노림은 고민스러운 표정을 지었다.

"영웅연에서 우승자에게 상품을 내릴 때가 마음에 걸립니다. 혹시라도 연왕이 포섭한 기재일 경우에는 무방비 상태인데……."

노림의 조심스러운 대답에 주성치는 연왕 주태를 떠올렸다.

자신의 작은할아버지 연왕은 무척이나 야심이 강한 자였다.

명을 건국한 홍무제의 넷째로서 황위에 오를 수 없는 신분임에도 불구하고 오랜 시간 황위를 탐냈고 지금은 명의 녹을 먹고 있는 조정 관료뿐 아니라 황제조차도 그 사실을 알지만 그가 가진 권력이 오히려 황제를 능가하는 바 눈치만 보고 있는 실정이었다.

얼마 전에야 밝혀진 아버지의 오랜 병환도 누군가의 사주에 의해 오랫동안 황제의 밥상에 미량의 독을 장시간 투여해서 일어난 사건이다. 그러니 지금은 황실 주방장은 물론이고 오랫동안 그 사실을 입 밖에 내지 않은 황궁어의조차도 못 믿을 상황이었다.

도대체 누구를 믿으며 하루하루를 보내야 한단 말인가?

차라리 치욕스러웠지만 잠시 와룡채라는 어설프게 지은 오두막에서 보낸 일들이 그리울 정도였다.

'아니야, 상황이 너무 어렵다 보니 내가 잠시 미쳤나 보다. 그때가 그립다니…….'

주성치는 다시 책을 뒤적였다.

"우리 쪽 사람이 영웅연에서 우승하면 되지 않겠소?"

주성치의 말에 정염도 고개를 끄덕여 보였지만 여전히 노림의 안색은 굳어 있었다.

"그 영웅연의 백미인 영웅대제의 각 관 우승자는 상상할 수 없는 초절정기재입니다. 우리 쪽에는 우승할 만한 인재가 없습니다."

고개를 떨구며 자신에게 죄가 있는 듯이 말하는 노림을 보며 주성치는 의아한 표정을 지었다.

"도대체 그 대전에 참가하는 기재들이 얼마나 수준이 높단 말입니까?"

주성치의 물음에 노림은 탄식하였다.

　영웅연의 꽃인 영웅문, 무관대제의 경우는 우승자가 다음 해에 열리는 영웅연 결승까지 영웅학관의 각 관을 이끄는 대표가 되는 만큼 상대를 압도할 만한 실력이 있어야 하는데 지금 그곳에는 영웅칠룡이라는 남자 기재와 영웅오미인라는 여자 기재들이 다른 기재들을 압도한다고 한다. 그리고 이번 영웅대제에서는 당연히 영웅칠룡 중에 누군가가 우승할 것이라는 관측이 지배적이다. 영웅학관의 영웅칠룡은 다음과 같다.

　　연왕의 둘째 아들 무정왕룡(無情王龍) 주연발(문관 정전).
　　제갈세가의 장남 신기진룡(神奇眞龍) 제갈현(문관 오전).
　　사천당가주의 이남 천안군룡(天眼君龍) 당민삼(무관 검전).
　　무당의 적전 제자 풍검현룡(風劍玄龍) 유현상(무관 검전).
　　오대세가 중 모용세가의 장손 광풍신룡(狂風迅龍) 모용건(문관 검전).
　　소림사의 장문 제자 찬권운룡(鑽拳雲龍) 혜진(무관 검전).
　　동창 대영반 정엄의 양자 동황영룡(東晃英龍) 마정화(무관 십전).

　이 중 무정왕룡 주연발과 신기진룡 제갈현은 문관대전의 우승을 다툴 것이고 무관대전은 그들을 제외한 나머지 다섯이 각축을 벌일 테지만 아무래도 광풍신룡 모용건의 실력은 그 많은 기재를 추려놓은 영웅칠룡에서도 군계일학으로 학관을 졸업할 줄 알았다. 재작년에 우승해서 관생무관장을 지냈고 무슨 이유인지 학관에 계속 머물고 있고 하니 이번에 다시 출전하는 그의 우승을 누구나 점쳤다. 동창의 정보에 의

하면 이미 오대세가는 연왕의 편으로 붙었는데 개인적인 영지 하사를 약속받았다. 그리고 이미 세가의 인물을 연왕의 측근으로 고용하기 시작했다고 한다. 그 손길은 구대문파에도 미쳐 있어 포섭된 자가 적지 않지만 황궁에서도 사력을 다해 구대문파의 인물을 포섭해서 아직 한쪽으로 기울어지는 징조는 보이지 않았다. 하지만 무림정파 연합인 정도맹(正道盟)의 맹주가 오대세가 중 하나인 모용가의 현 가주 모용황이기에 정도맹의 입김이 드센 영웅학관과 구대문파도 조금씩 연왕 측으로 다가서는 느낌이 드는 건 사실이었다.

"무관에서는 동창 대영반의 양자인 정화가 있지만 재작년 우승자인 모용건의 벽이 너무나 높습니다. 문관에는 연왕의 아들인 주연발과 연왕 편에 이미 붙은 제갈세가의 장남 제갈현이 우승을 다툴 것 같사옵니다."

노림의 말에 그제야 주성치도 자신의 세력이 연왕의 세력에 비해 영웅학관에서조차도 약세라는 것을 깨닫고는 고개를 숙였다.

"황궁태사의 손자 노진이 문관에 입관하지 않았습니까? 그 아이라면 충분히 문관에서 승리를 거둘 수 있을 것입니다. 그리고 그곳에는……."

정염은 차마 입을 열지 못하고 주성치, 노림과 눈이 마주쳤다.

"잊고 싶으시겠지만… 그렇습니다. 그곳에는 그가 있습니다."

그 순간 머리를 쥐어뜯는 주성치와 안색이 창백해지며 거친 숨을 몰아쉬는 노림의 모습이 보였다.

"그, 그럼 그를 이용하자는 말이오?"

노림의 말에 정염은 고개를 끄덕였지만 오히려 강하게 반대하는 것은 주성치였다.

"일부러 그를 만날 필요가 어디 있습니까? 그가 무엇을 하든 우리 역시 상관치 않고 한세상 그와 마주치지 않고 살면 안 되겠습니까?"

조금씩 감정이 격해져 애타게 거부하는 주성치를 보며 정염 자신도 인간으로서 그만은 피하고 싶었다. 하지만 지금 상황은 너무나 심각했다.

"전하, 영웅연의 우승자는 전하의 안전을 위해서도 무조건 우리 편이 돼야 합니다. 더 큰 이유는 영웅연이 끝난 후에 삼 년에 한 번 문, 무관장을 뽑는 선거가 있기 때문입니다."

정염의 말에 노림이 부연 설명을 했다.

"맞습니다, 전하. 영웅학관 관주가 정도맹에서 임명하는 임명직이라 그저 문, 무, 예관을 조율할 뿐 각관의 실질적인 힘을 갖는 것은 이번에 뽑히는 각 관의 관주 대표 선거에서입니다. 무림에서는 우리가 밀리고 있지만 우리 편의 사람을 관주로 뽑을 수 있다면 우리는 무림의 탯줄을 소유하여 무림에서 대등한 힘을 가질 수 있을 것입니다. 그것은 우리가 여러 많은 무림인을 포섭할 수 있는 기회를 갖게 되고 반대로 적들의 명망을 떨어뜨리게 할 수도 있을 테니까요."

노림의 말에도 주성치는 아직 그를 만나고 싶은 생각이 없어 보였다.

"전하, 저 역시 그와 마주치는 것은 싫습니다. 솔직히 요즘에도 그가 꿈에 나올까 무섭지만 그 기억을 잊고 우리는 그를 우리 편의 비밀 무기로 이용해서 세력의 균형을 이루도록 노력해야 합니다."

정염까지 이렇게 나오자 주성치도 두 손을 들었다.

"정염, 그를 도우십시오. 그가 연왕의 발을 묶는 데 도움이 되도록 우리 편으로 끌어들이겠습니다. 분하지만… 황궁 어의들이 우리의 몸에 금제 같은 것은 없다고 한 말을 듣고 그를 갈가리 찢어 죽이려 했지만 그자가 죽을 때까지는 그것을 뒤로 미뤄야겠습니다. 당분간 우리가 당했던 모욕의 복수는 잊어야 합니다. 그리고……."

주성치는 그와 그자를 생각하니 절로 머리가 아파오고 화가 났지만 간신히 참아내며 목소리를 가다듬었다.

"그와 그자가 붙는다면 누가 이길 것 같습니까?"

주성치의 말에 정염이 대답했다.

"그가 보여준 무위는 가히 경악할 만했지만 천 명을 이길 수는 있어도 만 명을 이기지는 못할 것입니다. 무림의 고수가 주위에 구름처럼 많은 연왕이 무림 고수를 대거 동원한다면 그는 필사(必死)할 것입니다. 물론 그에 의해 연왕의 세력도 상당한 타격을 입을 것입니다."

"좋습니다. 당분간 우리가 그의 금제를 두려워하는 듯한 모습을 보여주십시오. 내 손이 아니지만 다른 자의 손에 의해 죽더라도 통쾌할 듯하니까요."

"하하하!"

"허허허!"

"헤헤헤!"

모두의 웃음이 울려 퍼지는 도중 주성치의 머리 속으로 무언가가 스쳐 갔다.

"그렇다면 만약 이번에 그가 우승한다면 내가 그에게 상을 내려야 하는 상황이 벌어질 텐데 그렇다면 그와 마주쳐야 한다는 소리이지 않습니까?"

주성치의 말이 끝나자 노림이 고개를 끄덕였다.

"그건 어쩔 수 없는 상황이지 않습니까? 그 정도는 감수하셔야 할 겁니다."

정염도 자신의 의견을 피력했다.

"설마 하니 그 잠시의 시간 동안 마주친다고 해서 감히 어떤 짓을 벌이기야 하겠습니까?"

그러나 주성치는 고개를 절레절레 흔들었다.

"경들은 벌써 애벌레대법을 잊으셨습니까?"

순간 아까의 화기애애한 분위기는 물러가고 무거운 기운만이 감돌았다.

어찌 잊겠는가, 그것에 당한 고통을…….

금제가 아니라는 것은 판명났지만 지금껏 한 번도 찾아가지 않은 것에 대한 보복을 할 것이 분명한 그였다. 그리고 그 짧은 시간에 그가 애벌레대법을 펼친다면… 생각만 해도 아찔했다.

"나는 죽으면 죽었지 절대 그곳에는 가지 않겠어요."

애벌레대법에까지 생각이 미치자 주성치는 단호해졌다.

"그럼… 어떻게……?"

정염과 노림은 어떻게 해야 할지 한참을 고민했다.

"그럼 영웅학관의 초청에 거부하는 대신에 이렇게 하는 것은 어떨까요? 제 손녀와의 성혼을 서두르는 겁니다. 그렇게 되면 일단 오해는 풀게 되겠지요."

노림은 한참 궁리한 끝에 해답을 내놓았다.

"그래, 차라리 성혼을 빨리 서두르는 게 좋겠습니다."

주성치도 노림에 의견에 찬성했다.

정염도 주성치가 저렇게 그를 싫어하는, 아니, 두려워하는 것이 이해가 가지 않는 바는 아니다. 자신이라도 그와 마주치는 것은 싫으니까 어쩔 수 없다는 생각이 들었다.

하나 노림은 간단히 주성치의 성혼을 거론했지만 여자인 주성치가 혼인을 하게 되는 상대는 평생토록 고통에 시달릴 것이다. 그것은 성혼이 아니라 비구니가 되는 것과 같은 처지가 될 테니까. 와중에 그 상대가 노림의 손녀이니 노림도 가슴이 아파올 텐데 하는 생각이 들었다.

문득 그가 떠올랐다.

분명히 지금의 주성치를 보면 자신만을 위하는 취약한 놈이라고 한마디 하며 때렸을 텐데……. 그러나 마음이 아프지만 어쩔 수 없다.

대(大)를 위해서 소(小)를 희생시킬 수밖에.

자신의 바지를 내렸지만 분명하게 본 것은 아니었다.

다만 짐작했을 뿐. 그랬을 것이다.

마지막 한 장은 붙어 있었다.

분명히 그랬다. 그렇게 믿고 싶다.

정말 세상에 태어나 자신이 여자임을 알고 그렇게 행동했던 딱 하루의 시간에 그가 있다.

솔직히 그를 봤을 때 왠지 모를 불량스러운 눈빛이 마음에 들지 않았고, 또한 끝 모를 자신감에 건방지다고 생각하며 얼마나 속으로 욕을 퍼부었는지 모른다. 그리고 그가 보여준 무위. 그것은 결코 인간이 해서는 안 되는 일이었다. 세상에, 바다가 갈라지다니…….

그에게 당했던 굴욕들이 주마등처럼 지나가자 어떻게든 죽이고 싶었다. 마음속으로 수없이 저주를 퍼부었다. 제발 이 세상에서 꺼지라고, 왜 태어났냐고.

한때는 죽이려 해도 그의 무위가 두렵고 또한 금제가 걸려 있어 평생 금제의 굴레에서 살 것이 두려웠기에 그럴 수 없었다. 하지만 지금에 이르러서는 황궁 어의가 단호하게 금제가 없다고 했고 또한 금제가 없다는 확신이 있기에 이제는 그에게 굴욕당하지 않으리라.

황태자 체면이 있지…….

그리고 그와 절대 마주치지 않으려 했다.

정말 평생 얼굴을 보지 않고 살아가기를 바랐다.

주성치는 그러나 피하려 한다고 해도 언젠가는 만나게 된다는 것을 알고 있었다.

그러나 그마저도 피하고 싶다.

'이용은 하고 만나지는 않을 것이다.'

이것이 주성치의 단 하나의 바람이었다.

노진은 자신의 할아버지이자 황궁태사라는 명예 관직에 있는 유림의 태산 노림과 바둑판을 마주하고 있었다.

"진아야, 영웅문제에서 기필코 우승해야 한다."

평소에는 전혀 이런 말을 하시는 분이 아니기에 바둑판의 수를 읽던 노진의 눈동자가 노림에게로 향했다.

"왜요?"

"이번 영웅대제 우승자를 포섭하기 위해서 많은 사람들이 움직일 게다. 조만간 일은 터질 것이고 영웅대제의 우승자 자리인 관생관장들은 영웅학관 관생들을 이끌 수 있는 위치다."

"그만큼 세력이 약한 우리에게 힘이 되겠군요?"

어린 나이답지 않게 정세를 보는 통찰력이 남다른 노진이었다.

"그렇지. 지금 연왕부에서도 기필코 그 자리를 자신들의 것으로 만들려고 할 것이다."

"자신없는데……."

"너는 우리 노가장의 자랑스러운 종손이란다. 우리는 대명을 위해 목숨까지 버릴 수 있어야 한단다. 너라면 충분히 우승할 수 있을 것이다. 이 할아비는 그렇게 믿는단다."

"예, 최선을 다할게요. 아, 그런데 무관의 우승자는 어떻게 할 건가요?"

똘망똘망한 눈을 굴리며 노진이 물었다.

"그것은 걱정할 필요 없단다. 그곳에는 그가 있으니까."

노림은 누군가를 머리 속에 떠올렸는지 얼굴이 온통 찡그려졌다.

"할아버지, 그가 누군데요?"

"터무니없이 강한 악마 같은 놈이지."

노림은 그 늙은 노구에 어울리지 않게 이를 갈았다.

"그가 누군데요?"

"알려 하지 마라. 모르는 게 속 편하다."

"그래도 궁금하잖아요."

노림은 자꾸 노진이 묻자 화를 냈다.

"아무튼 너는 문관대제에서 기피코 우승해야 한다."

"예."

"그리고 너의 누나 혜영이가 황태자비로 간택됐단다."

"좋은 소식이군요."

"끄음……."

　노림은 일의 전말을 이야기하지 않으려다 자신의 손자 노진도 이제다 컸고 다음 대의 노가장을 이끌어 나가야 할 유일한 노가장의 후계자이기에 알 권리가 있다는 생각이 들었다.

　"너의 누나에게는 좋은 일이 아니란다."

　"황태자비로 간택된 것이요?"

　의문스러운 표정을 짓는 노진에게 노림은 안타까운 표정으로 얘기를 시작했다.

　"여자는 자고로 사내를 만나 일생을 그에게 의지하며 살아가는 것이 운명인데… 그런데……."

　"왜요, 황태자 전하가 여자라도 되나요?"

　노진은 자신이 말해 놓고도 웃긴 듯 입을 가렸다.

　"키키키……."

　"그렇단다. 당금 이 대명(大明)의 황태자 전하는 여인의 몸을 가졌단다."

　그 순간 노진의 눈이 믿을 수 없을 만큼 커졌다.

　"정말이요?"

　"그렇단다. 그러니 혜영이에게는 좋은 소식이 아니라 일평생 거부할수 없는 나쁜 일이지. 차라리 평범한 집안에서 태어났다면 이런 일을 강요당하지 않았을 텐데……."

　안타까운 듯 노림은 혀를 찼다.

　"그 사실을 연왕 측도 알고 있나요?"

　"그런 것 같다."

　"크윽……."

　어린 노진의 입에서도 침음이 흘러나왔다.

　　　　　*　　　　　　*　　　　　　*

　나일과 단청은 문무대전의 접수처인 명진당에 들러서 번호표를 받았다.

　나일은 영웅무제의 구백육십오 번, 단청은 영웅문제의 칠백오십삼 번.

　"저쪽에 대진표가 있으니 번호를 확인한 후 그 밑에 자신의 이름을 적으시오."

　그들은 번호표를 발급해 준 영웅학관의 행정관이 가리킨 벽을 바라보았다. 흰 화선지에 온통 번호표와 이름이 적혀 있었다. 아닌 게 아니라 거의 모든 영웅학관 인원이 다 적혀 있는 듯했다.

　"이렇게 많나?"

　나일이 감탄을 터뜨리며 자신의 번호를 찾아서 이름을 적었다.

　"사형, 이거 좀 억울한데? 나는 사형보다 경쟁률이 더 센 곳에서 우승하는 것이니 내가 어려운 길 아니오?"

　"이놈아, 애들이랑 하는 것이니 한 번 정도의 수고로움만 더 있을 뿐이다. 그런데 쩨쩨하게 그것 가지고 그러나? 그리고 몸 쓰는 것보다 머리 쓰는 게 더 힘들다는 건 생각도 안 해봤냐?"

　"에이, 난 싸우다 다칠 수도 있지만 사형은 져도 손끝 하나 다치지 않잖아요."

　나일의 조리있는 말에 오히려 단청은 방방 떴다.

　"니가 다칠 놈이야? 애들 상대로 적당히 해라."

　각 관의 결승전에서 자신보다 열 수 아래의 상대를 만나 우승을 목전에 둔 듯한 사형제의 대화를 다른 사람들이 들었으면 기가 찼으리라.

"근데 내 상대는 혜진이라는 놈인데 도대체 어떤 놈인지 모르지만 불쌍하게 됐군. 일차전에서 떨어져야 하다니. 어떤 놈인가 낯짝이나 구경해야지."

"됐다, 이놈아. 무얼 그런 것에 신경 쓰냐? 돈 될 만한 것이나 궁리해라. 그나저나 나는 노진이란 놈과 붙게 됐네."

나일과 단청은 영웅무제를 준비하느라 남들 공부하고 무공에 힘쓰는 시각임에도 어김없이 주루를 찾았다.

그들이 아무래도 영웅학관 관생이 아닐 것이라는 증언을 영웅학관에서 가장 가까운 주루인 '북향루(北向樓)'의 점소이가 처음 입 밖에 꺼내기 시작한 것이 그때부터였다.

"사형, 돈도 없는데 오늘은 싸게 먹읍시다."

단청의 손에 이끌려 들어온 나일은 단청이 술을 마시려고 이곳에 들어왔다고 여기고는 얼마 없는 돈을 아낄 요량으로 그렇게 말했다.

"시끄러, 이놈아! 오늘은 사업 관계로 들렀단 말이야!"

"사업이요?"

단청의 말에 이해할 수 없다는 표정을 짓는 나일에게 단청이 차근차근 설명하기 시작했다.

이곳은 영웅학관에서 가장 가까운 주루니까 분명 저녁 무렵에는 많은 관생이 모여들 것이고 그들이 떠드는 소리를 정보 삼아 그중에서 가장 비싼 값을 받을 수 있는 정보와 내기에 걸 인물을 골라내는 것이 바로 오늘이 할 일이라는 것이다.

"그거 안 하기로 했잖아요."

"돈이 없는데 어떻하냐, 이거라도 해서 정성천에게 은자를 뜯어내야지."

"휴우, 근데 대낮부터 올 건 뭐 있습니까?"

단청은 나일의 말에 '너는 그러니까 안 되는 거야'라는 시늉을 해 보였다.

"하나만 알고 둘은 모르는군. 저녁에 오면 이 주점에 빈자리가 없을 테니까 미리 수고하는 셈 치고 미리 와서 자리를 잡아놓는 거지."

말도 안 되는 변명을 둘러대고는 점소이를 불렀다.

"우리가 늘 시키는 걸로."

이미 일주일째 같은 자리에서 술을 퍼마시는 사형제를 알아본 점소이는 그것만으로 고개를 끄덕이며 물러섰다.

"언니, 나 잠깐 나갔다 올게."

"어디 가는데? 도서관 가니?"

"비밀."

구비화는 연하선에게 손가락으로 입을 막는 깜찍한 표정을 지으며 밖을 나섰다.

'도대체 어디에 틀어박힌 거야?'

고개를 두리번거리며 연신 주위를 돌아보면서 우선은 도서관부터 찾아보기로 마음먹은 구비화는 영웅제일서고를 향해 발걸음을 옮겼다.

'여기도 없는데? 학관 내를 다 돌아다녀야겠군.'

기껏 돌아다닌 도서관에서도 주연발의 모습을 찾지 못한 구비화는 다시 온 신경을 집중해서 주위를 두리번거리며 학관을 뒤지기 시작했다.

"하늘 천, 땅 지……."

고아하게 울려 퍼지는 낭랑한 천자문을 읊는 소리에 발걸음을 멈춘 것은 사람들의 인적이 드문 제팔강당이었다. 이곳은 문관생들이 주로 글을 소리 내어 읽을 때 사용하는 곳이다. 이곳에는 보관하고 있는 책이 없다. 그리고 텅 빈 강당 안에서는 책을 읽는 것밖에 허용되지 않는다. 대부분, 아니, 모든 문관생들은 수업 때 외에는 도서관이나 조용한 곳에서 공부하지 이곳을 잘 찾지 않는다. 그래서 글을 마음대로 소리 내어 읽을 수 있음에도 이곳은 항시 조용한 편이다. 글을 읽는 장소답지 않게.

구비화는 조용히 창문 틈 사이로 목소리의 주인공을 살펴봤다.

목소리가 자신이 찾고 있는 무정왕룡 주연발은 아니었지만 도서관에서 공부를 즐기는 문관생 중에 누가 할 일이 없기에 이토록 크게 글을 읊고 있는 것일까 하는 호기심에 이끌린 것이다.

"칼을 뽑아 물을 베어도 물은 다시 흐르고 지우려던 시름은 술잔을 들어도 쌓여만 가누나. 이백."

혼잣말을 터뜨리면서도 이내 다시 천자문을 악을 쓰듯 읽어가는 이는 자신을 죽음의 구렁텅이로 몰아넣었고, 그리고 끝까지 자신의 미모를 칭찬하지 않던 능구렁이 꼬맹이가 아닌가?

"야, 꼬맹이! 거기서 혼자 뭐 하냐?"

"어, 미친 소저!"

노진도 한눈에 구비화를 알아보고는 책을 덮었다.

사실 노진의 머리 속에는 천자문뿐만 아니라 사서삼경(四書三經) 모두가 들어 있어 굳이 책이 없어도 줄줄이 외울 수 있지만 오늘은 악을 쓰며 글을 읽어서 자신의 기분을 달랠 심산으로 제팔강당에 온 것이었다.

'미친 소저'란 말에 눈을 부라리며 소매를 걷어 주먹을 말아 쥔 채 구비화는 노진을 향해 달려들었다.

"예의와 아름다움이 뭔지 모르는 꼬맹이에게 이 어여쁜 소저가 그것들을 가르쳐 주마."

"아참, 이쁘지도 않고 성격도 제멋대로면서 겨우 몇 살 더 먹어 힘이 더 세다고 나를 때린단 말이오?"

말을 하면서 강당 중앙 단상에서 뛰어내린 노진은 이내 구비화를 피해 도망치기 시작했다.

얼마쯤 달렸을까?

사력을 다해 도망치는데도 끈질기게 따라붙어 기어코 작고 귀여운 자신을 때리려고 달려드는 구비화를 뒤돌아보며 노진은 건물 뒤쪽을 돌아 달렸다.

그 순간,

퍽!

"……."

누군가의 가슴에 머리를 부딪쳐 넘어져 버린 노진은 아픔에 눈물을 참으며 자신과 부딪친 사람을 쳐다봤다. 그 모습을 본 구비화는 고소하다는 듯 깔깔대기 시작했다.

"무정왕룡 주연발."

노진의 입에서 나지막한 목소리가 흘러나온 것과 동시에 노진이 부딪친 인물의 입에서도 목소리가 흘러나왔다.

"이거 노진 아니냐? 많이 아팠겠구나."

자신을 일으키려는 주연발의 손을 뿌리치며 노진은 벌떡 일어났다.

그 순간,

주르륵.

코피가 터지며 흘러내렸다. 주연발은 품에서 손수건을 꺼내어 노진에게 쥐어주었지만 그것 역시 거부당했다.

"소저, 손수건 좀 주세요."

구비화에게 '미친' 을 빼고 공손하게 부탁하는 노진을 보면서 구비화는 노진이 갑자기 커 보였고 자신도 모르게 품에서 모란이 그려진 손수건을 꺼내어 노진에게 건넸다.

"이쁜데요? 누가 그린 거죠?"

"나… 의 아버지."

구비화의 대답에 노진은 씨익 웃어 보이며 손수건으로 코를 막고는 주연발을 노려본 후 혼자서 걸어나갔다.

그 모습을 본 구비화는 꼬맹이가 성격이 안 좋은 것은 알고 있었지만 주연발을 노려보는 것은 이해하지 못했다. 하긴 그것까지 상관할 필요는 없었다. 지금 중요한 것은 그토록 발이 부르트게 찾아 헤맨 주연발이 자신에 눈앞에 있다는 것이었다.

"주 공자, 많이 아프시죠? 저 꼬맹이가 본래 예의가 없어서 그러니까 그러려니 생각하세요."

"아닙니다, 저의 불찰인 것을……. 그럼 이만."

본래부터 구비화와 마주치고 싶지 않았던 주연발은 자신을 노려본 노진보다도 이 구비화가 사실 더 상대하고 싶지 않았다.

"잠깐만! 할 말이 있는데요."

구비화에게 등을 보이며 돌아서는 주연발은 그 말에 올 것이 왔다는 생각으로 돌아서며 선수를 쳤다.

"혹시라도 예전의 그 일 때문이라면 제가 백 번 사과드리겠습니다.

그리고 제 도움이 필요하다면 언제든지 도와드리겠습니다. 그러
니…….”

“주 공자님, 저는 당신을 오래전부터 사모해 왔습니다.”

자신의 말을 다 듣지 않고 다소곳하게 말하는 구비화의 모습을 보며
주연발을 흠칫 놀랐다.

“뭐라고요?”

“저는… 당신을 오래전부터 사모해 왔다구요. 공자님도 저를 좋아
하는 것 알고 있어요.”

늘 공주병의 모습만 보인 도도했던 구비화가 수줍은 듯 말하자 주연
발은 ‘이게 무슨 소린가? 라는 듯 생각에 잠겼다.

‘그러니까 구 소저가 내가 때린 것에 대한 앙갚음을 하려고, 여인을
사내가 때렸다는 소문을 낸다는 협박의 말이 아니라 나를 좋아한다고?
다행이군. 그렇다면 당분간은 그녀에게 친절해야겠군. 하긴 나처럼 잘
생기고 든든한 배경을 가진 남자를 누구나 좋아하는 건 당연한 거 아
니겠어?

결국 주연발은 일단 구비화를 잘 얼러서 자신에 대한 불미스러운 일
이 학관 내에 퍼지지 않게 하려는 생각으로 입가에 웃음을 지었다.

“맞소, 구 소저. 나 역시 소저에게 마음이 있소. 우리 조금씩, 천천
히 서로를 알아가도록 하죠.”

‘아싸! 역시 내 미모에 무정왕룡 주연발도 넘어오고 마는구나. 이대
로 밀어붙여 내 남자로 만들어야지.’

구비화는 속으로 회심의 미소를 지으며 주연발과 반 각 동안 내숭을
떨며 학관 잔디밭을 걸은 후 차를 마시기 위해 학관 밖의 찻집으로 향
했다.

북향루는 주변 환경이 무척이나 단아한 가운데 싸리 울타리를 끼고
있었다.

언뜻 보면 보는 이로 하여금 그윽한 향취를 느끼도록 많은 나무들이
주변에 심어져 여타의 다닥다닥 붙은 주점과는 다른 모습 때문에 차를
마시러 오는 손님도 많았다.

이 북향루는 주변의 주루 중에서 제일 영웅학관에 가까이 위치해 있
어서 많은 학관생들이 그 앞을 스쳐 지나갔다. 그럼에도 불구하고 죽
림을 사이에 두고 있어 무척이나 고요하고 한가한 느낌을 주는 곳이었
다.

그런 모습에 끌려 구비화가 북향루에서 차를 마시자고 제안하자 주
연발과 함께 그곳으로 들어서게 되었다.

나일과 단청은 일주일 동안 똑같이 팔보채를 안주 삼아 죽엽청을 마
셨는데 어둠이 다 내리지 않은 시간임에도 불구하고 벌써 일곱 병째
마시고 있었다.

"사랑하는 사제야."

'왜요, 별로 존경하고 싶지 않은 사형?'

이라고 말하고 싶었지만 솔직한 심정을 털어놓아 봤자 자신만 고통
을 겪을 것이 뻔한지라 나일도 사근사근한 말투로 대답했다.

"네, 세상에서 제일 멋있는 사형?"

나일이 자신이 부른 소리에 고개를 돌리자 단청은 이미 다 비어가는
술병을 가리켰다.

"더 시켜야겠는데?"

"사형, 우린 지금 예산 초과예요."

나일은 돈이 없다는 말을 돌려 말하며 그만 일어설 것을 권유했다.

"오늘은 좀 넉넉하게 먹자."

"벌써 우리 일곱 병이나 먹었다구요, 사형."

"알고 있다. 그렇지만 오늘은 다른 때와는 달리 임무를 수행 중이잖냐."

"무슨 임무요?"

기가 차다는 듯한 나일의 말에 단청은 입맛을 다시며 생각해 둔 바를 나일에게 들려주었다.

"오늘 우리는 정보를 습득하려고 온 거잖아."

"그래서 우리가 정보를 들은 게 있나요?"

그 말에 앉은 자리에서 나일과 함께 술만 줄창 마셨다는 것은 생각지도 않고 단청은 천연덕스러운 얼굴로 대꾸했다.

"그러니까 지금부터 죽엽청을 한 병 시켜놓고 이곳 사람들의 이야기를 엿들어야지."

단청의 말에 나일로서는 뾰족하게 할 말이 없었다.

그러니까 지금까지 마신 것은 늘 마셔오던 만큼 마신 거고 이제부터는 정보를 엿듣기 위해서 한 병을 더 시킨다는 것이다. 어차피 자신도 오늘 술이 당기고 단청과 말싸움을 해보았자 끝내는 자신에게 더 큰 피해가 돌아오기에 두말 않고 점소이를 불렀다.

"어이, 점소이! 죽엽청 한 병!"

나일이 점소이에게 죽엽청을 시키고는 북향루에 들어오는 정문으로 고개를 돌린 순간 꿈에도 그리던 구비화가 웬 미남자와 함께 들어오는 것이었다.

"구비화잖아?"

나일은 혼자서 중얼거린 후 얼른 자리에서 일어나 구비화를 자신의
탁자에 합석시키기 위해 그쪽으로 향했다.

"비화야, 여기서 또 보게 되네?"

나일이 비화를 보며 아는 체를 하자 구비화의 얼굴이 순식간에 굳어
졌다.

'이놈을 왜 또 여기서 만나는 거야, 지금 주 공자랑 오붓하게 차 마
시러 왔는데.'

"어, 나일이구나? 으휴, 술 많이 마셨나 보네?"

구비화는 나름대로 자신이 사모하는 주연발의 앞이라 조신하게 나
일에게 인사를 건네다가 나일의 몸에서 나는 짙은 술 냄새에 코를 쥐
었다.

"어, 오랜만에 한잔했어."

매일 술 마시는 주제에 구비화가 술 냄새를 싫어한다는 것을 급히
눈치 챈 나일이 임기응변으로 대답하였다. 그러나 여전히 구비화는 자
신의 코를 붙잡은 손을 떼지 않았다.

"그래, 너는 무슨 일로 왔어?"

나일이 구비화에게 묻자 구비화는 오만한 눈빛을 빛내었다.

"주 공자님이랑 오붓하게 차 한잔 하려고 왔지."

"뭐라고? 오붓?"

욕구 불만(欲求不滿)과 질투(嫉妬)의 화신 나일은 구비화의 옆에 있
는 주연발을 노려봤다.

"어이, 웬만하면 그냥 집에 가서 차 마시지? 아니면 발 닦고 자든
가?"

나일은 구비화에게 거의 끌려오다시피 차를 마시러 온 주연발을 향

해 시비를 걸었다.

"네놈이 뭔데 나한테 이래라저래라야?"

아직 나일의 성격을 모르고 나일이 어떤 놈인지 모르는 주연발로서는 자신이 아는 여자가 옆에 있는데 '네, 그럽죠' 라고 할 수 있겠는가?

"뭐, 네놈? 네놈이라고 했냐?"

"그럼 네놈을 네놈이라고 하지 뭐라고 하냐?"

"너, 그러다 맞는다?"

"니가 감히 나를 때려? 술 취했으면 집에 들어가서 발 닦고 잠이나 자지."

"이게 정말? 좋은 말 할 때 집에 들어가서 자라, 맞고 나서 후회하지 말고."

나일과 주연발은 옥신각신했다.

"때려봐. 우리 아버지가 왕(王)이시다."

"어, 그래? 니네 아버지가 왕이야? 내 부하가 황태자다!"

드디어 나일과 주연발이 자신의 배경을 내보였다.

물론 서로는 상대가 진짜로 그런 배경을 가지고 있다고는 눈꼽만치도 생각지 않았다.

"이런 미친놈!"

주연발은 나일의 말에 기가 차서 슬슬 욕이 나오려고 했다.

그때 구비화가 그 둘을 말리려고 들었다. 아니, 일방적으로 주연발의 편을 들었다.

"야, 나일, 사과해. 감히 이분이 누구신데…… . 바로 연왕 전하의 아드님이시란 말이야."

비화의 말이 끝나자 주연발의 얼굴에 거만함이 떠올랐다.

그러나 나일은 그의 배경에 무릎 꿇을 수 없었다. 태상노군이 와도 구비화 앞에서는 약한 모습을 보여주기 싫은 게 바로 나일이었다.

"내 부하는 황태자라니까!"

"이놈이 진짜 미쳤구나. 술을 먹으려면 곱게 먹을 것이지."

"이게 매를 버는구나."

나일은 술도 들어갔겠다 감히 자신이 좋아하는 구비화와 간 크게도 오붓하게 차를 마시러 온 주연발의 멱살을 기어코 잡아 틀었다.

이에 질세라 주연발도 나일의 멱살을 잡으려 하자 나일이 먼저 주먹을 그 희멀건 주연발의 면상에 날렸다.

단청이 보고 있는 관계로 아주 살살.

퍽!

"이게 무슨 짓이야!"

쓰러진 주연발에게 달려간 구비화가 나일을 째려보며 소리쳤다.

"저 새끼가 나보고 미친놈이라고 하잖아!"

구비화의 서슬 퍼런 말에 나일의 변명은 땅속 깊이 묻혀 버렸다.

쫘악!

"나일 니가 힘이 좀 있다고 사람을 이렇게 때려도 되는 거야!"

자신이 사모하는 주연발이 맞자 나일의 뺨에 있는 힘껏 귀싸대기를 날리며 구비화가 악을 썼다.

"구비화, 왜… 저 녀석 편을 드는 거야?"

자신의 잘못을 뉘우치지 않고 나일은 자신을 때린 구비화에게 서운한 마음이 들었다.

'야, 아무리 그래도 그렇지 우리 예전에 결혼하기로 했잖아.'

목구멍까지 그런 말이 나왔지만 끝내 그 말을 구비화에게 할 수 없었다.

"나는 너같이 자기가 힘이 좀 있다고 사람들에게 함부로 행패를 부리는 사람, 흥, 정말 밥맛이야!"

그리고 나일에게서 돌아서 주연발을 일으켜 세우며 마지막 일격을 날렸다.

"그러니까 피는 못 속이는 거야, 산적 조카 나일."

구비화는 몸을 세운 주연발과 함께 북향루를 나섰다.

주연발은 정말이지, 창피해서 눈을 못 떴다.

아무리 자신의 무공이 문에 비해 부족하다 하지만 저놈이 날리는 주먹을 보지도 못했다.

분명히 저놈은 무관의 관생일 것이라는 생각에 조금 참기로 했다.

물론 자신이 맞은 것을 아버지나 다른 사람에게 말한다면 저놈이 사형을 당할 수도 있겠지만 때도 때이거니와 자존심이 상해서 어떻게 이런 얘기를 하겠는가?

두고 보자, 놈. 이 복수는 언젠가……

그런 생각을 마음속에 품고 문을 나서자마자 구비화에게 몸이 안 좋다는 이유를 들어 혼자서 영웅학관으로 향했고, 구비화는 나일이 부린 행패로 인해 주연발과의 오붓한 한때를 보내지 못한 것이 속상한 나머지 북향루의 옆 가게에서 폭음하게 되었다.

나일이 당한 사건의 전말을 다 구경한 단청은 나일이 시비를 벌이든 말든 상관하지 않고 시켜놓은 죽엽청을 먹는 데 열중했다.

나일이 어딜 봐서 맞을 놈인가, 때릴 놈이지.

그리고 만약 나일이 누군가를 때린다면 그것을 핑계로 나일에게 술을 더 시켜 먹을 수 있다는 생각에 어서 싸움이 터지기를 멀리서 바라보고 있었다. 그런데 나일이 멋지게 죽지 않을 정도로 한 대 때린 후 구비화에게 한 대 맞고 참혹한 표정이 되자 계획을 전면 수정해야 했다.

저렇게 시무룩할 때 싸웠다는 이유를 들어 괴롭히거나 술을 얻어먹는다면 사형으로서의 자격이 있겠는가? 그리고 틀림없이 나일은 저 계집에게 맞은 것을 자신에게 화풀이할 것이다. 화풀이는 아니더라도 평소 때보다 반항이 심할 것이다. 알고 보면 나일 저놈도 은근히 한성질하는 놈이다.

나일이 다시 자리에 앉자 단청은 나일이 시켜놓고 간 후 자신이 거의 다 마셔 버린 죽엽청을 나일의 잔에 따른 후 자연스럽게 점소이를 불렀다.

"어이, 점소이! 죽엽청 두 병 더!"

그리고는 나일이 말없이 술을 마시자 그런 나일의 어깨를 두드려 주었다.

"오늘 같은 날은 원없이 술을 마시는 거야! 아무 말 하지 않고! 알았지?"

은근슬쩍 죽엽청을 시키며 나일의 기분은 상관하지 않은 채 그저 술통에 빠지지 못하는 것이 한(恨)인 단청이었다.

"엉, 사형."

단청의 내심도 모른 채 나일은 단청의 손을 잡아끌며 울음을 터뜨렸다.

"내가 얼마나 좋아하는데……."

“원래 여자들이란 갈대와 같은 것을 어쩌겠느냐?”

“아무리 그래도 나를 때리고 녀석 편을 드는 건… 너무한 거 아니에요?”

질질 짜는 나일을 단청은 능숙하게 다독였다.

“자자, 술이나 받아라.”

단청은 점소이가 가져온 술을 나일의 잔에 다시 따랐다.

“그리고 우리 숙부를 욕했단 말이에요.”

나일은 구비화에게 서운한 마음을 하나둘 털어놓았다.

“그 부분은 나도 그녀가 잘못했다고 생각한다.”

“혹시 그때 했던 맹세를 다 잊어버린 건 아닐까요?”

나일은 심각하게 물었지만 병째 입으로 술을 들이붓던 단청은 건성으로 대꾸했다.

“흠, 그럴지도 모르지.”

“그런 대답이 어딨어요?”

“모르는 건 모르는 거지.”

나일은 신경 쓰지 않고 자신의 목적은 오로지 술에 있다는 듯 단청은 쉴 새 없이 술을 목구멍에 들이부었다.

그 모습을 보면서 나일은 고개를 절레절레 흔들며 혼잣말처럼 중얼거렸다.

“나는 그래도… 그녀가 좋단 말이에요.”

‘심각하군.’

나일의 상태가 정상이 아니라고 판단한 단청이었지만 아직까지 술병을 놓지 않고 있었다.

“그렇게 좋다면 좀 더 노력해야 하지 않겠냐? 그래야 나의 사제답지.”

"그런가요?"

한 사람은 건성이고 또 한 사람은 보기 드물게 진지했다.

"사형, 사랑이 이렇게 슬프고 괴로운 것인가요? 도대체 사랑이 무엇이길래……."

단청은 나일의 물음에 '어떻게 대답해야 근사하게 보일까?' 하고는 자신의 지식들을 떠올렸다.

사랑.

그런데 막상 사랑이라는 것에 대한 이야기를 하려니 막막했다.

이때까지 살아오면서 이런 적은 없었는데 그 오랜 시간을 살아오면서 자신은 사랑에 대해 어떤 감정을 지녔던가?

사랑을 여자를 꼬시는 방법이라고 할 수 있을까?

그렇다면 아주 쉬운 건데……. 그건 아주 유치하고 조금 치사하다.

여자는 외모, 능력, 돈… 등 이런 걸 보니까. 조금씩 꺼내놓으면 아주 쉽게 된다. 이것은 만 년 전이나 지금이나 같다. 하지만 자신은 그 많은 유희를 살면서 그렇게 여자를 꼬시진 않았다.

아니, 여자를 그렇게 해서 자신을 사랑하게 하지는 않았다.

그 많은 여자들과 진심으로 만났고, 그리고 이젠 다 이별했다.

그렇지만 자신은 여자와 만나도 그 여자와 진정한 사랑을 해본 기억이 없다.

그 여자를 사랑하는 자신의 감정, 사랑, 그걸 사랑했다.

이상하게도 자신은 누군가를 진정으로 사랑할 수는 없었다.

지금 생각해 보니 분명히 그랬다.

　어쩌면 신은 자신에게 무엇인가를 진정으로 사랑할 수는 없도록 한 것이 아닐까? 문득 그런 생각이 들었다.

　그날 밤 북향루는 대성통곡하며 술을 마시는 나일 덕분에 매상이 평소보다 오 분지 일이나 올랐다.

〈제2권 끝〉